福爾摩沙哀愁

翊青 著

在社會底層生活的那些百姓

　　他們日復一日隨著命運伴來的沖擊沉浮

　　　　　　然後黯淡流去

民國六十五年，台北縣。

陳代成第二次入獄的時候是23歲，蹲了三年。

在牢裏的時候他的女朋友阿蘭常常來看他，寫信給他。

睡在他下鋪是地虎幫分堂主阿猴，「我看了不少人，他們入獄不到半年女人就跑了，現在這種社會，你的女人這麼年輕還耐得住寂寞，對你還這麼好，千萬別虧待人家。」

阿成：「我其實也想過，但是我們這種出來混的，有一餐沒一餐，能給人家什麼？」

「你這麼年輕就會這麼想也算難得！」阿猴歎了一口氣，「也算認識你兩年了，我剛出來混的時候和你一樣，一心想在幫會裏往上爬，有立功的機會就衝，義字當頭，求目的不擇手段。我現在52歲了，看得也夠多了，像我們這種人，說穿了只有兩件事，『沒有不怕死的；賺錢最重要』，一定要有生意頭腦，有了錢做什麼都很方便，不一定要做老大，有時候轉個彎可以更快。你的本性不算太壞，是可以有家庭的人，結婚對你是好事，會讓你更成熟，學會吞忍，有責任感，走江湖也是學做人。我們這種人難得可以碰到像你七仔這種的，出去以後趕快把她娶回家，在外面玩歸玩，不要辜負她，我覺得她是可以幫你照顧好家庭的好女人。」

阿猴在外面是個分堂主，獄裡面雖然是另一個江湖，憑他以往在外的名氣，裏面的人還敬他幾分，有時候難免要出面處理一些糾紛，阿成看他處事的手腕，心中漸漸對阿猴

產生敬重，阿猴甚至在阿成出獄前幾天幫他擺平獄裏幾筆債務，於是阿成把阿猴說的話聽進去，出獄後第三天就向阿蘭求婚。

阿蘭的爸爸在菜市場裏面經營一個菜攤子，一直希望自己兩個女兒可以嫁得好，不用像他這麼辛苦，連冬天清晨四點都要起床去批菜，再把一筐一筐二三十斤的菜搬上一輛小卡車運到市場賣。現在五十多歲了，每天腰都酸的不得了，還得繼續做。他知道阿成是幫派的小混混，油嘴滑舌，釣上了自己的小女兒阿蘭，兩個人也八成上過了床。菜市場裏的小混混他見多了，沒事就聚集在一起坐在摩托車上駝著背抽煙、嚼檳榔裝屌，不然就惹事生非，都是為了一些不成大器的屁事，沒一個有出息！

　　和平常一樣，每天黃昏一過，阿蘭的爸爸便收了攤位回家，吃過晚飯，上身打起赤膊，煽著扇子盯著眼前20寸的黑白電視機。當阿成上門到家裏來跟他說要娶自己小女兒的時候，他擺出一副瞧不起人的臉色給阿成，「你要娶阿蘭？是啦，我看你這個年紀也該成家了啦！你看得上我們家阿蘭，是她的福氣，不過你拿什麼養她？你現在靠什麼吃飯？你有一技之長嗎？結婚辦桌的錢你有嗎？你要我怎麼放心把阿蘭交給你？」

　　阿成畢竟也混了好幾年社會，像個泥鰍似的，一點也沒覺得受差辱，「阿伯，我現在才25歲，你要我現在拿出一大筆錢來，對我來說是難了一點，不過你要是真的要，我也不是說做不到，人生的路都是一步一步走出來的，將來會爬到什麼位置，那是很難說，說不定以後讓你享清福的時候，我

是功勞最大的人。我現在在一家公司上班，有穩定收入，一般的中等生活是不成問題，至於辦桌的錢，你告訴我要多少錢就可以了，要是連辦喜酒的錢我都拿不出來，我還有什麼資格娶阿蘭呢？」

「你這小流氓，我看你就是只有口才好！你現在在哪一家公司上班啊？我去看看。」

「在民族路一家財務公司上班。」

「你在裏面是做什麼啊？」

「幫人處理財務。」

「怎麼處理財務？」

「就是幫人家把財務處理好，把客戶外面處理不來的賬目規劃好。」

「幹！原來是收帳的。我差點以為是會計公司被你騙了！油嘴滑舌，講得這麼好聽！你有女兒的話，你會讓她嫁給像你這種不務正業的混混嗎？」

「阿伯，我看你是對我的工作有些誤會，我們是很正規有立案的公司，我可以把我們公司作業的系統告訴你……」

「不用廢話了！你不過就是個討債的，我不跟你浪費時間了，我的女兒是要嫁給有正當工作的人，你拿得出三百萬辦喜酒的錢再來，你可以走了！」

阿蘭在旁邊聽到三百萬這個數目差點暈倒。

「阿伯，這些對我來說，都不是問題……」

「好啦！你可以走啦，不要打擾我看八點檔。」

阿成走出阿蘭家，阿蘭在他後面要跟上去。

阿爸大喊：「妳要去哪裏？給我回來坐好！」

從此阿爸死盯著阿蘭，不讓他和阿成見面。

不到半個月，阿成又來到阿蘭家。

阿蘭的爸爸一看到阿成就皺上眉頭，「你怎麼又來了？」

阿成把三百萬現金從袋子裏拿出來攤在客廳桌上，再拿出一張永霸房屋中介的工作證也放在桌上。

「阿伯，喜酒錢三百萬都在這裏，請你點一下。我現在在永霸房屋做中介，行義路那一家，每個月有八百塊，還有分紅，你隨時可以去看，正當工作，穩定收入，我是很有誠意想和阿蘭組織一個家庭的，請你成全我們。」

阿蘭在旁邊看了眼淚不斷地流。

「這……」，阿蘭的爸爸一下說不出話，過了一會還是一副看不起人的口氣，「你這個錢是哪裏來的？跟地下錢莊借的是不是？阿蘭跟你的話，一家人債務纏身，還不是要吃苦！把錢給我拿走！」阿蘭的爸爸就是打從心底不喜歡阿成，不會把女兒嫁給阿成。

「阿伯，這是我家裏的人幫我出的，不信的話，我可以叫我父母來證明給你看。」

「好，叫他們來呀！」

阿成轉身出門去叫父母過來。

阿成的爸爸一來就說：「這些錢是我跟我牽手這幾十年存下來的，本來就是要給阿成娶媳婦用的，都是正當錢，阿成為了娶阿蘭，也開始在房屋中介公司上班了，為了娶阿蘭，他整個人都變得很上進，你就給他們年輕人一個機會吧！」

阿蘭的爸爸又說不出話。

阿成的爸爸說得很客氣，很有誠意，再三拜托。當時的台灣人淳樸耿直，說過的話礙於面子不會輕易更改，於是兩個大人就把婚期定下了。

等阿成和他爸爸走了以後，阿蘭的爸爸看著桌上的三百萬現金，心裏總是不能徹底踏實，一般人怎麼能夠拿得出三百萬？

當晚，阿蘭等到半夜全家人都睡著了以後，跑出門和阿成在家附近的公園見面。

「你那些錢是哪裏來的？」阿蘭急著說。

「我老大借給我的，利息不高，妳放心！」

「什麼？」阿蘭馬上擔心起來，「你瘋了！他哪來那麼多錢？」

「他的賭場每個晚上都能賺上幾十萬，不用幾天就有三百萬了，妳不必擔心，為了妳我沒有做不到的。」

「啊！那得要還多久？」阿蘭臉色很難看，「那你真的在房屋中介公司上班嗎？」

　　「是啊！不過我們結婚以後我就會辭掉，回到老大的討債公司。」

　　「什麼？你真的瘋了！」阿蘭又說，「我印象裏，你爸爸……那個人真的是你爸爸嗎？」

　　「那是我老大，他答應幫我的，妳放心！」

　　阿蘭幾乎要昏倒。

　　結婚以後，阿蘭很快生了第一胎，就常常回家借錢，阿蘭的爸爸又氣又沒轍。沒幾年下來，阿蘭一共生了5胎，這期間阿成又入獄兩年，阿蘭的爸爸都一直蒙在鼓裏。

　　阿蘭的前4胎都是男的，第5胎是女的。

　　五個孩子一天天長大，阿成還是沒賺到什麼錢，連個副幫主的位子也沒撈到。

　　五個孩子裏面除了老三，每個都和他們的老爸一樣，油嘴滑舌，一身江湖味，只有老三陳唯民和全家人不一樣，待人溫文有禮、誠實、孝順、學校成績又好。

　　生老三的前8個月，阿成才出獄，他常常在夜裏私下懷疑，老三是不是他親生的，怎麼和一家人都不一樣？

　　晚上，阿成和阿蘭躺在床上准備關燈睡覺，阿成：「妳

說阿民他怎麼跟其他四個孩子都不一樣？」

阿蘭：「阿民他乖的，不一樣有什麼不好！」

阿成：「妳懷阿民那時候我是不是還沒出獄了？」

阿蘭眼睛一睜，朝阿成的腦袋瓜用力拍下去「我幹你祖嬤的！你在想什麼？」一腳把他踢下床，「你竟然敢這麼說我，你每次入獄我是怎麼對你的！」

「我……我也什麼都沒說」阿成坐在地上揉著自己的腦袋。

「你老母較好的，出去！」拿起枕頭往阿成丟過去，「出去！」

「喂！我可是什麼都沒說呀！」

阿蘭把阿成推出房間，再把門鎖上。

阿成用力得敲門，「喂！不要這樣啦！喂！我睡外面第二天早上起來腰會痛啦！」

五個孩子都跑出來看了一眼，好像已經很習慣了，又像沒事一樣回到房間裏睡覺。

阿成一家人在社區裏是出了名讓大家討厭，鴨霸、講話大聲、滿口髒話、亂吐檳榔汁、欺負鄰居小孩子，只有老三陳唯民，有禮貌，會對鄰居打招呼，為家人向鄰居賠禮道歉。鄰居們看到陳唯民都會笑，一看到他的家人笑容馬上消失。

有一次阿成不到黃昏就喝醉酒回家，在家門口用鑰匙開門的時候找不到鑰匙孔，開門開了半天打不開，一火大把門外一排摩托車全部踢倒，一大堆鄰居聽到聲音跑出來看，開始和阿成破口大罵。

　　阿民正好放學回家看到，知道阿爸又闖禍了，先趕緊開門把阿爸拉進屋，再出來對鄰居們不停地道歉，然後把摩托車一部一部全部扶起來放好，「摩托車要是有壞掉的你們告訴我，我賠給你們，真對不起！」阿民說。

　　「阿民呀！你們要不要乾脆搬家好了，我們都受不了了！」

　　「對不起！對不起！真是對不起！……」阿民一直鞠躬道歉，回到屋子裏，看見阿爸倒在地上呼呼大睡。

　　阿民把阿爸扶到沙發上，拿被子出來給他蓋上。

　　阿蘭回家看到老公醉倒在沙發上，什麼也沒說，進房換了衣服，開始做飯。

　　阿民考上大學夜間部，半工半讀，自己付學費。其他四個孩子不是入了幫派，就是惹是生非，平均一個月去保釋他們一次，法庭交保釋金的櫃台看阿民老是來辦理交保，都看面熟了，「陳先生，你又來了！這次是要保釋誰？你哥哥還是你弟弟啊？」

　　「我爸爸。」阿民和櫃台的人熟到不會不好意思。

「哦！我看看。」櫃台人員翻了一下檔案夾，「有了，陳代成是嗎？保釋金……這次兩千塊。」

阿民付了錢，跟阿爸一起走出來，「阿爸，你肚子餓不餓？要不要吃碗麵再走？」

「嘛好！」

阿民和阿爸在法院大門附近的一個面攤坐下來，阿民點了麵和滷味。

阿爸：「你不吃啊？」

「我不餓。」

阿爸正伸手去拿桌上的醬油，隔壁桌的一個年輕人過來，問也不問就把醬油拿走。

「我幹你娘的！」阿爸立刻站起來，要過去揍他。

阿民馬上把阿爸拉住，「阿爸！你才剛出來，不要再惹事……」

阿爸瞪著隔壁桌拿走醬油瓶的年輕人，「我幹你娘的！你爸還沒用你就……」

「阿爸，現在的年輕人都這樣了，他不是針對你啦！」

「不是針對我，你怎麼不會？」

「我們自己人你感覺不到啦！」阿民馬上到一旁沒人坐的桌子把醬油瓶拿過來，「來，用這個，都一樣！」

阿爸又瞪了那個拿走醬油的年輕人，「幹你老母！」

阿民看著阿爸吃麵，支支吾吾地說：「阿爸」

　　「嗯？」

　　「你找別的事做吧！這種事多少有風險。」

　　「我前科一大堆，又一把年紀了，能做什麼？不做這個你養我啊？」

　　「我很快就畢業了，等我一開始工作，我每個月會給你和阿母錢用。」

　　阿成開心得笑了一下：「幹你娘的！」，伸手往兒子頭上推了一下，然後稀稀酥酥三兩下得把面和鹵味吸光，用袖子往嘴一擦。這時候腰間的BB機響起來，看了一眼「你阿母！」

　　阿民付了錢，父子倆到路邊的公共電話亭打電話回家。

　　阿民：「喂！阿母。」

　　阿母：「你阿爸出來了沒有？」

　　「出來了。」

　　「我跟他說一下。」

　　阿民把電話筒拿給阿爸。

　　「喂，什麼事？」阿爸說。

　　阿母：「尖頭問你，有一筆6萬的賬，你要不要去收？」

　　阿爸：「有欠條沒有？」

　　「有。」

　　「要不要讓他分期付？」

「他說對方有錢。」

「好，把地址告訴阿民，我去收了再回家。」把電話筒再交給阿民，走出電話亭。

阿民沒多久就從電話亭裏出來，把一張地址交給阿爸。

阿爸：「你先回去，我去收一筆賬再回去。」

「哦！」阿民又說，「阿爸……」

「按怎？」

「記得別動手，現在的電視把老百姓教得動不動就報警。」

「嗯。」

阿民想了一下，「阿爸，我還是跟你去好了。」

「不用了，你長得這麼斯文反而麻煩！回家等我吃晚飯。」

阿民又從口袋裏拿了三百塊給老爸，「阿爸，記得，千萬別再動手。」

「知道啦！」接下三百塊說，「趕快回家！」

阿民走向公車站。

阿成跨上阿民的摩托車，朝另一個方向騎去。阿民一點都不像我，到底是不是我親生的？聽說現在去醫院可以驗得出來，不過他這麼孝順……這樣做會不會傷了他？萬一驗出來不是，他不更難過？

歎了一口氣，『幹！做人就是這麼難。』

晚上七點多，阿母：「你阿爸怎麼還沒回來？」

電話響起，阿母接起電話聽到是阿爸的聲音就說：「你是辦完了沒有？錢沒收到就先回來吃飯，天都黑了！……」

阿爸在電話另一邊說了幾句。

阿母：「喔！這樣子啊，好！」電話掛掉，對大兒子說：「去把這張欠條送到這個地址給你阿爸。」

大兒子：「哎喲！我吃飽飽的，懶得動。」

阿母：「懶得動！剛才吃飯的時候怎麼不會懶得動？」

大兒子：「阿民，給你去！」

阿母：「我叫你去你不要給我找別人，阿民要讀書，不像你們幾個吃飽飯沒事幹！」

阿民：「阿母，讓我去啦！妳的摩托車借我。」

阿母看著面前幾個孩子，「你們老是占阿民便宜！」

2個小時後，阿民和阿爸回來。

阿爸進了門說：「還好先吃了碗面，不然真不知道能不能跟他耗這麼久！」

阿母：「我幫你把飯熱一下。」

阿爸坐上飯桌，把剛剛收的賬好幾疊鈔票拿出來放在桌子上，老二一看到立刻靠過來，「阿爸，我的電腦壞掉要換零件。」

阿爸看著他不說話。

「要一千塊。」二兒子又說。

阿爸還是看著他不說話。

「不然電腦不能用。」

阿爸：「去換啊！」

「我沒錢。」

阿爸：「那就去賺錢啊！」

「我……還沒找到工作……」

阿母端了一碗熱湯出來，「3個月沒做事了，是找不到事做還是不想做？真的想做的話什麼都可以做，電腦壞了正好，可以出去好好找事做，每天在家吃閒飯，幾歲了你！」

老二無趣得走開。

小妹靠過來，「阿爸，我下禮拜想跟學校社團去台中兩天，連吃帶住要八百。」

阿爸看著她不說話。

「我們是要去跟另一個學校的舞蹈社交流。」

阿爸看著她還是沒說話。

「還計劃將來一起在台北演出。」

阿爸：「那就去啊！」

阿母端了飯菜出來，「阿民連學費都自己交，妳要用錢可以去打工啊！」

「我現在又沒工作，哪能一下子拿得出錢來。」

阿母：「去台中之前找到工作，我錢就先借妳。」

小妹也無趣得走開。

換老四靠過來，阿母：「要錢免談，這些錢是明天要交給公司的。」

老四：「6萬的話阿爸可以抽8千吧！」

阿母口氣大了起來，「8千！房租不用錢啊？水電費不用錢啊？你們每天吃的飯不用錢啊？阿民可以整天打工又上課，學費自己交，不但沒跟我拿過錢，每個月還給我3千塊，你們呢？」

老大：「別牽扯到我，我可沒跟妳要過錢！」

阿母：「是啊！沒跟我要過錢，你幹的是什麼工作？賭場的看場兼打手，跟那一幫人在一起，不知道還有什麼見不得人的事沒幹過！」

老大來了一句，「更年期！」

阿母破口罵了出來：「你欠揍是不是？」

阿民似乎很習慣一家人不好好說話吵來吵去，只是靜靜得讀自己的書。

阿母瞪著大兒子慢慢坐下來，然後換個口氣轉向阿爸，「記不記得我的好姐妹淑慧？」

阿爸一邊點頭一邊吃飯看著電視。

阿母：「她的女兒和阿民同歲，人也蠻乖的，我想讓阿民先跟她訂婚，等讀完書當兵回來就趕快辦一辦。」

阿爸：「這麼急啊！」

阿母：「我想讓阿民早點離開這個環境，才能有好的生活。」

阿民聽到了說：「阿母，這還有好幾年的事，我想先有好一點的工作，存幾年錢再結婚，有對象的話先介紹給大哥好了。」

大哥一聽興奮得說：「好啊！好啊！」

阿母：「介紹給你大哥？不行，這女孩子很乖，不能給你大哥。」

「我是怎麼了！為什麼不能介紹給我？」

阿母：「你有正當的工作嗎？你身邊缺女孩子嗎？都不知道你身上有沒有帶病？」

「我每個月都有固定收入，不能結婚嗎？」

「你帶過幾個女孩子回來一起洗澡？沒有一個正經的，你這種個性，我這個好姐妹的女兒很乖，不能跟你」。阿母轉身對阿爸說：「現在這麼乖的女孩子太少了，先和阿民訂婚好了。」

老二：「都不知道長得怎麼樣？」

「我會把醜八怪介紹給自己兒子嗎？」阿母大叫。

阿爸把筷子放下，「妳剛才說要讓阿民早點離開這個環境，是什麼意思？」

「阿民這麼上進，跟我們住在一起，你覺得好嗎？」

阿爸不太高興得說：「跟我們在一起是怎麼不好？」

「你收賬，老大看賭場，老二、老四只吃不做，小妹穿成這副德行頭髮剪成這樣。阿民是個規規矩矩的人，適合跟我們在一起嗎？兄弟姐妹一天到晚跟他借錢，要不是我幫他把薪水存起來，他連學費都被他們借光了。他將來有了好工作，自己銀行戶頭裏還可能有錢嗎？」

　　阿爸把手用力拍到桌上，「那妳是說這個家不好，我們配不上阿民是不是？」

　　阿母口氣也大了起來：「阿民跟我是同一種人嗎？」

　　阿爸罵出來：「我幹你娘的！阿民比我們高尚，我們不配跟他住是不是？」氣得嘴都噴出了飯粒。

　　阿民馬上走到阿爸身邊說：「阿爸，阿母不是這個意思！她只是覺得我的個性適合按部就班，我也從來沒想過要離開這個家，我們一家人絕對沒有誰比誰高尚，阿母一時嘴快，她沒這個意思。」

　　阿母又要說話，阿民馬上搶著說：「阿母，阿爸在吃飯別說這個了，我讀完書再當兵回來，事情會怎麼變都不知道，說結婚的事現在還太早了！」

　　阿母：「不是，這個女孩子……」

　　「阿母！」阿民嗓子也大聲起來，「我沒想過要離開這個家，每個人跟我都這麼好，我沒必要離開，也不想離開！」

　　小妹．「對嘛！我們都喜歡三哥，三哥也喜歡我們，為

什麼他要走？」

　　阿民說得很大聲：「我還不想這麼早結婚，先介紹給大哥好了，大哥有了家庭個性就會定下來，再來是二哥。至於我就等當完兵回來再說，其他就別說了！」

　　大哥：「對嘛！這才是好兄弟。」

　　阿民：「阿爸，我進去幫你再乘一碗湯。」走進廚房。

阿民白天在電腦門市部上了八個小時的班，晚上再到夜間部上課，回到家門口已經快11點，看到兩個鄰居在門口等他，馬上快步走向前，「莊伯伯、李太太，有什麼事嗎？」

　　李太太：「你回來就好了！你們家打麻將已經打了整個晚上，我們都一把年紀了明天還要上班，睡不夠第二天就會很累……」

　　阿民露出滿臉的歉意，「真是對不起！我這就提醒他們，讓他們早點結束，真抱歉！你們先回去睡吧，我會跟他們講的。」

　　阿民一進屋子就看見阿爸、阿母和阿爸的兩個朋友圍著飯桌在搓麻將，四雙手在桌面上洗牌，不斷傳出『卡，卡，卡！』的響聲。其中一個人身邊還坐著一個辣妹，每個人都在抽煙，整個客廳被搞得烏煙瘴氣。

　　「阿爸、阿母、尖頭叔、阿魁叔！」阿民跟每個人打招呼。

　　尖頭叔：「阿民，下課了！這是我女朋友可樂，漂不漂亮？」

　　「漂亮。」阿民說。

　　可樂看著阿民一表斯文，對他一直笑。

　　「阿母！」阿民到阿母耳邊小聲得說，「鄰居在外面跟我說太吵了，你們早點結束吧！」

　　「我知道了！不用理他們。」阿母說。

阿民走進房間。

尖頭叔：「阿民不錯嘛！白天上班，晚上又讀夜間部，每個月還拿錢回家，我看你們兩個以後享清福就看他了！」

阿母：「生了五個，還好有一個是能指望的。」

阿爸聽到瞄了阿母一下，內心的一股不自在又浮上來。

尖頭的女朋友看起來二十幾歲，抽煙、嚼檳榔、穿低胸的緊身衣和迷你裙，玩著打火機陪在尖頭旁邊5、6個小時了，悶了大半天，看見阿民從房間出來進了廁所，再看一下麻將桌上的四個人，大家都死盯著自己眼前摸的牌，於是站起來說：「我去廁所。」

阿民在洗手間洗好臉要出去，可樂正好走進來，阿民對她點頭笑了一下要出去，可樂擋住阿民，阿民看著可樂一腳踏在馬桶蓋上，用手慢慢地把自己的迷你裙往上拉，一直到露出了一點粉紅色的內褲。

阿民嚇了一跳，「妳……」

大哥在房間裏從門縫看到洗手間裏的一切，「幹！阿民今晚走的是什麼狗屎運！」

阿民小聲又緊張得對可樂說：「妳不要這樣，他們都在外面啊！」

可樂把裙子拉得更高，嚼著檳榔對阿民微微地笑，阿民嚇得倒抽一口氣。

這時候大哥來到洗手間門口，小聲又嚴肅地說：「阿

民，你在幹什麼？出去！」

「我……」阿民冤枉得說不出話，趕緊走出洗手間。

大哥對可樂說：「他人太老實不懂這些，像根木頭，妳跟他沒搞頭的。」

可樂依然嚼著檳榔，笑著盯住大哥。

大哥一手摟住可樂的腰，另一只手……

阿民回到房間裏，「真恐怖！現在的女孩子真是太大膽了！」，平靜了幾分鍾，深呼吸一下，正想把書桌上的課本打開，「糟糕！眼鏡還在洗手間裏。」

阿民走回洗手間，見洗手間的門沒完全關上，雙眼一睞朝裏面看，「啊！」驚訝地把脖子往前一伸。

可樂背對著大哥，兩顆奶子不停地搖晃，粉紅色的內褲脫到膝蓋，大哥褲子拉鏈打開朝她後面使勁得撞，一手還捂著她的嘴。

阿民徹底看傻了！回過魂來立刻把頭伸進門縫裏，又急又不敢大聲地說：「大哥，這個人不行啊！她是尖頭叔的女朋友啊！」

大哥一邊幹一邊伸手把門關上。

阿民迅速把頭伸出來，否則脖子一定被門夾上。阿民整個人在洗手間門口傻住，這下可怎麼辦？可樂是尖頭叔的女朋友，尖頭叔可是阿爸的老人啊！

想了一下，趕快走到客廳麻將桌旁到可樂的椅子上坐下。

尖頭叔看阿民在一旁坐下來，「阿民，你什麼時候畢業？」跟阿民聊起來。

沒多久，阿魁叔把自己面前的整副牌蓋上，「我去一下廁所。」

阿民流下冷汗，阿魁叔可是尖頭叔的貼身打手，阿民立刻說：「可樂還在用啦！我也在等廁所。」

尖頭叔：「可樂是在拉肚子啊？進去了這麼久！」

阿爸：「我房間裏面還有一間，去我房裏用。」

阿民的心臟被大大敲擊了一下，去阿爸的房間可是要經過外面的洗手間！馬上說：「我帶你去。」

阿爸：「裏面右邊最後一間就是了！」

阿民看阿魁叔走開，緊張得吞了一下口水，千萬別這時候出來呀！

過了一分鍾，可樂走出來，笑臉盯著阿民，阿民立刻站起來把位子讓給可樂坐。

接著阿魁回來，坐下來繼續摸牌。

阿民看阿魁叔什麼都沒說，一直盯著麻將桌。

『還好！還好！』阿民整個身體幾乎要癱掉。

走回房裏看到大哥躺在床上滿頭大汗，還在喘氣。

阿民瞪著大哥：「你知不知道你這樣會害死阿爸！」

大哥點了一支煙，吐了一口，喘著氣說：「有什麼事

嗎?有發生什麼事嗎?」又抽了一口煙,「幹!這死騷貨,
屁股肉還真有彈性,搞得我前後彈來彈去的!」

　　阿民氣得說不出話。

　　大哥:「去讀你的書啊!還站在這邊幹什麼?」。

周末。

阿民在電腦銷售部的櫃台上班，正在跟客人講解如何操作電腦，忽然看到小妹來找他。

阿民跟客人講解完以後，小妹走上前來，阿民知道她又是來借錢的。

「哥，先借我兩萬。」

「這麼多錢妳要做什麼？」

「我現在沒時間跟你講，我有急用啦！」

小妹看阿民盯著她沒說話，於是又說：「我會還你的啦！」

「妳二哥昨天才跟我拿了四千塊，我現在哪裏有錢？」

「那你去刷卡。」

「妳神經啊！刷卡的利息有多高，誰付啊？」

「我會連利息一起還你的啦！」

「免談，我在上班，妳快點走，不要讓我的老板看到！妳自己闖了什麼禍，自己去處理。」

「我就是處理不來才來找你。」

「好，那告訴我是什麼事？」

小妹猶豫了一下，說：「二哥跟人家玩牌輸了，被扣住，要拿2萬去才放人。」

「原來他昨天跟我拿四千塊是去賭，還跟我說是……」阿民氣得說不下去，再看小妹說：「這件事妳有沒有份？」

「我只是陪他去。」

阿民看小妹一邊說一邊眨眼睛，「妳給我說實話，不然錢的事免談！」

「二哥以為釣上了一個凱子，想不到是個高手，一開始二哥贏了十幾萬，想不到後來輸了十幾十萬，他們還有七八個人都有傢伙，就把二哥扣住了，所以一定要先付一半才放人，我到處跑湊到了6萬，還差2萬。」

「什麼！那就是欠人家16萬！」阿明說，「他看你們的年紀16萬是可以湊得出來的，不多不少，對方一定是道上的老千，年紀沒大你們多少吧？」

「嗯。」

「知不知道是混哪裏的？」

「好像是萬華那一代的。」

「你二哥玩牌玩了這麼多年，還有人能招住他」阿民想了想，「年紀不大，那一定是後面有師父。這件事不能給錢，要叫阿爸出面，給了錢他們不會就這麼算了，一定會沒完沒了，一直到把你們兩個榨幹為止，這件事阿爸早晚要出面，不如現在就請阿爸出面，才不要越陷越深！」

「不行的啦！」小妹緊張得說，「阿爸會把我們打死的！」

阿民看著小妹說：「早晚要被打死，妳要現在被打死比較好，還是要欠　大筆錢再被打死？」

小妹想說又說不出話。

阿民要去打電話給阿爸，小妹立刻把他拉住，「不要跟阿爸說啦！我答應二哥不跟阿爸說的。」

「是我說又不是妳說。」

「不行啦！」又把阿民的手抓住，「我怕阿爸啦！這件事我也有份。」

阿民先是笑了出來，然後瞪著小妹，「妳真是不知死活！跟妳二哥聯手去騙人，看妳以後還要不要規規矩矩做人！」

小妹兩眼淚水，「拜托啦！你不要跟阿爸說啦！」

阿民看小妹一哭就心軟，心裏想著這件事要怎麼辦。

想了大約5分鍾，阿民說：「如果對方背後的老大一出來，連你大哥也搞不定，找別人的話還要欠人情，早晚會傳到阿爸耳裏。」深深吸了一口氣，「只能找阿母了。」

「她會不會告訴阿爸？」

「那妳求她咯！」，阿民看一下手表，「阿母現在應該一個人在家，我還不到一個小時就下班了，妳去外面的肯德雞等我，等我下班一起回去找阿母。」

阿民和小妹回到家，和阿母三個人坐在客廳。

阿民把事情告訴阿母，阿母一巴掌要朝小妹臉上打下去，阿民把阿母的手拉住，「阿母，現在先處理事情。」

阿母看了阿民，把手放下，氣得坐在沙發上點了根煙猛抽，抽不到兩口，打了一個電話給他的好姐妹。

　　不到一個小時，兩個女人來到家裏，一個是阿民見過阿母的好姐妹阿袋姨，另一個看起來年紀比阿袋姨還大一點，似乎60歲了，穿得很樸素，五官端正，雖然臉上只是淡妝，但是豔味十足，乍看之下一點都不像是過了中年的女人。

　　阿袋姨：「這是吳美子。」

　　阿母對兩個孩子說：「不會叫人啊？」

　　「阿袋姨，吳阿姨！」

　　阿袋姨：「美子是我阿母結拜的女兒，小時候我們玩在一起好多年，她的阿母是日本人。」

　　阿母笑著說：「難怪這麼漂亮！」

　　美子問小妹：「對方叫什麼名字？哪條道上的？」

　　小妹：「我只知道他叫阿年，還有一個叫小進，他們好像是萬華那邊的。」

　　美子：「阿年？小進？……有多大歲數？」

　　小妹：「都20多歲。」

　　美子：「現在年輕這一輩的我都不認識了」再說，「玩的是什麼？幾個人玩？」

　　小妹：「玩撲克，一共四個人玩。」

　　妹子：「撲克玩的是什麼？

　　小妹：「這這我也不懂.」

美子：「三家對一家，不死才怪！」又說：」不要浪費時間了，我們趕快去救人要緊！」

五個人上了計程車到一棟公寓大門口，小妹按了電鈴，公寓大門一打開，大家跟著小妹上電梯到6樓。

走進6樓其中一戶，四哥坐在沙發上抽煙，還有五六個人在一旁，其中三個人手上都有西瓜刀。

「阿母！」二哥叫了出來。

阿母板著臉說：「闖禍了哦！」

二哥說不出話。

屋內的人看到走進來的除了阿民以外都是女的，心裏都笑了一下，這下肯定把他們吃的死死的。

屋子裏其中一個人上前一步，擺出一副狠樣，「錢帶來了沒？」

美子四周看了一下，一共六個人，三個人手上有西瓜刀，周圍環境應該沒有針孔，賭局裏應該沒有用到科技，只是純手頭技術的老千，這就更好辦了！

阿母：「輸了多少錢？」

二哥：「16萬。」

美子：「玩了多久輸這麼多錢？」

二哥：「四個多小時。」

美子心想：四個多小時才搞到16萬，乳臭未乾！說到：「輸這麼多錢，怎麼知道你們有沒有出老千？」

一夥人個個擺出狠樣，「喂！奧桑，他自己願賭服輸，連她妹妹也在場從頭看到尾，現在輸了才不認賬，你爸我們幾個人的時間都白搭的呀？」

美子：「如果是他自己賭輸的，那錢當然要給，天經地義。我只是想看你們有沒有合起來騙他，你們玩的是什麼？」

其中一個年輕人說：「我們怎麼會合起來騙他呢！他也有贏過，又不是一直輸。」

美子：「你們玩什麼？」

年輕人說：「歐巴桑，我跟妳講你懂嗎？電影賭神有沒有看過啊？我們玩的就是那種，可我們又不是賭神，怎麼可能出老千？趕快把錢拿來就可以把人帶走了！」

美子的眼神瞪向年輕人說：「你是在叫誰歐巴桑！我要看你們的牌。」

年輕人不耐煩得歎了一口氣說：「來！來！來！要看就快點，都在桌上。」指著一旁桌子上的兩疊撲克牌。

美子走過去把牌拿到手上，幾乎每張牌正反面看了又看，微微笑了一下，轉身過來說：「輸了16萬，這裏有幾副牌？」

「有3副，歐巴桑，妳到底懂不懂玩牌？」

「一開始玩的時候都是新牌嗎？」

「當然啦！在他面前折的。」

「8萬放人是不是？」

「對！」年輕人已經快沒耐心，「另外8萬簽了欠條就可以走了。」

「我平常也跟一些太太們打牌，也懂一點，不如我跟你玩兩手？」

大家都愣了一下，其中一個年輕人說：「妳還有錢嗎？不要把這個月的菜錢都輸光了！」

「我跟你們玩兩手才知道你們有沒有出千，我才能甘心給錢。輸了我照給，但是你們輸了的話也要給。」

二哥再一旁愁眉苦臉說：「不要啦！他們很厲害，不要再玩了啦！」

阿母：「你給我閉嘴！沒跟他們玩兩下，怎麼知道他們有沒有聯合起來騙你！」

二哥一副苦瓜臉，「不要了啦！越輸越多怎麼辦？」

阿母火大地說：「你給我閉嘴！」

美子：「還有新牌嗎？」

年輕人：「有，有，有，有牌打沒有不打的道理。」

美子：「你們是幾個人跟他打？」

年輕人：「三個。」

美子：「那就同樣三個人一起來吧！」

幾個年輕人互相看了一下，「真的要再打？」

其中一個人說：「是她自己要打的，又不是我們要。」

另一個年輕人說：「那打多大？」

美子：「你們當初打多大，就打多大。」

年輕人笑起來，去櫃子裏拿出三副新牌走過來。

美子：「等一下，我要檢查。」

「沒問題！」年輕人把牌交到吳美子手上，另外三個人過來牌桌坐下。

美子把三副牌拆開看了一下，是新牌，沒做過手腳，好！就陪你們幾只小貓玩一下，讓你們看看什麼叫『賭術』。

美子把牌交回給年輕人，「來吧！」然後從自己包裏拿出一小瓶乳霜擦上手，雙手慢慢地相互搓揉，看起來是要把乳霜在雙手上搓的均勻，兩只手動起來讓人感覺非常得老練、優雅。

牌桌上其中一個年紀較大的年輕人眉頭緊皺了一下，心想：這種手勢！不會，應該不可能

美子拿出3000塊放在桌上，「這是我這個禮拜的菜錢，輸光就不打了。」

桌上其中一個年輕人笑起來，「那就快點吧！」把3000塊的籌碼推到美子面前。

打了10分鍾，吳美子只剩300塊。

其中一個年輕人說：「歐桑，妳只剩300塊了，全壓好了，不要再浪費時間了！」

美子：「300塊至少還能再打兩局呢！」

其中一個年輕人：「妳們這些老太太，打牌只是消磨時間預防老人癡呆，跟妳們打真是浪費時間！開牌吧！」

美子：「快把我菜錢輸光了，真是有點緊張，整個身體都熱起來了。」說完用手在脖子上扇了幾下，打開胸前的紐扣露出一半的乳房。

「哇！」所有男人包括阿民都看呆了，心中忍不住地讚歎，美子再把下巴上揚朝自己胸口慢慢扇兩下，全身散發出豔麗又情色的風味，讓所有人都呆住。

美子：「發牌呀！」

幾個年輕人一邊發牌一邊盯著美子的乳溝，你娘的！這麼深的乳溝，她那兩粒到底有多大？

牌桌上的三個年輕人，不單要看著手裏的牌，還要關心美子的胸頭肉。

過了10分鐘，怎麼美子贏了7000塊，「這是怎麼贏的？」

牌桌上年紀稍大的年輕人對其他兩個人說：「喂！專心一點，好好打，快點把它打完。」

5分鐘後，美子贏了2萬。

幾個年輕人開始覺得不對勁，不停地互相打暗號要牌。

美子看了他們一下，淺淺地一笑，「我手氣開始好轉了，我要乘勝追擊，全下！」

其中一個年輕人笑出來，「也好，趕快打完，別再浪費時間了，全跟！」

其他兩個人也把籌碼全壓下去。

三個年輕人開牌。

輪到美子開，不慌不忙地一邊開一邊說：「一條龍！」，「天地紅！」，「至尊！」

桌上三個年輕人都傻了眼！

美子：「你們一人欠我26萬，一共是78萬，扣掉欠你們的16萬，還欠我62萬。」說完把胸前的扣子扣上。

其中一個年輕人回過神來立刻發飆：「我幹你娘的！原來妳一開始就在演戲。」

「你對小進也用兩根手指摸了自己額頭三次，要三張9，對他用食指摸了下巴兩下，要兩張K。」

小進大罵：「幹你娘的，原來是同行！」

吳美子大聲得說：「什麼同行！以你們的手法都還不夠格入行。」

其他幾個年輕人拿了西瓜刀站起來往賭桌靠過去。

美子左右看了一下靠過來的人，鎮定得說：「幹什麼？我又沒出千，只有你們能贏，別人不能贏啊？坐下來之前可事先說好的，誰輸誰給錢，可不是誰輸誰發飆啊！」

二哥趕快接著說：「是啊！我可以輸，你們就不可以輸啊？」

小進還是大罵：「幹你娘的！跑來耍我們還比我們有理是吧？」

美子笑著說：「我敢來還會怕你們嗎？」，兩眼狠狠瞪著所有人，一下變了口氣大吼：「給錢，不然就叫你們師父出來，在道上還有人敢開賭局輸了不給錢嗎？」

小進身後年紀稍大的人說：「一開始我還以為自己看錯，原來是我看走眼，當妳用乳霜擦手的手勢我就覺得妳是不是日本木鬼流那一派的？但是我想日本頂頂五大流派的人怎麼會來這裏？……妳每次在桌上推牌的手是四指扁平合閉，加上木鬼流的女弟子要出手的時候都會先露『色』，他們非常看重『色術』，拜師的過程還要學會如何散發窒息的女人味，不少女弟子為了出師還特別去隆乳。我師父給我看過日本70年初期日本道上五大流派的黑白影片，這個在台灣一般人是看不到的。妳一把年紀了雖然衣著樸實，可是卻蓋不住一身修練出來的撫媚，讓所有人都像被下了迷藥一樣，可見妳的賭術乃屬上乘，妳怎麼會來跟我們這些後生晚輩打交道？」

美子斜眼看著他，一副不太想理地說：「原來你們這些人裏面還有一個是懂世面的，看你也不過30歲。願賭服輸，給錢不然就叫你師父出來，我不想再說第2次。」

另一個年輕人說：「我就是他們的師父。」

美子：「你才幾歲，就在外面收起徒子徒孫來了！我都

懶得跟你玩，把你師父叫出來吧，不然就給錢。」

「如果我沒錢，又不想叫我師父呢？」

「江湖事江湖了，我怎麼可能就這麼算了！」美子站起來要走。

「等一下！」年紀稍大的男子說，「我叫王文甫，大家都叫我蚊子，我師父是許九支，在萬華的賭場裏隨便問一下就能找得到我，我現在只有30萬，請妳先收下，一個禮拜內我會把剩下的錢送過去。」

美子看了他一下，「這還差不多。」

其中一個手拿西瓜刀的年輕人說：「老大，真的要給她錢？我們人多，沒幾下就可以收拾他們。」

「閉嘴！」蚊子大罵，「遇到高手了還不知死活！去裏面把錢拿出來。」

蚊子把30萬擺在美子面前，「要不要點一下」。

「不用了，看你也不敢！」

「剩下的錢送到哪裏給妳？」

「交給他就行了。」美子提起下巴朝二哥看了一下。

「請問前輩寶號？」

「吳美子。」

蚊子拿來一個袋子，把30萬裝進去，雙手拿到美子面前，「前輩慢走。」

美子把袋子提到手上，看了蚊子一下，走出大門，阿民、二哥、小妹、阿袋姨、阿母一夥人也跟著出去。

　　一出門就聽到身後公寓裏傳來聲音，「老大，這麼多錢就讓他們拿走啊？」

　　接著一個巴掌聲，蚊子破口大罵：「跟你們說多少次，我們是練賭的人，不是土匪，不要把錢看得那麼重。還想跟我的話，把你們以前那種小混混的性子收起來，不要動不動就要打要殺，搞得自己沒格調。才幾十萬我們沒幾天就賺回來了，今天用三十萬開個眼界算是賺到了！」

　　吳美子自言自語地說：『王文甫，蚊子。』點點頭。

　　大家走出了公寓一樓大門。

　　二哥走到美子身邊，「阿姨，妳收我做徒弟好不好？我很愛賭，我會很認真學的！」

　　阿母立刻大步走過來朝他後腦袋拍下去，「不知死活！搞出這麼大的事還不知道嚴重，你還想賭，還想賭」

　　二哥抱著頭跑開，阿母對美子說：「大姐，真是多謝妳！沒有妳我都不知道怎麼辦，明天一起出來吃個中飯？」

　　美子笑著說：「好啊，阿袋以前就跟我常常提過妳，難得可以跟妳認識，明天我們再聯絡，我先走，還有一些事要去辦。」

　　大家看美子往大馬路走去攔計程車，背影阿娜多姿，屁

股翹得撩人。

阿母：「身材真好！不看她的臉還真看不出她快60歲了。」

二哥又走到阿袋旁邊，「阿袋姨，妳叫她收我做徒弟吧！我真的會好好學的」

阿母跑過來舉起包包要打二哥，二哥馬上又跑開，「你這死孩子，從小到大給我惹多少麻煩？」阿母看二哥跑開打不到，轉身朝小妹打下去，「一個女孩子跟人家跑去賭，看妳怎麼嫁的出去？」小妹被打了以後也趕快跑開。

阿民揮手叫計程車，大家上了計程車，二哥不敢上車怕被阿母打。

阿民大喊：「快上車，惹了這麼大的事還不回家，想要把阿母氣死嗎？」

二哥提心吊膽地慢慢上了車，進了前座，一坐下來，阿母的包包馬上從後腦掃過去。

阿袋姨：「好了，回家再說啦！」

計程車門全關上，載著五個人離開。

阿母看了一下手表，「幹！阿成快回家了。」

阿民：「阿袋姨，妳這個結拜大姐怎麼會懂日本的賭術？」

阿袋姨：「她爸爸當年被通輯跑路到日本，在日本的道上認識她阿母，她阿母當時是在地下賭場裡做荷官的。賭場

裏面三教九流，什麼老千都有，沒有三兩下是沒資格做荷官的，美子的賭術都是她阿母教的。後來一家三口回到台灣，跟我是鄰居，我們從小玩到大，不要看她人文靜長得漂亮又懂日文，她自殺過兩次，其實蠻坎坷的。」

阿母：「條件這麼好，怎麼會自殺呢？」

「一次是因為她阿爸，一次是因為感情。」

「她阿爸？」阿母說。

「是啊！她17歲的時候，有一次他阿爸喝醉酒唉！她是我好姐妹，不說這個了。」

大家都不再說話，車子裏靜了下來，只有車窗外的馬路上一輛又一輛的車聲不斷從耳邊掃過，接著，夕陽黃昏。

阿民大學畢業典禮那天。

阿爸、阿母、二哥、小妹也來到學校參加阿民的畢業典禮，一家人在校園內找風景好的地方拍照，一眼望去，到處都是學生和學生家長在照相，所有人經過阿民一家的時候，看到他阿爸和二哥手臂上滿滿的刺青，都會多看一眼。

小妹說：「阿爸、阿母，我幫你們和三哥照一張。」

三個人站在電機系大樓門口，開心得拍照，面前經過另一個畢業生一家四口，這家人的爸爸說：「等一下，人家在照相，讓人家先照好我們再過去。」

阿母的笑容突然一下子不見，接下來一整天的笑容都消失了。

阿民：「阿母，妳的臉色不太好，是不是太累了？」

阿母：「可能是昨晚沒睡好。」

小妹：「阿母，妳是不是要來參加三哥的畢業典禮太高興了才沒睡好？」

阿母：「是啊！我想不到我們家裏會有人讀到大學畢業。」

小妹：「唉！現在台灣大學這麼多，要讀大學已經沒有以前那麼難了。」

「是啊！那妳怎麼沒讀？」阿爸說。

阿民：「小妹，妳要讀的話還來得及，不要錯過這個可以讀書的階段。」

小妹搖搖頭說：「我不行啦，高中都讀了5年，讀書我不行啦！」

阿民：「妳如果真的想讀的話，學費我幫你出。」

阿母：「對她那麼好幹什麼？如果讀不出來，不浪費你的辛苦錢。」

阿爸：「看妳三哥對妳多好！」

二哥：「阿民，洗手間在哪裏？」

阿爸：「我也正好要去。」

阿民：「在前面操場旁邊，我帶你們去。」去廁所之前轉身對小妹說：「妳真的想讀的話就跟我說。」

小妹沒說話，趕緊再開口：「阿母，妳要不要去廁所？」

阿母：「我不去了，這顆樹蔭下很涼快，我在這裏休息一下。」

阿母一個人坐在樹蔭下的石椅上，靠著椅背閉上雙眼，偶爾涼風吹過，內心一陣清爽，整個人放鬆下來，在這遠離人群的角落，除了安寧的一片藍天，只剩下少許的蟬鳴，而這突來的熟悉聲，卻打破了一片幽靜，「阿蘭！」。

阿母打開雙眼，沒有說話。

「阿蘭！」這個男人又叫了一聲，很友善得微笑著。

「剛剛看到妳跟孩子拍照，我嚇了一跳，想不到在這裏能再見到妳。」

阿蘭低下頭，再擡起，說：「你為什麼要來相認呢？」

　　男子親切地微笑一下，「二十多年了，我們在一起那美好的兩年，我好不容易才放下，今天卻把一切又再勾起。」再說，「妳剛才沒認出我？」

　　阿蘭靜靜看著他，歎了一口氣，「我多麼希望你不要過來找我。」

　　男子沈靜了一下，還是提起了微笑說：「我女兒在商學院，我看剛剛跟妳拍照的是妳兒子嗎？他讀什麼系？」

　　「電機。」

　　「那很好啊！現在有一個專長的話，找工作很容易，是老大還是老二？」

　　「老三。」

　　男子一下沒了表情，「他……他是……」

　　「不是你的。」

　　「喔……！」男子略帶艦尬地笑了一下。

　　「我男人他們去洗手間，快回來了。」

　　「喔……那……那我先走了，妳……妳保重……！」

　　阿蘭點頭，眼淚差點流出來。

　　男子站在原地，不捨得離開。

　　阿成第三次入獄後，房子右邊的鄰居搬走，不到一個月又搬來一對夫妻，聽說男的是貨車司機，女的在塑膠花工廠

上班。

當時阿蘭銀行裏只有兩百多塊，帶著2個孩子，很快銀行裏剩下十幾塊。

和阿成結婚後，爸爸很生氣自己的女兒與阿成合著騙了他很多事，阿蘭回去拿了幾次錢，最後一次爸爸說沒錢再『借』她了，自己終於也沒臉再回去。靠著結拜姐妹的救濟也不是長久之計，如果能找得到人幫忙看孩子，才可以立刻出去工作。

終於打聽到巷口的外省劉媽在家幫人帶孩子，一個月50塊，她每天早上把兩個孩子放在劉媽家，就到城裏去找工作。路口的客運站牌，每天早上一小時有一班車到台北車站，她在台北車站下車就到處看，很快在一家自助餐店找到早班的工作，早上9點開始幫忙切菜煮飯，11點客人開始來的時候就收桌上的碗盤洗，2點半打掃拖地，3點半下班，一個月工資三千，還能讓她帶一些剩飯回家。

阿蘭很少跟新搬來的鄰居說話，平時進出家門的時候遇到，只是互相點頭笑一下，他們看上去人很老實。時間一久，熟一點以後，和他們小兩口的太太聊過一次，只知道他們姓鄭，先生每天早上開貨車送貨，整個台北縣到處跑，卡車就停在巷口的大馬路邊，太太在一家兩百多人的工廠做塑膠花。阿蘭告訴她自己男人是跑船的，常常不在家。

有一天晚上，阿蘭發現大兒子發高燒不退，只好把小兒

子帶到姓鄭的新鄰居家拜托他們看，自己要帶大兒子去找醫生。

鄭先生：「妳要怎麼去醫院？」

「我去巷口攔計程車。」

鄭太太：「現在都幾點了，哪有計程車會來我們這個地方！裕民，你開車帶陳太太去吧！」

「不用啦！我攔得到車子，你們做了一天工都累了！……」

鄭先生：「我們這裏晚上又偏僻又暗，哪裏會有計程車過來，小孩子治病要緊，妳就不要客氣了！」

鄭太太：「是啊！小孩子我幫妳看著，讓裕民趕快帶妳去，不要再拖了。」

阿蘭非常不好意思，「那……那就麻煩你們。」

鄭先生：「不會啦！怎麼會麻煩。」

鄭先生抱著大兒子和阿蘭到馬路口邊上，上了自己卡車開往城裏醫院去。

一個禮拜後，早上。

阿蘭正要帶兩個孩子去外省劉媽家，二兒子突然大哭大鬧說不去，阿蘭和二兒子搞了15分鐘，最後硬是把他拖到劉媽家，再跑到路口的客運站牌，看到客運的車子已經開走了。

「怎麼辦？」阿蘭急得束張西望。

鄭先生這時開著貨車過來，把車窗搖下，「我看到客運的車子剛開走，妳是要去城裏嗎？」

　　「是啊！」

　　「我也是，我送妳去啦。」

　　「你有順路嗎？」

　　「我每天都要到城裏載貨，當然順路，上來啦！」

　　阿蘭上了鄭先生的貨車「不好意思，又麻煩你！」。

　　「順路的，怎麼會麻煩！妳在哪裏上班？」

　　「在後車頭附近。」

　　「那正好，我每天都要經過那裏到工廠上貨。」

　　「今天要出門的時候小的一直跟我鬧，跟他耗了好久才把他帶到劉媽那裏，走到站牌的時候正好看到車子走掉了，都不知道怎麼辦，想攔計程車也攔不到。」

　　「攔計程車？開什麼玩笑，坐計程車到城裏要幾十塊，這哪合算，妳一天的工都白做了！」

　　「你太太都一大早就出門啦？」

　　「是啊！她每天8點半要到工廠，都搭7點15分往新竹的那一班，其實她也不用上班，但是我們想買房子，就先辛苦一點。」

　　「也是啦！有了自己的房子每個月就不必再付房租了。」

　　「妳大兒子什麼時候上小學？」

　　「明年。」

「他看起來蠻乖的。」

「老是欺負他弟弟⋯⋯」

兩個人輕輕松松地聊著,很快就進了城裏到了後車頭。

「你停前面就好,我在巷子裏面一間自助餐上班,你車子進去不方便。」

「好。」

阿蘭下了車,「多謝你!」

「不會!不會!」

第二天早上,阿蘭站在客運站牌等車。

鄭先生的卡車又開過來,「上車啦!」

阿蘭不好意思,站在原地不動。

「我每天進城都要經過後車頭,上來啦!都是鄰居,不用見外啦!」

阿蘭心裏蹉跎了一下,人家幫完自己就不理人家⋯⋯,還是又上了車。

「坐到台北車頭要四五塊,花那個錢幹什麼?我們都是住隔壁的,不必客氣!」

那天起,鄭先生都會先在自己車子裏等阿蘭把孩子帶到外省劉媽家以後,在客運站牌那裏載上阿蘭。

兩個人一路說說笑笑,這樣過了3個月,更加熟絡起來。

有一天，阿蘭下班從自助餐店出來，剛走到大馬路，就聽到身後有人叫她，「阿蘭！阿蘭！」

　　鄭先生的貨車又開過來，「快上車。」

　　阿蘭笑著走過來，「你怎麼在這裏？」

　　「昨天工廠的機器壞掉，貨出的不多，所以今天就提早下班，剛剛經過這邊看會不會碰到妳，就真的碰到了。快上來！」

　　阿蘭開心得上了車，又省了5塊的回程車錢。

　　「老板要我以後每個禮拜四跟六固定出貨去三峽，不用再跑別的地方，可以提早下班，以後禮拜四跟六就搭我的車回家好了。」

　　「好啊！」阿蘭開心得說。

　　這樣又過了3個月。

　　晚上11點多。

　　兩個孩子已經睡著，阿蘭熱得不停出汗，八月份的北台灣，不但溼熱而且悶，床上翻沒兩下就一身汗。

　　阿蘭用冷水洗了臉，一個人走出屋子散步，在巷子裏吹一下風。

　　走到巷尾，好像聽到有女人斷斷續續得在叫，聲音都拖得好長。她一下好奇，朝發出聲音的方向走去，從一個窗口往裏看，一對男女全身赤裸地在床上互相抱著，男的趴在女

的身上屁股不停地扭動著，女的呻吟聲不斷，臉上既痛苦又舒服。

阿蘭心跳愈來愈快，快到胸口不停得起伏，想要走開卻走不開。

窗口裏的這對男女換了姿勢，女的騎在男的身上，她的下半身不停地前後滑動，越滑越快，男的雙手也在她乳房上越抓越快，兩個人身上汗水不停撒落。

阿蘭的手抓上自己的胸部，越抓越緊，閉上雙眼，最後朝自己的手臂上狠狠咬下一口，烙出一個齒印，感到痛以後，才能提起腳步趕緊走開。

回到家裏，躺在床上，怎麼也睡不著，她不自覺地把手伸進褲子裏不停地揉起來，另一只手伸去摀住自己的嘴，幾分鐘後心跳慢慢平靜下來，她流出了眼淚。哭完了，把眼淚擦掉，帶著心痛睡去。

隔天，禮拜四。

阿蘭下班走出巷口，看到鄭先生的卡車和平時一樣停在大馬路邊，走過去上了卡車。

和平時一樣，兩個人聊的總是自己家的事和昨天廣播電台裏的內容。

他今天怎麼不太說話？

鄭先生突然把車子開到路邊停卜來。

「怎麼了？」阿蘭問到。

「車子壞了。」鄭先生將車子熄火，「今天早上忘了檢查水箱。」

「那怎麼辦？」

「等車子引擎冷一點再開就好了，不然車子會燒壞。」

一下子沒了車子開動的噪音，四下頓時清淨起來，兩人之間不自覺地生起一思尷尬，沒再說話。

看著窗外的稻田，沒有人，沒有住家，只有時不時飄來的微風和稻田裏烏鴉的叫音，大地是那麼地柔和。

鄭先生雙手放在方向盤上看著前方，「我喜歡妳。」

阿蘭看向鄭先生，我是不是聽錯？

「我真的喜歡妳。」鄭先生仍看著前方。

阿蘭不知道怎麼辦。

鄭先生突然撲過來抱住阿蘭要親她的嘴。

阿蘭用手去把他推開，「你這是幹什麼啦！」

鄭先生抱緊阿蘭，怎麼都不放，親上了阿蘭的脖子。

阿成已經坐牢快一年了，這麼近的男人味幾乎要把阿蘭溶化，阿蘭無法再反抗，貼在自己身上的男性體味，已經徹底不能拒絕，心跳在胸部大幅得起落，阿蘭已經受不了，原本掙扎的雙手成了緊抱，雙腿慢慢地夾住，閉上眼讓心中的需求徹底釋放出來，回不了頭。

泥土路邊一輛卡車上，傳出女人斷斷續續的嚎叫聲，是

釋放？是不得已？是無所依的自憐？還是放開一切？

　　是感傷。

　　每個禮拜四和六，在回家的路上，他們都會把車停在沒
有人的稻田旁，時間久了，則在火車站附近沒有冷氣的賓館
裏，無肆地盡興。

　　一開始阿蘭心中會有深深的罪惡感，可是沒有人知道
他們的事，也沒有任何阻礙，又3個月後這種罪惡感漸漸散
去，再見到鄭太太也不會不自在，她開始對鄭先生改口叫
『裕民』。

　　巷子裏的小孩子常常在黃昏的時候到處玩在一塊，到
處串門子，等各家的晚飯做好，就出來找自己的孩子回家吃
飯。鄭太太不能生育，又特別喜歡小孩子，常常會叫孩子們
到自己家裏給他們吃一些蘇打餅乾，看著孩子們吃的時候，
她心裏會特別高興。

　　阿蘭煮好晚飯，和平常一樣出去找兩個孩子回家吃飯，
到處找不到自己兩個孩子，最後到鄭裕民家敲門，見到兩個
孩子都在裏面吃著餅乾，「怎麼又吃別人的東西！跟你們說
多少次了，到人家家不可以拿別人的東西，不可以吃別人的
東西，你們是聽不懂嗎？」阿蘭生氣得說。

　　鄭太太：「沒關系啦！是我拿給他們吃的。」

「你們留著自己吃，不要再給他們了！」

「不要緊的，我們兩個人也吃不完。」

鄭裕民正好從洗手間走出來，看了兩個孩子說：「孩子們褲子上的破洞越來越大！」

阿蘭：「等一下吃完飯我再幫他們補。」

鄭太太：「買新的好了，破洞都這麼大了怎麼補啊！」

阿蘭沒說話，牽上兩個孩子走出去。

稻田邊的卡車裏。

阿蘭坐在鄭裕民大腿上，兩個人面對面都沒穿褲子，阿蘭抱住鄭裕民緊閉著雙眼，然後全身慢慢地鬆開，兩人不停得喘著氣。

鄭裕民伸手從座位旁拿了一個水壺喝了一口，再遞給阿蘭，阿蘭擦掉額頭上的汗，接過手也喝了幾口。

鄭裕民再從座位旁拿出一個塑膠袋放在阿蘭手上，「我買了幾件小孩子的衣服，妳看大小合不合適？」

阿蘭的眼神停在鄭裕民臉上。

這是阿成入獄後第一次有人送東西給她，我以為他只想幹我。

「你不要花這種錢啦！」

「妳一個人要付房租，買菜，還要付錢給外省劉媽，能剩多少錢給孩子？」

阿蘭低下頭去把褲子拉上，坐到一旁，不想讓裕民見到她眼中的淚光。

　　阿蘭下班，到馬路邊上了鄭裕民的卡車。

　　鄭裕民：「我今天一天趕著出貨，還沒吃中飯，我們到前面中華路吃點東西好不好？」

　　「嗯。」

　　鄭裕民把車子開到一家鴨肉面線的攤子前停下。

　　兩個人走進去後，鄭裕民：「老板，兩碗鴨肉麵線。」

　　「我中午吃過了。」阿蘭趕緊說。

　　「沒關係！這家店很有名，吃看看。」

　　「不要啦！」

　　鄭裕民又走去攤子旁切了一盤小菜。

　　兩碗鴨肉麵線和一大盤滷味端過來。

　　阿蘭看滷味盤子裏面有鴨舌頭、鴨脖子、油豆腐、海帶和滷蛋，「你叫這麼多啊！怎麼吃得完？」

　　「不要緊，慢慢吃！」

　　阿蘭吃了幾口，太好吃了！它的麵線湯真好喝，鴨脖子和鴨舌頭醃得真好，好久沒吃到這麼好吃的東西了！

　　鄭裕民看阿蘭啃著鴨脖子，開心得像個孩子，再夾了油豆腐和滷蛋給她，阿蘭趕緊伸手把鄭裕民的手推開。

　　算賬的時候，阿蘭搶著掏錢，鄭裕民握住阿蘭的手不讓

她付錢，又打包了一盒鴨脖子和鴨舌頭。

阿蘭坐在貨車裏，摸著自己鼓起的肚皮笑著說：「吃得真飽！」

到了家巷口，鄭裕民把打包的盒子交給阿蘭，「給孩子吃。」

「不要啦！你拿回家吃啦！」阿蘭把盒子推回給鄭裕民。

兩個人推來推去，阿蘭推不過鄭裕民，只好收下，下了車。

和平時一樣，阿蘭先走進巷子，鄭裕民等過幾分鍾才下車走回家，兩個人不同時間走進小巷，避開左鄰右舍的閑話。

從外省劉媽那裏把孩子接回家後，阿蘭在桌子上把鴨肉盒打開，和兩個孩子用手抓著鴨脖子一起啃了起來，如同三個孩子圍著啃雞爪似的。

阿蘭邊嚼邊說著：「好不好吃？」

「好吃！」兩個孩子滿嘴油膩得說。

一家三口有多久沒吃東西吃得這麼開心過！

鄭裕民接上阿蘭在回家的車上。

鄭裕民：「我太太後天要回台中一趟，隔天晚上才回來，妳請假一天，我們帶兩個孩子去兒童樂園好不好？」

「兒童樂園是什麼地方？」

「就是給小孩子玩的地方，大人也可以一起玩。」

「那都玩些什麼？」

「都是一些很好玩的東西。」

「哦！」

帶上阿蘭和兩個孩子，四個人像一家四口，在兒童樂園玩了一整天，一直到天黑才回家。阿蘭和兩個孩子都在車上睡著，一直到了家的巷口，鄭裕民才將他們搖醒，讓他們下車。

鄭裕民把車子停好回到家裏，正在洗手間裏準備放水洗澡，聽到有人按門鈴，他把水龍頭關上，穿上衣服去開門。

是阿蘭站在門口，她走了進來。

「什麼事？」鄭裕民說。

阿蘭忽然上前將裕民抱上，自己已經好久好久沒像今天這麼開心了，連阿成在的時候也從來沒這麼開心過。

兩個人靜靜地抱著對方，　直到阿蘭在裕民的臉頰上親了一下，再害羞得轉身開門離開，兩人沒說一句話。

阿蘭在台北買了一件白襯衫給裕民，那時候男人穿白襯衫算是最好看最高級的裝扮。

阿蘭一上貨車就從塑膠袋把白襯衫拿出來，「我買了一件衣服給你。」阿蘭親手把白襯衫幫裕民換上，「你轉過去我看看合不合身？」

鄭裕民說：「我平時要搬貨上上下下的，怎麼能穿白色的！」開心得合不攏嘴。

鄭裕民每天都穿這件白襯衫，沾了一身汗回家就洗，晾到隔天早上再穿。

鄭太太：「你最近怎麼都穿這麼好看。」

鄭裕民：「老板要我穿的。」

有一次搬貨上車的時候白襯衫勾破一個洞，回到家鄭裕民自己拿針線縫。

太太看到了走過來伸手說：「讓我來！」

鄭裕民馬上轉到一邊，「不用，我自己弄就可以了。」

在台北車站附近的一個賓館裏，鄭裕民和阿蘭赤裸得躺在床上，兩個人都閉著眼休息，手相互握著。

突然，鄭裕民開口：「阿蘭，我離婚，我們帶孩子一起搬到城裏好不好？」

阿蘭睜開眼睛，慢慢在床上坐起來，過了一陣子才說：「我頭家再兩個多月就要回來，他在坐牢。」

鄭裕民有點吃驚，也慢慢坐了起來，「那在他回來以前，我們搬走，到他找不到的地方。」

阿蘭臉色流露出一股深深的無奈，沒有說話。

鄭裕民看她一直沒有出聲，下床走進洗手間去洗澡，出來的時候說：「妳要不要洗？」

阿蘭臉色還是很難看，望著他沒有說話。

　　沒多久，阿蘭把衣服穿上，慢慢地說：「走啦！時間不早了。」

　　這兩年來，我連娘家都不敢回去，要不是裕民，我早就垮了。和他在一起，我這輩子從來沒這麼開心過，他讓我感到踏實，有依靠。但是我怎麼能夠在這個時候離開阿成呢？等到他出獄看到我和孩子都跑了，我還是人嗎？

　　再過一個禮拜，阿成就要出獄。

　　卡車又停在稻田邊的路上，阿蘭靠在鄭裕民身上，鄭裕民抱著阿蘭，兩人身上都穿著衣服，看著窗外稻田上偶爾吹過一波波的金色米浪，話說得不多。

　　阿蘭：「今天有一個客人來問三天前有沒有撿到一件外套？在城裏過了三天才來找，怎麼還找得到！」

　　說完後一陣寂靜，兩人好久都沒說話。

　　「明年大兒子就可以上小學了。」鄭裕民說。

　　「嗯。」

　　「到學校有更多人一起玩，他一定會很開心。」

　　接著又是一片寂靜。

阿蘭看了一下錶，「五點多了，你太太快回家了，我們回去吧！」

　　鄭裕民雙手放開阿蘭，坐到駕駛座上，從座椅下面拿出一包報紙給阿蘭，「妳先生要回來了，他坐過牢不好找工作，明年孩子又要開始上學，這個妳先收起來。」

　　阿蘭打開報紙，是一疊鈔票，看上去有好幾千塊，阿蘭臉色馬上很難看，「你這是幹什麼？」立刻把報紙包起來推回去給裕民。

　　鄭裕民把錢推回去，「妳先收起來，不夠的話……」

　　「我不要……」

　　「我還有錢，妳先收起來」

　　「這是你們將來要買房子的錢，我不要啦」

　　「我還有留一些，沒關係的」

　　「你這是什麼意思啦！」阿蘭口氣越來越大聲，把錢用力推開，錢從報紙裏散了出來。

　　鄭裕民慢慢把錢撿起來，沒再出聲。

　　過了一會，鄭裕民才開口：「不然就帶孩子跟我一起走，我們搬到沒人找得到的地方。」

　　阿蘭說了一句無心的話：「你在發什麼瘋啊！你是有太太的人吔！」

當晚，鄭裕民坐在客廳的藤椅上，眼神非常梗硬，動也不動。

太太把剛做好的飯菜都端到了飯桌上，「飯都好了，過來吃飯啊！」

鄭裕民依然沒動。

太太又叫了鄭裕民兩次，然後走到他面前，「吃飯啊！你是怎麼了？」

鄭裕民還是沒動，太太看他臉色和平常不一樣，伸手去摸他的額頭，「沒燒啊！你到底怎麼了？」

鄭裕民只是看著地上。

太太覺得很奇怪，看著他不動也不說話，「你到底是怎麼了？」又問了一次。

鄭裕民的臉慢慢得轉向太太，說：「我外面有女人，我要離婚。」

太太的神情從不知所措轉為憤怒，一巴掌狠狠得打在鄭裕民臉上。

鄭裕民沒有反應，他已經准備好接受太太任何的責備。

太太看他這樣更是火大，更大力往他臉上打下第二巴掌，看他雙頰被打得紅腫也沒反應，氣得走進房裏。

一直到第二天早上，桌上的飯菜仍然沒有動過。鄭裕民坐在客廳也沒有絲毫動過。

阿蘭和平常一樣走到馬路上要坐鄭裕民的卡車到城裏，看了一下手錶，「怎麼還沒來？」，走去拉了一下卡車的車門，還是鎖的，快兩年了，這是他第一次晚到。

　　阿蘭站在車子旁等了將近20分鍾，怎麼回事，裕民會不會是生病了？

　　阿蘭往鄭裕民家走去，心裏有點不安。

　　來到鄭裕民家，左右看了一下才推門進去，『門沒鎖！』，走進客廳，看到鄭裕民坐在椅子上，動也不動，臉上還有幾個手指印。

　　「裕民，你怎麼了？你的臉怎麼回事？」蹲下身子雙手去摸鄭裕民的臉。

　　突然感覺身後有人，轉頭一看，嚇一跳，是鄭太太！她怎麼還沒去上班？

　　鄭太太大叫：「原來是妳！」衝過來要打阿蘭，鄭裕民站起來擋到阿蘭面前去抓太太的手。

　　阿蘭看鄭太太的雙眼像要把她殺了一樣，嚇得腿軟坐到地上。

　　鄭裕民好不容易抓住太太雙手，太太歇斯底裏尖叫扯破鄭裕民的衣服，還是硬要衝向阿蘭，鄭裕民只好用力將太太推開，把太太推撞到牆上再跌到地上。

　　太太馬上站起來破口大罵：「你竟然為了這個女人打我！」轉身走入臥房，沒多久提了一個皮箱出來，指著鄭

裕民說：「你要離婚的話就到娘家來找我，看你有沒有臉來！」狠狠瞪了阿蘭一下，走出大門。

阿蘭傻了，張著嘴坐在地上。

鄭裕民慢慢得走過來，身上的白襯衫被抓破好幾個地方，還有一些血跡，「妳要緊嗎？」把阿蘭從地上扶起來，讓她坐在椅子上，拍她褲子上的灰塵，再輕輕地拍著她的背，過了好一會，阿蘭才無聲地哭了出來……。

阿成出獄的那天，鄭裕民載阿蘭到監獄門口，把她放下，然後開去上班。

黃昏的時候鄭裕民回到家，一個人做飯，切菜，煮水，一切變得如此冷清。

隔牆時不時傳出床晃動的聲音，阿蘭老公：「叫啊！叫啊！妳怎麼不叫？……我幹妳娘的，變啞巴了！……」接著像是阿蘭被打耳光的聲音。

鄭裕民手裏握著切菜的刀衝到門口，突然停下腳步，一股聲音從心底冒出來，『鄭裕民，你現在是憑什麼身份、什麼資格要去人家家？』

鄭裕民慢慢轉身走回屋子，走進客廳，慢慢坐下，把菜刀放下，耳邊繼續響著隔壁搖床的節奏，他低頭落下了眼淚。

半夜，阿蘭家搖床的聲音又開始，「叫啊！叫啊！妳到底是怎麼搞得？」

　　阿成兩年沒碰過女人，整個晚上搖床聲響響停停，鄭裕民躺在黑暗中慢慢承受，直到整個心徹底破碎。

　　天還沒亮，鄭裕民收拾了簡單的行李走出大門，阿蘭從此沒再見過他。

　　阿蘭終於等到天亮阿成出門去找朋友，她跑進裕民家，再走進臥房，衣櫃裏已經是空的，阿蘭跪到地上痛苦地哭了出來。

　　大概一小時後，阿蘭出盡所有力氣才站起來，關上屋子裏的燈，緩緩走出門回家。

　　這種心痛，孤獨地把它安置在內心最深處，默默地陪伴她二十年，沒有對任何一個人說過。

　　在大學校園裏。

　　阿民和阿爸、二哥、小妹走回來，看到阿母在跟一個人說話。

　　「這是誰？」阿爸問。

　　阿母：「以前的鄰居。」

　　阿爸看著鄭裕民，想不起來有見過他，「怎麼沒什麼印象？」

鄭裕民有禮貌地對阿爸笑了一下，「我女兒也是今天畢業。」

阿爸聽了點一下頭，鄭裕民看阿爸身邊穿著畢業禮服戴著四方帽的年輕人，「這位也是你們今天畢業的老三？」

「伯父，您好！我叫陳唯民，我是電機系的。」

鄭裕民聽到他的名字一下傻掉，馬上克制自己，接著伸出手和阿民握手，「恭喜你！陳先生。」握住阿民的手時又克制不住自己，一時哽硬無法言語。

身後傳來一個女孩子的聲音，「爸，你怎麼在這裏？我和媽都找不到你。」鄭裕民的女兒也穿著畢業禮服和太太走過來。

等女兒和太太走過來，鄭裕民才緩緩開口：「這是我女兒，他是商學院的，這是我太太。」

阿母看鄭裕民的太太不是當年同一個人，心想：他還是離婚了……，胸口一陣心酸與刺痛，忍不住流出了眼淚。

「阿母，妳怎麼了？」小妹說。

阿母：「剛才有沙子跑進去」，用手去揉了一下。

阿民走過來，「阿母，不要用手，我幫妳把沙子吹出來。」

鄭裕民見阿民對阿蘭這麼體貼，心酸中有一股安慰。

鄭裕民的女兒拉著他，「爸，陪我去跟教授照相。」

鄭裕民跟人家說：「真是幸會！那我先過去了。」走之

前又回頭多看了阿民一眼。

　　雙方都沒有相互留地址和電話。

　　是不是這樣也好？

　　能再見面已是感恩，雙方都有家庭亦是感恩。雖然當初兩人分得那麼痛苦，內心付了那麼大的代價，但相互沒有再繼續錯下去，更是感恩。

　　阿成問阿蘭：「我怎麼還是想不起來有見過他，他姓什麼？」
　　阿蘭：「我們搬過那麼多次家，我也不記得了。」

阿民大學畢業後每個禮拜有六天在電腦門市部上班，等兵役單。

門市部新來了一個和阿民年紀相近的女孩，非常文靜，又聰明。她經常和阿民在午餐時間一起去吃中飯。兩個人很快就開始約會，下班後互相通電話，四個月後一起到烏來旅行發生了關係，從此每天下了班還要相聚一段時間才各自不捨地回家。

半年後阿民收到兵役單，通過了體檢，初夏一過就必須到恒春報到。

阿民上火車往恒春的那天，阿民的阿母和這個女孩子送阿民到火車站月台，她在阿母面前哭著抱住阿民，叫阿民不要離開她。

阿民通過火車的玻璃窗，見到他一生最愛的兩個女人含著淚向他揮手，第一次經歷人生分離的那種心酸，他等火車遠離，等她們兩人完全看不到自己，才把憋在內心那道刺心的糾纏用一口深呼吸完全釋放出來。一望車廂四周，一些男孩已經哭成淚人，想必也是要南下去兵營報到的，有些還有父母陪伴，看來是非要把自己孩子送到軍營大門口，他們對孩子既不捨又呵護，一路上拿飲料和零食奉承，這些孩子入伍以後馬上要進入獨立的新環境，他們熬得過接下來數饅頭的日子嗎？

阿民和女朋友靠著電話、寫信，還有僅一次回台北的假期相見，這樣維持到第三個月，阿民好不容易再等到有假回到台北，她開始有一大堆理由沒辦法和阿民見面。當下的年輕人流行一句話叫『兵變』，指的是人在當兵的時候女朋友變心。

　　阿民心中有數，現在台灣的小康社會對孩子都嬌生慣養，事事都要讓孩子順心，孩子一長大都耐不住孤單，整個大環境讓人在感情上很自私，外表再怎麼乖巧文靜、怎麼單純、畢竟只是外表。自己既是初戀又是孤身一人在軍營中，要不是成長環境使自己比其他人早熟，可能無法把兵變這種事在內心處理得好，早已痛不欲生。

　　阿民一個人在台北溜達了一夜，並沒有回家，他會替家人想，並不想把不好的情緒帶回家讓家人擔憂，他打了無數次電話給她，一直到隔天到下午2點，阿民才踏上了回部隊的火車。晚上8點多進兵營前，阿民撥了最後一次電話到她的Call機，她大概算準了阿民已經回到恒春報到，才回了電話。

　　「我們不適合，分手吧！」

　　阿民雖然很心痛，可是已經有了心裏準備，「好，我明白。」就這麼簡單，卻是盡在不言中，像個男子漢乾脆點，說清楚就行了。

　　阿民走進宿舍，點名後直接躺在床上將棉被蓋上臉，流

著眼淚睡去。

早上六點正，起床號響起。

所有人到操場集合，開始操兵，沒多久，傳來部隊中有人自殺，是另一個連的士兵，昨晚在兵火庫裏上吊，剛剛才發現。

到了午飯時間，自殺的消息在整個兵營中傳開來，自殺者身上搜到遺書，遺書中說因為被女朋友無情得始亂終棄，這個無情無義的世界不值得留戀，人生找不到意義……讓她知道我永遠愛著她……。

阿民心想，這種『飼料雞』經不起人生挫折，現在台灣的社會，家裏的大人把孩子寵的不男不女，當男人的沒一點男人的陽剛之氣，遺書中沒一個字提到父母，自己絕對不能像這種人一樣，要唾棄這種飼料雞，要堅強振作起來，好好得活出自己的人生，不止要成家立業，還要憑自己的努力給父母最好的晚年。

每天晚上阿民在熄燈前先到操場跑五圈，不讓自己胡思亂想，內心只有一個信念，就是要自己意志更堅強、內在更強大、更禁得起風浪、更耐操；退伍以前一定要讓自己的胸襟比入伍之前更寬闊，比以往更容得下人生道路上一切的顛簸。

大家看阿民每晚從操場上跑回來，身上的汗水濕透了上衣，人家都以為他瘋了，「這個人應該去『海陸』才對！」

八個月過去，阿民已經可以在兵營中和大家說說笑笑，開心地琢磨退伍後要做的事。自己發現和其他人聊天開玩笑時內心是輕鬆的，憂傷竟這樣不經意似地如微風悄悄散去，這段時間花了多少力氣一直往前走，終於走過來了。

　　人生中不好的事總是會過，好壞皆如四季一樣會來會過，不必在不愉快的情緒中執著，到時回頭一看，所執著的原來都是沒必要的。

　　男人不是沒眼淚，只是男人的淚和女人不一樣，不是為了在大庭廣眾下博取同情和關注的眼淚，男人的眼淚不應該那麼廉價讓人隨處可見，而是關起房門來把眼淚釋放完後，踏出大門又是一條好漢、生命又是一片燦爛！

　　男子漢應該有男子漢的陽剛和擔當，電視上歌唱比賽的節目中，一大堆男孩子動不動就在『大庭廣眾下真情流露』落淚煽情，阿民是越看越好笑！回想當兵時期不斷有人因各種原因熬不下去而自殺，父母天天打電話到軍中千方百計要求孩子能提早退伍，還有裝瘋賣傻求退伍的……只要是為了能夠離開部隊，想不到的手段層出不窮，這一切都來自於成長期的溺愛！

　　一個人從四到十三歲的塑造年齡一過，如同已經出爐的陶瓷，要再變形談何容易！除非有大喜大悲的事情發生足以讓你結出智慧與堅韌的果實繼續熱愛人生。

當兵一年多了，在軍營裏平時都有在操，時間也算過得快。

阿民放假的時間都是回到家裏陪阿爸和阿母，這次放假回到家吃完晚飯以後，小妹把阿民拉倒一邊。

「哥，四哥出事了！」

阿民無奈得瞪著小妹，「你們兩個又在搞什麼鬼？」

「沒有搞鬼，真的沒有搞鬼！四哥他他有一袋白粉，大概值七百多萬，不知道怎麼辦？」

阿民歎了一口氣，「你們又在搞什麼呀！你四哥哪有本事拿到七百多萬的白粉！」說完想要走去客廳陪阿爸和阿母看電視。

妹妹把阿民拉住，「是真的啦！」

阿民無奈地說：「我現在在當兵，沒時間和你們搞這些！」往客廳走去。

小妹看阿民走到客廳坐在阿爸和阿母旁邊一起看電視，自己猶豫了一下，這下該怎麼辦好？接著朝大門走去，「我出去一下。」

阿民看著小妹走出門，聽到門外騎摩托車離開的聲音，默默地歎了一口氣，心想自己現在是兵役期間，還是決定不理，讓她自己去解決。

第二天早上，阿民特別留意了一卜，四弟和小妹都沒回

來，不過這不是第一次了，也沒覺得奇怪。

　　接下來陪阿母去市場買菜，提著菜籃跟在阿母身邊，看阿母在攤子上挑菜。

　　菜攤子老板看到阿母身邊跟著一個剃了光頭的年輕人，便說：「妳兒子回來了哦！退伍了沒？」

　　「還沒，只是放假回來幾天。」

　　「這麼孝順，回來就陪妳來買菜，人又長得帥！有對象了沒有？」

　　「沒有啦！說了要給他找對象，他就說等退伍再說。」阿母開心得說。

　　「這麼老實噢！妳生這個兒子比生個元寶還值錢。」

　　阿母跟老板買了10斤肉還開心得笑個不停。

　　「阿民，你想吃什麼？」阿母轉過來說。

　　阿爸喜歡吃鹵豬腳和豆干，我們多買一些豆干回去鹵。」

　　「那你想吃什麼？」

　　「買一些雞爪好了。」

　　「我是問你想吃什麼？」

　　「就買一些雞爪回去一起鹵好了。」

　　「雞爪是我喜歡吃的。」阿母說，「有東西吃的時候你都不想自己，跟你阿爸完全不……」立刻把話止住，沒再說下去。

阿母買了一些豬大腸，阿民小時候就喜歡吃豬大腸。

「阿母，四弟和小妹最近在做什麼？」

「我哪裏知道？一個在家吃閑飯，一個常常不在家，都不知道在幹什麼？」

「四弟沒出去找事做嗎？」

「他說他有，我看是沒有。」

「不然妳幫她找好了！」

「我跟他說過了，上個月叫他去我朋友開的餐廳做服務生，一個月有八千都不去，算了！再幫他這個幫他那個，我都覺得是我在孝順他！」

「他自己想做什麼？」

「他想做錢多、事少、離家近的工作，天下有這種好事的話會輪得到他嗎？前陣子我跟你阿爸還在說，不然叫他跟你阿爸去收賬好了，至少比做個閑人好，你阿爸也能夠看得到他。」

「阿母！」阿民皺起眉頭，「不能讓他做一些普通人做的工作嗎？」

「好吃懶做！我看他這種個性沒這種命。」

「小妹呢？她在做什麼？」

「她說她在打工，她講的話不知道有幾句是可以信的，反正我不會再給她錢花了。」

「阿母，女人沒錢化會變壞，妳還是給她一點好了，至

少可以要求她每天要回家睡。」

「有用嗎？半夜她還不是會跑出去，你以為她跟妳一樣，就是收不了心！」

阿母看中旁邊攤子上一件藍毛衣，拿起來放到阿民身上比了一下，「蠻好看的！」轉向攤子老板，「這件多少？」

老板：「70」

阿民：「我衣服夠多，櫃子都放不下了！」朝攤子上看到一件粉紅色的夾克，拿起來在阿母身上也比了一下。

阿母：「我不用了啦！這件好花噢！」

老板對阿民說：「你對你姐姐這麼好啊！好體貼哦！」

阿母聽了心裏爽得心花怒放，「這件藍色的減20塊給我。」

阿民：「我不要啦！」

「你不要說話！」阿母說。

老板：「算妳60就好！」

阿母：「什麼就好！50。」

阿民：「我真的不要啦！」

「叫你不要講話！」阿母說。

阿民看阿母被老板講成是自己的姐姐，非買不可，算了！她開心就行了。再次伸手拿起粉紅色的夾克問老板：「這件多少錢？」

老板：「兩件算120就好啦！」

阿母：「我不要，這件這麼花我不會穿的！」

老板：「妳這麼年輕，內心也應該要年輕一點啊！這件配妳一點都不花，妳穿是剛剛好，看起來整個人會更少年！」

阿母：「你這個生意人的嘴真會說話！兩件100，要就來不要就算了！」

老板：「好啦！看在妳的帥哥弟弟對妳這麼體貼的份上，就不賺妳的錢。」

阿民馬上要掏錢。

阿母：「你把錢給我收好，你當兵的薪水這麼少。」說完把阿民的手壓進口袋裏。

「阿母，我當兵又沒機會花錢！」

阿母把阿民的手壓得緊緊的，不讓他掏出來。

老板：「讓你姐姐付一次嘛！你對她這麼好，就讓她也愛你一次嘛！」

阿母把錢拿給老板，「愛你的頭啦！我是他老母。」

老板做出很吃驚的表情，「什麼！有這麼年輕的媽媽，身材還這麼好，妳可不要騙我！」

「騙你去死啦！」阿母接過裝著兩件衣服的塑膠袋，一臉滿意又妖嬌起來，搖起腰來往前走，整個人看起來就像只扭著屁股的孔雀，阿民走在阿母身旁看了是又害臊又好笑。

她開心就好！

快樂如果用一點點錢就買得到，這種錢還需要省嗎？

在家吃完中飯，阿民拿起簡單的行李要回部隊。

阿母心裏舍不得阿民，和他一起走到大馬路上的公車站。

每次阿民要回部隊，阿母心裏就會有股不舍的心酸，心中總是那句話『生了5個，只有一個在身邊。』

阿民上了公車，阿母一直目送公車開遠，深深歎一口氣，調整了心情才走回家。

為什麼這種感覺總是勾起當年鄭裕民不告而別所留下的心酸呢？

為什麼阿民會這麼體貼？如果他和另外四個孩子一樣在外面鬼混不回家，我心裏可能還好過一點。

阿民在公車上，還是擔心起小妹，下了公車走進火車站就先打了call機給她。

「妳在哪裏？」

「在外面啊！」

「妳昨天跟我說妳四哥是怎麼回事？」

小妹一下說不出話，電話裏很久沒有出聲。

「妳四哥這幾天是跑哪裏去了？」阿民又說。

「他跟一些朋友在一起。」

「什麼朋友？」

「黑虎幫的。」

「他一向在家裏玩電腦不出門的人，怎麼跟黑虎幫的人搞到一起？」

小妹又沒說話。

「我現在在台北火車站，有什麼要說的就說，等一下上了火車妳再Call我也沒辦法回妳了。」

小妹又猶豫了一下說：「四哥跟他黑虎幫的朋友搞了一個局，把要交給黑虎幫堂主的白粉暗中吞下來，怪給天宮廟那些人，搞得現在風聲太緊又出不了手……」

「他瘋了！還乳臭未幹就敢搞這種事。」阿民罵了出來，「七百多萬這麼多錢！風聲一傳出去的話他還有命嗎？」閉上眼深深吸了一口氣，再說：「現在是不是風聲走漏了人家都在找他？」

「不不是，他們知道事情很嚴重，不敢出貨，自己嗑了起來，我上次去找四哥，看他們幾個人已經嗑瘋了，像吸塵器一樣不停地嗑，那麼多的白粉，我怕四哥他們會活活嗑死！」

阿民的胸口像是被一塊石頭重重地壓住，好久都說不出話。

「哥，現在怎麼辦？」

「這件黑吃黑的事妳有沒有份？」

「沒有，真的沒有，我是前幾天去找他借錢的時候才知

道的。」

「妳現在到底有沒有在工作？唉！先不說妳了，妳四哥在哪裏？」

「在大龍峒。」

「我在台北車站的大門口等妳，過來帶我去找他。」

「哦！」

過了一小時後，小妹在火車站大門口找到了阿民，阿民看小妹穿的裙子短得幾乎看得到內褲，頭髮一半染成金色。

「看妳這個樣子，我都快認不出妳了！」阿民沒給小妹好臉色。

小妹不是很在乎，「哥，我肚子餓，借我一點錢。」

阿民看著她不說話，但還是拿出了一百塊給她，「去對面的7-11吃，我還要趕回部隊。」

兩個人到7-11，小妹買了兩個飯團和一罐冰紅茶大口吃了起來。

「吃慢一點，不差這幾分鍾。」阿民說。

等小妹吃完，兩人上了計程車。

「妳現在有在工作嗎？」

小妹沒說話。

阿民：「沒錢吃飯為什麼不回家吃？」

「在家多無聊啊！」

「那妳都跟誰混在一起。」

「跟朋友啊。」

「妳不小了，交朋友小心一點，不要和對妳有危害的朋友在一起。」

「我知道。」

「妳看妳裙子短到讓人家快要看到內褲了，頭髮半邊是金的，跟妳說話妳一陣口臭，臉上還長了豆豆，生活不正常才會這樣！」

「會嗎？」小妹朝自己的手掌吹了一口氣聞一下，「還好啊！」

「口臭自己是聞不到的。」阿民說，「不想回家吃飯至少要回家過夜，讓阿爸、阿母看得到妳，他們才不會擔心。」

「誰敢動我啊！」

「他們知道妳厲害沒人敢動妳，他們是擔心妳生活墮落，看見妳心疼又勸不住妳，這讓他們多難受！」

「他們年紀太大，不懂我這個年齡的活法，我哪裏墮落了？」

「妳不覺得自己墮落沒關係，人本來就要活得自在，可是他們覺得妳墮落老是擔心妳，他們這樣子有多可憐！妳就偶爾遷就他們，讓他們心裏可以安心一點，當是孝順他們不行嗎？」

小妹沒說話。

阿民接著說：「找個工作做吧！錢多錢少是一回事，至少有份事做可以讓自己活得不要太懶散，不必跟人家伸手要錢，自己講話也可以大聲一點。」

小妹點點頭。

「妳四哥到底是怎麼回事？把妳知道的告訴我。」

「大概一個禮拜前，我打電話跟他借錢，他叫我去大龍峒他一個朋友家拿，我一進到他朋友家看到四哥和另外3個男的和幾個女的都沒穿什麼衣服，每個人都有熊貓眼，臉色蒼白得像鬼，好像好幾天都沒睡覺。桌上一大堆白粉，他們不停地嗑，沒幾分鐘就嗑一次，我看得都嚇到了！

四哥拿了2千塊給我，還說這次布局得太完美了，這批白粉市價七百多萬，黑虎幫的老大還以為是天宮廟那批人吞的。接著另一個人叫四哥閉嘴不要再說了。四哥叫我不要說出去，接著另一個男的過來要我嗑一條，叫我把衣服脫了跟他們一起搞，四哥罵他叫他不要搞我，說他不想亂倫，我才知道他們是在嗑粉搞轟趴和雜交，接著二哥叫我拿了錢就快走。

我看四哥說話已經口齒不清還結巴，還不停得嗑，我很怕，我真的怕他搞到沒命。」

阿民聽完整個臉栽到自己手掌裏，不停得搖頭。再說：「他們有沒有家伙？」

「我沒看到。」

「記不記得一共幾個人？」

「男的連四哥一共4個，女的到處倒得東倒西歪大概5、6個」

阿民閉上眼又歎了一口氣，希望沒染上愛滋病！

到了四哥朋友家的公寓大樓門外。

阿民：「妳打電話叫他下來，說有事找他，不管說什麼一定要想辦法讓他下來。」

小妹用一旁的公共電話打四哥的call機，四哥很快就回call，「喂！哥，我在你大樓下面，你出來一下好不好。」

「我現在在忙走不開，妳上來。」電話裏面還聽到幾個女人呻吟和音樂的吵雜音。

「不行啦！我腳受傷了，這個大樓有好幾層樓梯我爬不上去。」

「跟妳說我現在走不開。」四哥邊說邊喘著氣，「到底什麼事？」

「我要看醫生還差六百塊。」

「幹！妳真的很煩，在樓下等我。」

等了1個多小時，一共打了5次電話去催，四哥終於下樓，阿民看到他整個臉瘦得兩頰無肉，兩眼無神，蒼白就像小妹說的看上去像鬼。

「咦！阿民你怎麼也在，你退伍了噢？」四弟對阿民說。

阿民立刻從後面架住四弟，小妹馬上攔下一輛計程車，四弟根本沒力氣反抗，3個人半推半拉地上了計程車。

「你們這是幹什麼？我還得回去。」四弟說得結結巴巴，口齒不清，還差點滴下口水。

阿民：「再回去你就沒命了！」

四弟：「上面的貨有150萬是我的。」

阿民：「你要錢還是要命？」

四弟兩眼無神得說：「分不到錢，也起碼要嗑個夠本才行。」

小妹：「四哥，家裏有事，你回家一趟看看。」

四弟：「我走了貨被他們全吞了怎麼辦？而且上面還有8個妞在等著我。」

「8個！」阿民叫了起來，「你這樣搞下去不嗑死也玩死！你幾天沒睡覺了？」

四弟：「我……」

阿民：「現在是白天還是晚上？」

四弟朝車窗外一看，雖是一片藍天，可是眼裏盡是一片灰白，腦筋就是搞不清楚，「是是……」

阿民火大得說：「你還要不要命了你？」再說：「還想回去再幹！你鼻孔都已經乾到出血了你知不知道？」

「啊？」四弟嘴巴張開，兩眼無神得說。

計程車司機朝後照鏡看了他們一下。

回到家，阿母剛睡了午覺醒來，看阿民和四弟還有小妹

一起走進來，「你怎麼跟他們回來了？」一臉得疑惑。

阿民：「我在火車站打電話給小妹問起四弟，再叫小妹帶我去找四弟。」

阿母一看四弟蒼白的臉，再看阿民，心裏馬上明白，一股火上來破口大罵：「你什麼不好玩，玩毒品！」

四弟大聲說：「我沒有！」

阿民把阿母拉到一邊，「四弟已經吸白粉吸了好幾天了，現在頭腦不太清楚，可能還有癮，決不能讓他再出門去找那班朋友，必要的話把他鎖在房裏，別讓他出來，一定要等癮全過了才讓他出來。」

阿母也是陪阿爸在道上過來的人，什麼沒見過，知道毒癮是多麼嚴重的事，特別是化學毒品，「他用的是什麼？」阿母問。

小妹：「好像是『可樂』（古柯鹼）。」

阿母皺上眉頭大大歎了一口氣，恐怕他這一生都要活在白粉的誘惑中，要用一生去戒！！

阿民：「阿母，我先回部隊，再晚就趕不上點名了。」

「好，你快走。」阿母說。

阿民：「小妹，載我到火車站。」

小妹和阿民快步走出門，小妹騎阿母的摩托車載阿民飛快地直奔台北火車站。

到了火車站，阿民下摩托車的時候對小妹說：「妳知不知道妳為什麼會找我處理妳四哥的事嗎？」

「四哥是自己人，還用問嗎？」

阿民點頭，「那阿爸、阿母也是自己人，我們也多關心他們一點吧？」

「那當然啊！」小妹把頭低下。

「那就盡量體諒他們一點，能做多少算多少！」

小妹點頭。

「幫阿母把四哥看好，毒癮沒戒掉千萬別讓他出門，他再回到那幫朋友那裏的話一輩子就完了！」

「嗯。」

「我走了！」阿民轉身用跑的進了火車站。

過沒幾天，阿民打電話給小妹問四弟的情況，「妳四哥現在怎麼樣？」

小妹：「四哥偷跑出去了，已經2天沒回家。」

阿民趕緊掛了電話再打給阿母。

阿母說：「你好好當兵，你四弟的事我跟你阿爸會處理。」

阿民掛上電話後，心裏總是放不下，開朗不起來。

其實四弟的事已經演變得更嚴重！阿母為了讓阿民安心

當兵，不跟他說太多，也再三囑咐小妹不要告訴阿民。

　　四弟在家只過了一夜，天沒亮就受不了，撬開窗戶跑了出去。第二天早上阿爸一發現他不在房間裏，就立刻叫小妹帶他和阿母一起到四哥之前和朋友吸毒的老窩去找他。

　　三個人早上8點多來到大龍峒，小妹趁有人從公寓出來的時候拉住大門，帶阿爸和阿母一起上樓，到了樓上公寓門口，竟然發現門沒有關。一進屋子裏，只見幾個女孩子光著身體躺在沙發上和地上。

　　阿母過去把其中一個女孩子搖醒，問她有沒有見到四哥，她恍惚地說：「昨晚黑虎幫的人闖進來，把一些人和白粉都帶走了。」

　　阿爸一聽臉色馬上變青，知道八成是四哥和幾個黑虎幫的阿弟仔白粉嗑得太招搖，不斷叫女人來轟趴，風聲傳了出去。現在人先被黑虎幫找到，這下難搞了！

　　整個大龍峒有三分之一都是黑虎幫的地盤，賭場、柏青哥、夜總會、所有大型店都是他們開的，阿爸的堂口雖然和他們井水不犯河水，可是這次是四哥不對，他們的勢力又比阿爸的堂口大，人也多，黑虎幫會給阿爸面子放過四哥嗎？

　　阿爸想了很久才開口：「叫我老人出面和黑虎幫『喬』

看看。」

阿母：「你老大每天睡到中午才醒來，那時候人可能都被打死了！」

小妹：「那怎麼辦？」

阿母：「還能怎麼辦，趕快去找人，先找到人再說。」

阿爸打電話問了幾個道上的朋友，終於打聽到黑虎幫左護法大仔源的電話號碼，阿爸和他在電話中說明來意，和他約了一個鐘頭後見面。

三個人匆匆忙忙出了公寓，攔下計程車去約定的地方。

計程車在長春路的一家『宏源豆漿』店門口停下來，三個人下了計程車往豆漿店裏走去。

一進豆漿店，看裏面大到有二十幾張餐桌，到處都是人，「這這麼多人，哪個才是他？」小妹說。

阿爸：「隨便問一下不就知道了。」

三個人四處問了一下，這時一個人走過來，「你是陳在成？」

「是我本人。」阿爸說。

「我老大在那邊，過來坐。」

三個人跟著他走過去，看到一個約60多歲中年發福的人正吃著鹹豆漿，看著報紙，身邊還坐著兩個人一直盯著他們。

大仔源擡頭看了他們三個人，「你就是剛才打電話給我的？」

阿爸：「是，我土城天義的陳在成，在土城大家都叫我阿成。」

大仔源看了阿母和小妹一眼，「他們兩個是誰？」

「我牽手和女兒。」

大仔源笑了一下，「怎麼把一家人都帶來，坐啦！」

三個人在大仔源面前坐下。

大仔源：「你說你兒子在我手上，他跟一批貨有關係，是怎麼回事？」

阿爸：「我女兒帶我來大龍峒找兒子，在一間公寓裏面躺了幾個女孩子，他們說昨晚我兒子和其他幾個人連貨被你們的人帶走了，請你高擡貴手，我只想要我的兒子，貨我不要。」

大仔源：「你兒子叫什麼名字？」

阿爸：「陳立強。」

「你說的貨是什麼東西？」

「4號。」

大仔源對身邊的手下說：「打電話問一下，昨天晚上我們的人裏面有沒有鹵肉和4號的事？」

手下打了幾個電話，問到一些消息，「聽說是楊桃老大的貨被暗杠，昨天把人和貨找回來了。」

大仔源：「打電話給楊桃老大。」

手下的大哥大接通後交給大仔源，大仔源在電話中說了

沒多久便將電話掛掉，轉向阿爸，「你兒子和楊桃下面三個阿弟仔把一批貨『凹』去，還說是天公廟的人做的，差點讓我們黑虎和天公廟的人幹起來，昨天晚上終於找到人和貨，七百四十萬的貨已經被他們幾個年輕人嗑掉一半，你覺得還有必要談嗎？」

阿母用很有誠意的口氣說：「這件事是我兒子不對，請把兒子還給我，我回去一定好好教訓他，損失的錢讓我們分期付款還給你們，請老大你給我兒子一條生路，我們全家都會記得你的恩情！」

阿爸：「老大，請你給我兒子一次機會！」

阿母馬上對小妹說：「快點求老大！」

小妹：「老大，求求你！求求你！」

大仔源輕輕得在桌上拍了幾下打斷他們，「好了！好了！這裏人多不要跟我來這套，貨是公司的，這單也不是我經手的，我不能做決定，我先帶你們去認人吧！確定人是你兒子再說。」

大仔源站起來往豆漿店外面走，身邊的人一個去結賬，另一個去開車。

沒一會，一輛賓士開到豆漿店門口，大仔源先上了車，阿爸、阿母、小妹接著坐進去。

賓士停在一家夜總會的後門，所有人從後門進了夜總會，走過吧台進了一間辦公室，辦公室裏面兩個人見到大仔

源，立刻站起來鞠躬，「阿源老大！」

大仔源對這兩個人說：「昨晚抓回來的那幾人在哪裏？」

「綁在倉庫裏。」

「帶我去看看。」大仔源說。

這兩個人帶大家走進後面的貨倉，貨艙裏面堆滿了酒箱和玻璃杯，地上躺了四個人，每個人手腳都被麻繩綁住，被打的滿身是血，個個臉都腫得像豬頭。

阿爸看了一下，「啊……打成這樣，哪一個才是阿強？」

大仔源：「誰打的？怎麼把人打到人家老爸都認不出來了！」

小妹指著地上其中一個說：「他是四哥，他手上戴的錶是他去年生日我送給他的！」

阿母立刻跑過去蹲下來抱住四哥，滿臉淚水地說：「他們怎麼把你打成這樣啦……」

四哥勉強睜開一只眼，有氣無力地說出口：「阿……母……」

大仔源問旁邊兩個人：「楊桃說這4個人要怎麼處理？」

「這單是阿桃姐的，楊桃老大昨天沒來。」

大仔源抓一下自己後腦勺說：「幹！如果是阿桃姐的就難『喬』了！」

阿母哭著說：「老大，先讓我帶兒子去看醫生好不好？」

大仔源歎了一口氣，拿出一根香煙，旁邊的手下立刻上前來點煙，大仔源抽了半根都沒說話，周圍沒一個人敢出聲。

過了三分鐘，大仔源才開口，「人妳不能帶走，一帶走事情就更難『喬』」，再問夜總會兩個手下，「阿桃姐怎麼沒說這4個人要怎麼辦？」

「昨晚這四個人抓回來的時候，他們『嗨』得迷迷糊糊的，阿桃姐問他們話，都不知道他們在說什麼，所以就先打了等他們清醒以後再說。」

大仔源又抽了幾口煙，對阿爸說：「今天禮拜三，阿桃姐每個禮拜三都會帶她老母去萬年百貨三樓飲茶，你們去那裏找她吧！看你兒子自己的造化了。」

三個人又上了計程車來到萬年百貨公司。

到了三樓港式飲茶，一看錶，11點50分，只有八桌客人，看來都不像阿桃姐和她母親，於是找了一張桌子坐下，緊盯著餐廳門口進來的人。

12點半，一個看約50多歲的女人，扶著一個滿頭白髮的老太太走進來，還有兩個穿花襯衫一身江湖味的男人跟在後面。

阿母說：「應該是她了！」

阿桃姐和她阿母坐下，另外兩個手下坐旁邊另一桌。

　　三個人走向阿桃姐，兩個手下立刻過來擋在前面說：「什麼事？」

　　阿母：「我們找阿桃姐。」

　　「阿桃姐認識你們嗎？」

　　阿爸：「我的兒子在他手上。」

　　「你兒子是誰？」

　　「昨晚被你們抓走的其中一個。」

　　「我聽不懂你在說什麼，你們快走，不要打擾阿桃姐吃飯。」

　　阿母：「是大仔源告訴我們來這裏找阿桃姐的。」

　　手下聽到他們提到大仔源，於是說：「在這邊等一下。」，轉身走到阿桃姐身邊輕輕說了幾句。

　　阿桃姐看了三個人一眼，跟手下說了一句話，手下走回來說：「不知道你們在說什麼，快點走！」

　　阿爸：「請你告訴阿桃姐，損失的貨我們會賠，讓我們帶兒子回家。」

　　阿母：「大仔源帶我們去夜總會認過人了，其中一個的確是我兒子，請讓我們賠償損失，讓我們帶兒子去看醫生，拜託你再跟阿桃姐說一次，拜託你！」

　　手下瞪了阿母一下，想了幾秒鍾又轉身回到阿桃姐身邊，在她耳邊又說了幾句。

阿桃姐又擡頭看了他們一次，拿出大哥大打給大仔源。

「阿源，你帶人到夜總會去是什麼意思？」

大仔源在電話裏說：「我看他們一家人這麼可憐，就讓他們去認個人看到底是不是他兒子？」

「這單是我的事，什麼時候輪到你插手？」

「我哪敢啊！我是看他們一家人帶著女兒很可憐，人家一直求我，不過我可沒插手，四塊鹵肉還在夜總會裏，我可是什麼都沒做，我跟他們說這單是妳的，跟我可沒關系……唉！看看人家一家子多可憐，還願意賠錢，妳就當做善事嘛！」

「你沒插手可是話還真不少！」說完掛掉電話，對身邊手下說：「帶他們到電梯那邊等我。」

阿桃姐喝口茶，說：「卡桑，我去外面處理一下事情，馬上就回來。」

其中一個手下對阿爸說：「到外面去。」帶三個人往外走。

一家三口和手下站在餐廳門外的電梯前，小妹看阿桃姐走過來，另一個手下跟在她後面，阿桃姐有中年婦女的肥胖，身穿咖啡色的套裝，扣子是金色的，布料也不一般，眼神剛硬，臉上有一道淡淡的疤痕，像是以前被砍過一刀做過雷射去疤的痕跡。

「你兒子拿了我的貨，整件事從頭到尾都清楚了？」阿

桃姐走到阿爸面前就直接說，她的聲音像男人似的低沈，讓小妹嚇了一跳。

阿爸：「清楚了，這件事是我兒子不對，我沒把孩子教好，人也被妳教訓過了，可不可以讓我用分期付款補償妳的損失，讓我把孩子帶回去。」

「你現在是帶一家人來裝可憐啊！」

「不是啦！是我叫女兒帶我們到台北來找他，只有我女兒知道他人在哪裏，後來到了那裏沒看到人，問裏面的女孩子才知道他被帶走了。」

「七百多萬的貨剩三百萬，先拿七百萬來再說啦！」阿桃姐用不耐煩的語氣說。

阿母：「我們沒有那麼多錢，先給妳30萬好不好？」

「30萬！妳跟我開玩笑？」阿桃姐轉身走回餐廳。

阿母上前一步想和阿桃姐多說幾句，被手下攔住，「好了，不要打擾阿桃姐吃飯！」

3個人看阿桃姐走進餐廳，阿爸果斷地說：「我們先走。」

阿桃姐的手下看他們3人進了電梯下樓，才走回餐廳裏。

3個人在電梯內面色沈重。

小妹：「阿爸，現在怎麼辦？」

電梯到了一樓，三個人出來走到百貨公司門口，阿爸去

公共電話亭打給大仔源。

　　大仔源：「這件事我沒辦法幫你，我帶你們到夜總會去認人，阿桃姐已經不爽了，她是我老大的女人，我不想跟她有過節。」

　　阿爸：「她要我拿七百萬來才肯放人，我哪有那麼多錢。」

　　「事情不是只有用錢才可以解決的，你好好想想，我還有事要忙。」大仔源挂了電話。

　　阿爸慢慢走出電話亭說：「阿桃姐是黑虎幫幫主的女人，大仔源不想再插手。」

　　小妹：「那怎麼辦？」

　　阿爸：「先回去再想辦法。」

　　回到了家，阿母對小妹說：「不要再往外跑了，妳四哥的事已經夠煩了，妳給我好好待在家裏，別再給我惹事。」說完和阿爸騎著摩托車出去。

　　阿爸和阿母來到尖頭老大的討債公司，把事情告訴尖頭老大。

　　尖頭老大丟了一顆檳榔進嘴裏嚼了起來沒有說話，阿爸和阿母看著尖頭老大。

　　「大龍峒的黑虎幫」尖頭老大自言自語起來，然後對一旁的阿魁說：「晚上9點找公司裏面幾個年紀比較大的跟我

去大龍峒。」

　　晚上大約十點，阿爸、阿母、尖頭老大、阿魁和公司裏面5個年紀都45歲以上的人走進阿桃姐的夜總會，在一張桌子坐下來，開了一瓶酒。

　　媽媽桑笑著走過來，「帥哥們，你們喜歡哪一型的女孩子？」

　　尖頭老大：「去跟阿桃姐說我土城的尖頭來找她。」

　　媽媽桑：「阿桃姐還沒來。」

　　「等阿桃姐來了請她過來。」

　　「好，那你們要叫小姐嗎？」

　　「叫兩個過來。」

　　兩個小姐過來，坐在尖頭老人旁邊，一邊一個，只伺候尖頭老大。明顯尖頭在一桌人裏面是唯一的老大。

　　2個小時後，媽媽桑走過來，「尖頭老大，阿桃姐請你去後面的辦公室。」

　　尖頭老大：「阿成、阿蘭、阿魁跟我去，其他的人在這邊等我。」

　　走進辦公室，阿桃姐手裏叼著煙，白天在飲茶餐廳看到的那兩個手下站在阿桃姐身後。

　　「坐！」阿桃姐指著面前的沙發，沒什麼表情。

尖頭老大坐下，其他的人都站在一旁。

尖頭老大從口袋裏掏出一張名片站起來單手遞給阿桃姐，「阿桃姐這麼忙，我都在外面坐了2個小時了。」

阿桃姐看著名片吐了一口煙說：「我不知道你要來。」一副不想浪費時間的樣子。

尖頭老大：「你們昨天抓的幾個小孩子，其中一個是我結拜的孩子，誰年輕的時候沒做錯事，這件事我『天義』出來擔，和我天義幫交個朋友，別為難小孩子了。」

阿桃姐從辦公桌後面站起來，走到前面半坐在辦公桌上，吐了一口煙說：「誰年輕做錯事的時候沒付出代價，更何況我們素來沒來往，這孩子又不是我的，我的貨少了一半，面子也沒了，這怎麼算？」

「孩子已經被你教訓過了，面子妳已經有了，貨是這孩子和另外4個人一起用掉的，阿桃姐妳看怎麼賠才公道。」

「這批貨被他們摸走以後，還害我差點和別人開戰，我用了不少人才把它找回來，工錢和本錢這算起來還不少。」

「貨是這孩子和其他3個人一起用掉的，740萬減一半，一共4個人一起用掉的就分成4份，740萬減一半再分成4份，這……就賠94萬好了，看得起我尖頭就交個朋友，我天義幫會記得。」

阿桃姐臉色和口氣都沒變，平平淡淡地說：「我幹你娘的94萬，你是把自己當盤子還是把我當盤子？」

阿魁在一旁聽到自己老大被人問候老娘，板起臉往前走了一步，阿桃姐的2個手下也走上前瞪著阿魁。

「阿魁！」尖頭老大對阿魁喊了一下，要他不要有動作。

阿魁往後退回一步。

尖頭老大笑著說：「阿桃姐，什麼都是可以談的，何必生氣呢？」

阿桃姐聽了瞪著尖頭老大，「今天早上跟你們說7百萬，晚上來你跟我說94，你是第一天出來混的嗎？」

尖頭老大還是笑著臉，「700太貴了，減一點吧！」

阿桃姐走回辦公桌後面，從抽屜裏拿出一疊紙，「看你土城出來的也拿不出七百萬。」。

阿魁在旁邊聽了又一副准備開架的樣子。

阿桃姐從手中的一疊紙中抽出3張給身邊的手下遞給尖頭，說：「這3張欠條已經有人半年了，分別是1000萬、1200萬和800萬，把錢給我拿回來，人你就帶走。」

尖頭老大：「妳怎麼不早說呢！我就是專門在做這個的，妳等我好消息。」說完拿著3張欠條站起來要走。

阿母：「阿桃姐，讓我去看一下我兒子可不可以？」

阿桃姐又吐了一口煙說：「帶她去看人。」

阿爸、阿母、尖頭、阿魁來到倉庫，阿爸和阿母立刻跑過去蹲在四哥身邊。

阿母抱住四哥說：「阿強！阿強！你有聽到嗎？」

四哥依然微微得打開一只眼，有氣無力得說：
「阿……母」

阿母淚流滿面說：「阿強，你要撐住，要撐住知不知道？我跟你阿爸已經在想辦法了。」

「喔」

阿母轉頭對阿桃姐的手下說：「可不可以讓我買一些東西給他吃。」

手下說：「怎麼吃？牙齒都打掉一半了，你們快點把賬收回來，帶他去看醫生吧！」

阿母聽了又流下眼淚，抱住四哥。

阿爸：「先走吧！趕快去把賬收回來再把他帶走。」

阿母哭哭啼啼得和大家走出倉庫。

走出夜總會，阿爸對尖頭老大說：「老大，欠條給我，我來收。」

尖頭老大：「你不要急，這筆賬你收不來。」

「我一輩子都在收賬，沒有問題的。」

尖頭老大把3張欠條拿給阿爸看，「一個東海的、一個大聯的、一個大橋頭的，三個人在幫會裏面來頭都不小，3筆都是打麻將輸的，可有可無，不然就要打對折收。」

阿母一聽又哭了出來，「那怎麼辦啦？」

阿爸對阿母說：「妳不要再哭了，妳一哭我就煩！」

尖頭老大：「阿強暫時是不會有事。這3筆我要親自去收，如果收的到，我們公司就會多一個黑虎幫的大客戶，你剛才有沒有看到阿桃姐她手上的欠條有一大疊。」

第二天中午，尖頭老大、阿魁、阿爸和一個叫紅花的打手來到一間建築公司。

「你們找誰？」門口一個員工嚼著檳榔說。

阿魁：「找吳文烈。」

「什麼事？」

「談一些生意。」

門口的員工把他們4個帶進吳文烈的辦公室。

尖頭老大一副笑臉，「吳老大！」

吳文烈：「你哪裏？」

尖頭老大：「我姓黃，這是我的名片。」尖頭老大把自己討債公司的名片遞上，「阿桃姐那邊有一筆賬要我們來收，你看看這張欠條是不是你本人簽的。」

吳文烈：「我沒錢，你們改天再來。」

尖頭老大：「我腳有風濕，跑來跑去不方便，我們現在就一次辦好，兩邊都好，你看怎麼樣？」

吳文烈凶了起來，「我現在沒錢怎麼給，改天來！」

「吳老大，你可能不知道，我等著錢用，你趕快把錢清

了，我下面一批兄弟才好開飯。」

吳文烈一臉狠了起來，「你們沒飯吃甘我屁事，出去！」說完把桌上的茶杯拿起來，朝地上砸得粉碎聲大作。

建築公司的員工全部手拿傢伙衝進辦公室。

阿魁立刻抽出身上的刀子架在吳文烈的脖子上。

吳文烈一點也不怕，狠狠地說：「你知不知道我是誰？你以為你今天動了我還走得出去嗎？」

尖頭老大依舊笑著臉說：「吳老大，這種事我們收賬的常常碰到，多一個不多，少一個不少。我的人只要輕輕地在你脖子上畫一下，我們出不去，你也活不了，有必要嘛？欠債還錢，你把賬清了，大家都好做，是不是？」

「你敢，你動手啊！」

「這是何苦呢？大家都是走江湖的。」尖頭老大說完把吳文烈的手抓到桌子上，從自己身後抽出另一支短刀，剁掉吳文烈兩根手指頭。

吳文烈痛得大叫，員工們想要一擁而上，阿魁把架在吳文烈脖子上的刀子用力一壓，吳文烈大喊出來：「都不要過來！」

吳文烈一頭冷汗，抓著被砍掉指頭的手，喘著氣說：「我公司裏沒那麼多現金。」

尖頭老大：「叫人去拿。」

吳文烈大叫：「紅龜！」

「老大！」員工裏其中一個人應聲到。

「去銀行領800萬回來。」

尖頭老大：「快去快回啊！來得及的話手指頭到醫院還可以接的回來。」再對阿爸說：「找一塊布來幫他包一下。」

吳文烈狠狠得說：「你有本事把錢帶走，我不管你在天涯海角，我一定要你死的很難看！」

「你這麼講就不對了，要找你也找阿桃姐，我是幫人辦事，吃人家的頭路啊！」

「我幹你娘的！誰砍我的手我就找誰。」

「那我看我們的仇還是今天一起解決好了，我這個人最討厭日後沒完沒了的。」尖頭老大說完又把吳文烈另一只手抓到桌子上。

吳文烈緊張得說：「你要幹什麼？」

尖頭老大舉起刀子，「你還要不要找我？」

所有員工都喊了起來，「幹你娘！把刀子放下。」

尖頭老大大聲說：「看我的刀子快還是你手下快。」

吳文烈：「不找了！不找了！……」

「叫你的手下不可以報仇！」

吳文烈大叫：「不可以報仇！不可以報仇……」

尖頭老大高舉的刀子還是沒放下，笑著說：「我不信耶！」

吳文烈嚇得臉色蒼白。

尖頭老大接著說：「冤有頭債有主，有什麼不爽去找阿桃姐！」

吳文烈：「我知道，我知道……」

尖頭老大對站在面前的員工說：「去拿一些布過來。」

有幾個人去找了一些布來，阿爸立刻叫：「拿來！」接過布，不讓他們的人靠近，走去把吳文烈的手包紮起來。

過了半個鍾頭，紅龜一身汗把錢從銀行帶來，吳文烈失血過多面色蒼白得說：「快點……把我的手指……頭撿起……來去……醫院。」

「等一下！」尖頭老大說，「拿點鈔機來。」

又花了20分鍾把錢算清楚，尖頭老大說：「吳老大，陪我到樓下，所有人讓開。」

吳文烈脖子被阿魁架著，幾乎站不起來，阿爸過去撐著他。「所有人不准跟出來！」尖頭老大大吼。

到了外面，所有員工雖然手上都有傢伙，可是不敢出公司大門，只從玻璃門內看著他們，等紅花把車子開過來，都上了車，再把吳文烈一腳踢開，迅速關上車門開走。

在車上，阿魁說：「老大，我們這麼搞會不會過頭了？」

尖頭老大：「你會不會用腦子啊？這樣我們公司的名聲才會響，別人才會怕，錢收得到生意才會好，揚名立萬就看這一次了懂不懂？」

阿魁：「這樣我們的仇家會不會越來越多？」

尖頭老大：「會啊！你怕的話就就不要做啊！」

阿魁不再說話。

尖頭老大叫全部的兄弟都集合在討債公司，然後一起到一家大型柏青哥店，裏面看起來有一個籃球場這麼大，數百台的柏青哥坐滿了3分之2的客人，裏面的女服務員全部穿著紅色兔女郎的泳裝制服，露胸露大腿，端著飲料和鐵珠子到處鑽動，還有動感的電子音樂和霓虹閃光，這樣的春色加上興奮的音樂、免費的酒水，還不時有廣播『恭喜陳董！恭喜陳董！陳董消費剛剛破2萬元……』，『恭喜李董！李董李先生！中本店六獎大型電視機一台……』。

整個店的氣氛讓人一踏進去就覺得繁華、興奮又爽快！消費的亢奮度被提升到最高點。

阿魁走到到櫃台，對一個西裝上印著『經理』的男子說：「找你們老板，土龍。」

「你們哪裏找他？」

「大龍峒阿桃姐叫我們來的。」

經理進去通報，阿成見四處都是攝像頭，土龍在裏面應該看得到一切情況。

5分鍾後，經理出來說：「請問是什麼事？」

「阿桃姐叫我們來收一筆賬。」

經理用無線電對講機通報裏面，然後說：「請你們2個

人進去就好。」

尖頭老大吩咐所有人在門口等著，自己和阿成跟著經理走進去。

走過幾排柏青哥來到裏面一間辦公室，一看土龍是個不到50歲的大胖子坐在沙發上，抱著兩個兔女郎服務生，一只胳臂抱一個，一旁還有3個手下都坐著，一副沒事幹的樣子。

尖頭老大看土龍一臉的肥肉似乎胖到雙眼睜不開，兩眼成一直線，用標准的國語不帶惡意說：「你們是阿桃姐的人啊？」

一聽就知道是眷村出身的外省掛。

尖頭老大：「我們是討債公司，專門幫阿桃姐收賬的。」單手遞出一張名片給土龍。

「我什麼時候欠阿桃姐錢啊？」

尖頭老大向身旁的阿成拿來一張欠條，再遞給土龍，「是打麻將的錢，日期看上去有半年了。」

土龍接過欠條一看，「他媽的！這麼久了，我都快忘了。」，然後拿出手機撥給阿桃姐。

「喂！阿桃姐啊？媽的，妳跟我說一聲就好了，還叫討債的來……」

「我都跟你說過兩次了……」電話裏阿桃姐說。

「有嗎？妳什麼時候跟我說過？」

「打完麻將跟你打過兩次電話，你每次都說好，好，好，也沒看到你再過來。」

「我忘了，忘了！妳看這樣好不好，我現在這裏只有500萬，剩下的我一會也周轉不過來，妳就給我個折扣，500萬叫你的人拿走，其他就算了吧……！」

阿成看土龍好聲好氣在電話裏跟阿桃姐討價還價，最後把電話交給尖頭老大，阿桃姐在電話裏說：「跟他拿600萬，欠條給他，這筆算收了。」

尖頭老大：「好，知道了。」

尖頭老大把電話掛掉後對土龍說：「阿桃姐說跟您收600，這筆賬算清了。」

土龍對一旁的手下說：「拿600萬來。」

手下到辦公桌旁的一個保險箱裏拿出了600萬，阿成朝保險箱裏瞄了一眼，保險箱裏還有很多現金和一把槍。

土龍非常友善，「你們點一下。」再對手下說：「給他們倒杯酒。」

手下倒了兩杯威士忌過來。

阿成在算錢的時候，土龍還和尖頭老大聊了幾句。

「你們是哪個堂口的？」

「我們在土城，天義幫的，我是幫主，叫我尖頭就可以了。」

「噢……！」土龍點頭，「有空常來坐嘛！……你們土

城那裏有什麼好吃的，我很喜歡吃，開了3家餐廳，都在這附近……」

10分鍾後，阿成對尖頭老大說：「老大，數目對了。」

土龍：「那好吧！有空就過來坐。」站起來送尖頭老大和阿成到辦公室門口。

尖頭老大和阿成走到柏青哥店面大門口，對所有二十幾個手下說：「走，回公司。」

阿成：「想不到這個土龍這麼阿莎力，這筆賬這麼好收！」

尖頭老大：「這個人看起來不算太壞！他是想拖久一點，能賴就賴，不能賴的話能砍多少算多少，不會撕破臉。」

阿成：「每一單都這麼好收就好了！」

回到討債公司，尖頭老大剛用滾水衝了一壺茶，手機就響了。

「喂！尖頭，找到了，在西門町一家百貨公司頂樓的護膚中心，只有女會員可以進去，我把地址給你。她正在裏面打麻將，其中一個賭腳是富國酒店的小姨太陳美嬌，其他兩個沒見過。我的小妹剛剛進去參觀了一下，這個護膚中心光是入會就要16萬，每個月的會費是2萬，裏面都是女服務生，門口有2個保安。」

「多謝你！阿忠。費用多少我明天叫人拿給你。」

「你娘較好了！自己兄弟不要講這種話！你有空也帶牽手跟孩子來我家吃個飯，我們喝一杯，別老是在外面玩幼齒的，把兄弟都忘了！」

「好啦！等我這攤忙完就過去。」

尖頭老大挂上電話，走出自己的辦公室來到大廳對阿魁說：「帶20個人出發！」

上車前尖頭老大對所有人囑咐，這次的債主是個女的，他是泰豐會元老-大橋頭的小姨太，沒有我的命令不要對人家大小聲。

上了車，阿魁說：「是個女的，這太好辦了，隨便嚇一下就把錢全吐出來了！」

尖頭老大：「沒那麼簡單！這個女人我十幾歲出來混的時候就聽過她，以前道上的人叫她阿金，後來人家叫她菊子，做了大橋頭的小姨太後大家改口叫她頭姐。她年輕的時候在三重一帶就混得有聲有色，追她的永遠都是些角頭，她就是這種命！聽說前市議員郭顯榮包養過她。和這個女人好過的都是江湖上的大角色，她要是打幾個電話把新歡舊愛都召集起來，她就是整個北台灣的武林盟主，所以跟她決不能來硬的，一定要用軟的。」

阿成：「她背後關係這麼硬，萬一她不給怎麼辦？」

「用軟的有用軟的一套，我跟你們說這麼多，是要你們看到她的時候要有禮數。你們好好學著點，這單不是隨便人敢接的。第一單在建設公司，我們天義幫在討債界已經打出了名號，如果連這單頭姐的債都收得到，不但可以帶回阿成的孩子，在整個大台北收賬界裏我們天義幫要是排第二，就沒人敢排第一，到時候一定會有很多人會慕名而來，廣告都不用再打，公司的生意絕對會大好。」

到了護膚中心，兩個站在門口的保全見一票身穿黑色西裝，身帶江湖味的人走過來，嚇得連跑都跑不動，其中一個使盡全力勉強說出：「先生，請……問有什麼事？」

尖頭老大：「留兩個在這邊看住他們。」

走進玻璃門，櫃台一個年輕的小姐不知天高地厚得說：「先生，我們這邊只有女會員才可以進來。」

尖頭老大：「留一個在這邊，不要讓她們打電話。」繼續往裏面走。

沒多久一個女經理快速得走過來，「大哥，請問什麼事？」

尖頭老大：「廖金菊小姐在哪裏？」

「這……這……」經理支支吾吾不敢說。

尖頭老大：「妳早晚都要說，為什麼不聰明一點，就說是我拿刀子逼妳說的不就好了！」

女經理聽了一臉發白，低聲下氣得說：「這邊請。」領著十幾個大男人往裏面走。

　　大家跟著經理來到一個房間門口，「廖小姐在裏面打麻將。」女經理說。

　　尖頭老大對女經理說：「妳配合一點，我們和廖小姐談完事就走，去做妳該做的事，不該做的不要做，妳就不會有事，聽得懂嗎？」

　　女經理一直點頭。

　　尖頭老大：「阿魁，看住她。」

　　阿魁對女經理說：「走，到妳的辦公室喝咖啡。」跟在女經理身邊一起走開。

　　貴賓房裏。

　　頭姐自摸一把，連莊又一台，開心得笑了出來，接著一幫黑西裝理平頭的人走進來。

　　「你們是什麼人？一進來我就自摸！」頭姐笑著說。

　　尖頭老大笑著臉走到頭姐面前，其他人站在一邊。

　　「頭姐，您好！」尖頭老大親切得說，後面的手下全部鞠躬，一起說「頭姐好！」

　　麻將桌上另一個女人不爽得說：「你是誰啊？一進來我就輸錢！」

　　麻將桌上這4個女人對這一批黑道人物的到來，沒有一

點懼怕。

尖頭老大把自己的名片分別發給4個女人，「叫我尖頭就好。」

其中一個女人把輸的籌碼丟到桌上，不爽得說：「你找誰啊？有屁快放！」

「我是來找頭姐的。」

「真的是來找我的啊！那我的好運真的是你帶來嘍！找我什麼事？」

「頭姐，我們借一步說話。」

「什麼借一步、借兩步！我現在手氣正旺的時候怎麼能離開，有事在這邊說。」

「這個……」尖頭把嘴靠近頭姐耳邊，用一只手遮住小聲說：「我是幫阿桃姐來收錢的。」

「什麼錢？」頭姐一邊洗牌一邊說。

尖頭轉身對阿成揮手叫他過來，「把條子拿來。」接過欠條，拿到頭姐面前，又用手遮著小聲說：「您看這是不是您的字？」

頭姐把尖頭的手推開，「幹什麼嘛！不要一直咬耳朵，人家還以為我跟你有什麼！一千兩百萬而已，小題大做！」

「頭姐，對我這種小人物一千兩百萬可是大數目。」

頭姐不耐煩得把欠條抓過來一看，自言自語說：「都過了半年了。」

尖頭說：「頭姐，您看是不是把它清了，我好交差。」

「我現在哪有錢啊？」頭姐搓著麻將不理尖頭。

尖頭一直站在旁邊，不再說話。

終於等到機會，頭姐拿出香煙，尖頭立刻掏出打火機走向前，其他3個也都拿出香煙，尖頭過去一個個幫她們點上。

其中一個女人一邊摸牌一邊說：「你說你叫什麼頭？」

「叫我尖頭。」

「你們收賬的是怎麼抽成的啊？」

「行情是5成，如果是你們的話，4成就好了，數目大的話3成也可以，這種優惠是給你們4位美女才有的。大姐您怎麼稱呼？」

「我姓吳。」

「吳……大姐是不是吳美嬌？」

「你認識我啊？」

「我剛剛就覺得好面熟，可是一直想不起來，原來妳真的是富國酒店的吳美嬌吳大姐！」

吳美嬌看著尖頭，「我們見過面嗎？」

「我是在電視上看過您的啦！」

「原來是這樣……」吳美嬌笑了起來，「還有人認識我！」

「您也算是名人嘛！」

另一個女人開始嫉妒，不爽得擺個臉色說：「頭姐，妳

快點跟他把賬清一清，他在這邊搞得我很煩，我都不想再打下去了！」

「那怎麼行！」另一個女人說，「說好今天打16圈的，我已經輸了400多萬，妳可別給我走啊！」

頭姐：「你先回去啦！我現在哪裏有錢！」

尖頭笑著臉對這個嫉妒心重的女人說：「大姐，您貴姓？」

這個女人沒有理尖頭。

尖頭：「說不定我認識您。」

吳美嬌：「她叫胡佳慧，你認識嗎？她來頭可不小哦！」

尖頭：「噢！是胡大姐。」

頭姐：「你知道她是誰嗎？」想讓尖頭難看。

尖頭：「胡……」

吳美嬌：「基隆的走私霸王聽過嗎？」

「胡敏麗！」尖頭說了出來，「基隆鯉魚頭身邊的性感女神胡敏麗胡大姐，從福州到基隆的人蛇路線都是妳一手包辦的。胡大姐，您生意做這麼大的人，怎麼有時間來打麻將？」

「算你有眼光！」胡敏麗心裏順暢了不少。

尖頭心想：真的是基隆港走私大王鯉魚頭的三姨太！你娘的，難不成今天這桌是二奶桌！

「喂！3個你都認識，可不能漏了我吧！」

「大姐，您貴姓啊？」

「我姓張。」

尖頭想：道上哪個二奶是姓張的？「大姐，您是哪一區的？給我一點提示吧！」

「我在松山區。」摸了一張牌說。

松山區大盤的只有兩家，順德堂和紅龍幫，順德堂只做賭和嫖；紅龍幫做網咖、電玩、房地產和圍標，都沒聽說過這兩幫的幫主有二奶，這怎麼猜呀！

尖頭想了一下，管賭要有煞氣，她沒有。網咖和電玩賺得哪夠她打一晚麻將輸贏幾百上千萬的。嫖的話，他們說要打16圈，晚上是沒辦法去管『貓仔間』的生意了。只剩下房地產和圍標了，好！賭一把。尖頭開口：「難道是松山區紅龍幫幫主身邊炒房地產炒得叱咤風雲的大紅人張大姐？」

尖頭一說完大家都看了他一下。

「你真的聽過我的名字？」張大姐開心得說。

尖頭一看張大姐的神色就知道猜對了，「在道上早就有傳聞松山區有一個很會炒房地產的張大姐，特別有女人味，整個台北誰不知道啊！」

張大姐開心得笑著合不攏嘴，「哎呀！你看你，一直跟我講話都害我出錯牌了！」

頭姐慢慢地說：「你這個尖頭，嘴巴還真甜，讓我們打牌打得心花怒放，本事還不小啊！」

尖頭：「哎呀！只要是男人，哪一個看到你們這樣的美女，不會真情流露得讚美。我雖然是從土城這個小地方來的，但起碼還是個幫主，今天真是讓我開了眼界，同時看到4個做大生意又超脫世俗美的江湖大姐在一起，我心中只有兩種感覺。」

胡敏麗很認真地問：「什麼感覺？」

「傾倒和高不可攀！」尖頭說，「將來我可以跟我的孫子說，爺爺曾經看過江湖4大美女一起打麻將，還幫她們點過煙。」

尖頭身後站成一排的手下差點都吐出來。

吳美嬌：「我肚子有點餓了！這邊有什麼吃的？」

頭姐：「只有西餐。」

「唉～！我想吃蚵仔面線」

尖頭：「這有什麼問題！」，轉身對身後的手下叫了一聲：「去買一份蚵仔麵線回來。」再轉回來說：「那其他3位大姐想要吃什麼？」

胡敏麗：「我要肉羹湯跟滷肉飯。」

張大姐：「我要蝦仁炒飯跟泡沫紅茶。」

「喂！」頭姐看著她們3個叫出來，「人家是來收賬的，你們這是在幹什麼？」

尖頭：「收賬也可以幫妳們服務啊！何況跟4大美女一邊吃東西一邊聊天，這種機會人生什麼時候才能遇上一次啊！」

「馬屁精！」頭姐斜眼看了尖頭一眼。

尖頭一點都不受影響，笑臉看著頭姐：「頭姐，妳也吃一點東西吧！不然哪有體力跟她們3個在桌上拼下去，加減吃一點吧！」

頭姐愛理不理得說：「唉，隨便啦！」

尖頭轉頭說：「阿甲，給頭姐來一份麻醬面跟珍珠奶茶。快點去！」

身後一個手下立刻轉身走出去。

頭姐：「叫你那些手下出去啦！站在那邊像一排木頭人一樣真礙眼。」

尖頭轉身說：「全部出去！不要站在這邊讓頭姐心煩。」

一排手下跟頭姐鞠躬然後全部走出去。

手下把吃的買回來，尖頭一份一份倒到保利龍碗裏，再端到她們面前。

半個小時後，吳美嬌說：「尖頭，你過來幫我頂一下，我要去廁所。」

過一會，頭姐說：「尖頭，幫我叫一杯咖啡進來。」

胡敏麗：「尖頭，幫我接個電話，說我在忙，問他是誰？」

尖頭開始和她們有說有笑，像是老朋友一樣。

尖頭：「我說個笑話，讓妳們猜猜看。3個男人一起洗

澡，猜一個電器用品，答案要用台語講哦！」

沒人猜得到出來。

「就是台語的洗衣機嘛！」尖頭說。

大家笑得停不下來。

尖頭：「再猜一個。4個男人被雷公電到。」

還是沒人猜到。

「哎呀！就是台語的電視機嘛！」尖頭說。

大家笑得東倒西歪。

尖頭幫4個大姐點煙，陪聊天，點吃的，逗大家笑，就差沒敬酒，否則真配稱得上是台北第一紅牌牛郎。

過了三四個小時後，凌晨4點多，尖頭十幾個手下在護膚中心大廳的沙發上睡得東倒西歪。

阿成跑過來，把每一個人叫起來，「快起來！快起來！出來了。」

頭姐和3個大姐從貴賓房走出來，尖頭和阿成跟在後面。

阿魁從辦公室的監控銀幕上上看到，立刻和經理一起出來。

手下們立刻站開排成左右兩排，等頭姐走過，所有人立刻鞠躬，「頭姐！」

阿魁馬上去拉開玻璃大門，兩排手下跟在頭姐和三個女人後面走出護膚中心。

護膚中心的女經理深深吐了一口氣，「終於走了！」整個人像是虛脫了一樣坐在地上攤掉。

到了樓下，一部黑色的凱迪拉克開過來，頭姐正准備要上車。

尖頭笑著說：「頭姐，您看看是不是把賬清一下，我好交差。」

頭姐口氣不太友善：「你很煩吔！趕都趕不走，我現在哪裏有錢啊？」

「寫支票也可以呀！」尖頭就算被罵也不改微笑，總是笑臉迎人。

吳美嬌在一旁打了一個哈欠說：「頭姐，才1200萬妳就跟他結了吧！免得以後我們打牌他又帶上一票人像蒼蠅一樣飛來飛去的，他剛才一直說笑話還害我出錯牌，這麻將以後怎麼打啊！」

胡敏麗：「就給他好了，才一千多萬，我們打一次牌輸贏也不過如此嘛！」

張大姐也打了一個哈欠說：「快點啦！我困死了！妳還要送我回松山，我9點還要回公司開會，剩沒幾個小時可以睡了。」

頭姐被她們一人一句，也不想在這麼多人面前看上去像個有錢死賴賬的很沒面子，於是瞪了尖頭一下才說：「你這個男人還真是有夠煩吔！」從皮包裏拿出一本支票簿簽了

字，撕下來。

尖頭接下支票，用雙手把欠條交到頭姐面前，然後幫頭姐打開車門，「謝謝頭姐！感謝您！謝謝！」

頭姐坐進車子裏，嘴裏不停得念：「阿桃真是的，不過一千兩百塊而已，打個電話來就好了，還要找一票人來，打麻將本來就是有輸有贏，以後誰還敢跟她打……」

尖頭身後的一排西裝手下一起鞠躬，大聲說：「謝謝頭姐！」

張大姐也上了車，尖頭對她鞠躬：「謝謝張大姐，張大姐您慢走！」

一排西裝手下鞠躬說：「張大姐慢走！」，尖頭再親手把車門關上。

頭姐的車子開走以後，一輛賓士500接著開過來，代客泊車的下車，尖頭上去扶著車門，胡敏麗走過來上車，尖頭說：「謝謝胡大姐！胡大姐您慢走。」

一排西裝男鞠躬喊到：「胡大姐慢走！」，尖頭面帶微笑把車門關上。

接著一部紅色保時捷接著開上來，尖頭見吳美嬌從皮包裏拿出一千塊給代客泊車的小弟，尖頭又立即過來扶著車門說：「吳大姐，謝謝妳幫我說話，我才收得到錢，感謝您！」

旁邊一排西裝男鞠躬喊到：「謝謝吳大姐！」

吳美嬌：「好啦！你也夠累了，快回去休息吧！」

尖頭：「好的，謝謝吳大姐，吳大姐慢走！」

尖頭幫吳美嬌把車門輕輕關上，站在車子旁邊再次跟她鞠躬。

一群大男人就像奴才似的給足頭姐面子，讓頭姐還錢也還得風光順心，這就是尖頭能在江湖上養得起一幫兄弟的原因，不僅該硬的時候硬，更高明的是懂得以和為貴，做到手腕靈活的本事。

阿成走上前來，「老大，讓我把錢跟支票拿去換我兒子出來。」

尖頭：「我跟你一起去，我要把阿桃姐那整疊欠條都拿到手。」雙眼自信得說。

下午2點，阿桃姐終於睡醒接了電話，尖頭、阿成和阿蘭、還有阿魁一起到夜總會去交錢。

阿成把現金和支票放到阿桃姐面前桌上。

阿桃姐吐了一口煙，把支票拿起來看了一下，再伸手把桌上的現金稍微翻了一下，「帶他去拿人」。

阿成和阿蘭跟著阿桃姐的手下去倉庫。

阿桃姐一貫面無表情得說：「還真有本事！這麼快就全收到了，我還以為頭姐那一筆你拿不到。」

尖頭：「我們就是專門做這個做一輩子了，只要是找得到人，沒有收不到的！」

「還真臭屁！」阿桃姐說完又吐了一口煙。

尖頭：「我看妳手上還有一疊欠條，不如都讓我收吧！我給妳個折扣，錢越早收回來，放銀行還有利息，收著一大堆欠條，每次打開抽屜看了多礙眼！」

阿桃姐沒說話，把煙熄了又掏出一支，身邊的打手立刻過來點煙，深深吸了一口，慢慢說：「我手上的欠條還有11張，全部加起來過億，你給我什麼折扣？」

「行情是抽5成，11張我都算4成。」

阿桃姐打開辦公桌的抽屜把欠條拿出來，嘴叼著煙，一張一張地看了一次，好久沒說話。

這時阿成和阿蘭扶著兒子進來，尖頭看了說：「你先帶人去看醫生，我和阿桃姐有事要說。」

阿成和阿蘭把孩子帶走，尖頭看阿桃姐仍是繼續得吞雲吐霧，下不了決定，於是說：「不然我抽3成半好了，道上再也沒有人會給妳這麼好的條件。」

　　阿桃姐把手放在整疊欠條上，輕輕吐了一口氣，「這裏11筆賬全部讓你收，你抽2成，差不多有三千萬。」

　　尖頭笑了一下，「阿桃姐，沒有人抽2成的，沒這種行情！」

　　阿桃姐：「之前這3筆最難收的你都能收到，剩下這11筆是輕而易舉了，你不用花多少時間。」

　　「2成太少了，這以後一傳出去，我就變得沒原則了，誰上門來都可以隨便砍價。」

　　阿桃姐不理尖頭繼續說：「但是你先幫我收一筆沒欠條的，收得到的話，這11張欠條才讓你帶走。」走到一旁的酒櫃拿出一瓶人頭馬，倒了2杯加入冰塊，一杯叫身邊的打手拿給尖頭。

　　尖頭把酒接過手喝了一口，阿桃姐一口氣喝光，然後說：「2年前我和一個人合作走私洋酒，他負責接頭，貨到了，我把錢付清，才發現是假酒，他說他也是被人騙的，加上我們又是一個道上的長輩介紹的，有了這層關係，我不太好做。」

　　「是多少錢？」

　　「450萬。」

「450萬妳會放在眼裏？」尖頭皺了一下眉頭。

「當然不會。」

「那找人揍他一頓就好了。」

「不行，這樣會讓介紹我們認識的長輩難做，否則我何止揍他一頓而已。只有他自己把錢吐出來，才能名正言順的把面子拿回來。」

「已經2年了，妳還放不下？」

「從來只有我吃人，沒有人吃我。」

尖頭又喝了一口酒，心想：唉！女人……。然後說：「所以妳要把450萬拿回來就是了。」

阿桃姐點頭。

「他有錢嗎？」

阿桃姐再點頭。

「那他也真大膽，敢惹妳阿桃姐！把他的資料告訴我，我先去摸摸他的底。」

「不行，這件事我不想張揚，你答應了，我才把內容告訴你。」

「那450萬拿回來了，我抽多少？」

「450萬我全要，拿回來了桌上這11張都給你收，你抽2成。」

尖頭想：幹你娘的！妳這女人……。拿起手中的酒再喝一口，看看桌上那一疊欠條，將近3千萬，從來沒接過這麼

大單的生意⋯⋯。

　　阿桃姐看得出尖頭是個敢拼的人，接著說：「整個大台北有多少家討債公司，哪一家不是有的帳收得到有的收不到，我這11張欠條全部都是有錢又找得到人的，之前最難收的3單你都收到了，接下來以你的手腕，將近3千萬的現金，你很快就可以進賬，碰到這種機會，我要是你馬上就接了。」

　　尖頭心想：妳老母較好！想激我。「450萬沒欠條，那可是比之前那3筆更難收！450萬收回來全歸妳，桌上那11張我要抽3成半。」

　　「兩成半。」阿桃姐說。

　　「3成。」

　　阿桃姐很快得想了一下說：「成交。」對一旁的手下說：「把對方的資料告訴尖頭。」

　　一旁的手下坐到尖頭旁邊，開始說：「對方叫三筒⋯⋯」

　　尖頭一聽是『三筒』，手上的杯子差點掉下來，整個人腦子閃了一片空白，鎮定了一下對阿桃姐說：「妳怎麼會跟『三筒』打交道？」

　　阿桃姐的嘴角笑了一下，得意地說：「說出口的話，你可別反悔噢！」

　　尖頭苦笑：「難得妳這麼看得起我！」

阿民請假回家看四弟。

　　阿母：「你四弟這條命是撿回來的，要不是尖頭老大講義氣，願意出面，我跟你阿爸都搞不定，看他以後還要不要踏踏實實做人。明天下午帶你四弟去醫院拆線，我懶得再陪他跑醫院了。」

　　阿民：「阿母，我明天下午就要回部隊。」

　　「怎麼這次假期這麼短？」

　　「我是請假回來的。」阿民說，「阿母，我先進去看四弟。」

　　進到房裏，看見四弟被繃帶包得幾乎像個木乃伊，愣了一下，「這……阿強，你感覺怎麼樣？」

　　「還好啦！只是現在大便要用左手擦屁股，真不習慣！」

　　「你現在身體還會痛嗎？」

　　「全身都痛，不過好很多了。」

　　「石膏什麼時候可以拆？」

　　「醫生說兩只腳下個月可以拆了，右手還要半年。還好一隻手還可以上網，不然無聊死了！」

　　「阿強！」阿民說，「為了救你，阿爸跟媽做了很多事。」

　　四弟吸了一口氣，說得很慢：「我……知……道。」

　　「等你傷好了，正經找個正經事做吧！」

「嗯。」

吃了晚飯，阿民推四弟到外面散步。

阿民推著輪椅，四弟坐在輪椅上手中叼著煙說：「換個空氣好的地方抽煙真是舒服啊！」

阿民：「阿強，小妹最近都有回來睡嗎？」

「有，每天都回來睡。」

阿民露出了笑容。

四弟：「喂！去給你爸弄顆檳榔來。」

「你已經掉了好幾顆牙齒，說活都會漏風，還要咬檳榔？」

「我還有另一邊的牙齒在，沒問題啦！」

「真的沒問題？」

「沒問題啦！」

「好吧！」阿民推著輪椅調頭，朝巷口雜貨店的方向去。

阿民買了一包檳榔，給四弟塞了一顆進嘴裏，四弟一點一點慢慢地咬起來，「啊……爽！」

「阿強，你有沒有想過等完全復原以後要做什麼工作？」

「阿爸叫我去他的討債公司做，可是我不想去那裏，阿母說我可以去她朋友開的餐廳做服務生，我想了一下，覺得還是不適合我，我對餐飲也不是特別有興趣，做餐廳做到老還是在餐廳裏。我比較喜歡電腦，我想趁現在不能出門，就

在家裏學程式，等拆了石膏以後去找這方面的工作，現在很多公司都缺這方面的人。」

阿民睜大眼看了一下四弟，他這顆腦袋被人給敲正常了？

幾個月後，阿民就快退伍的前2個禮拜，居然在半夜裏接到大哥的BBCall！

阿民很意外，大哥平時很少回家，對家裏的人也不聞不問，自從當兵以來，每次放假回家也沒見過大哥在，他怎麼會打來？

阿民翻牆出去打公共電話給大哥。

「大哥，是你啊！怎麼這麼晚？」

「你兵營熄燈了沒有？」

「熄燈了，不要緊。」

「好久沒看到你了，自從你當兵到現在，我這個做大哥的都沒跟你聯絡過，你會不會怪我？」

「怎麼會呢？反正我還有2個禮拜就退伍了，以後有大把時間可以見面。你現在都還睡在賭場啊？」

「是啊！我就幹這個的，不睡賭場睡哪裏？當兵這段時間苦不苦？」

「還好啦！我又不是飼料雞，而且也快退伍了，不管怎麼樣也都熬過來了。」

大哥竟然和自己聊了快半個鐘頭，而且還挺關心人的，

阿民越聊越意外，也越聊越開心，自從6年前大哥開始在賭場裏面做看場，就很少見到他，很少跟他好好說過話，今天大哥自己主動聯繫，讓阿民覺得時光如同飛回自己讀初中的年代，和大哥、二哥無話不談。

「大哥，快12點了，查房的快過來了，等查房的走了我再打給你。」

「不用了，我要開始忙了。聽好，我放了20萬在你的床墊下，只有你知道，你幫我拿給阿母。」

「你回家了？」

「嗯。」

「大哥，你自己拿給阿母就好了」

「我最近沒時間再回家，你幫我拿給阿母就好了！對了，千萬別讓其他的人看到，你這個人不笨，但是心軟，誰找你哭夭幾句你就借錢給人家，記得！回家就直接把錢給阿母。」

「我知道了！」

「好了，不說了，先這樣吧！」

「好。大哥，我31號退伍，記得回家吃飯，我們好好聚一聚。」

「知道了！」

那晚，阿民開心得睡了一覺。

退伍回到家，阿民果然在床墊下看到20萬現金，直接拿去給阿母。

　　「你大哥什麼時候跟你通過電話？」

　　「差不多2個禮拜前。」

　　阿母看著錢，露出了失魂的眼神。

　　「阿母，家裏不要放這麼多錢，我們去存銀行。」

　　阿民看阿母還是發愣沒說話，於是搖了阿母的手臂，「阿母！」

　　阿母慢慢看著阿民說：「你大哥被通緝了。」

　　阿民睜大眼，過了好一會才鎮定過來，「什麼時候？」

　　「2個禮拜前，他回來過一趟，在家裏吃了一頓晚飯就匆匆走了，當晚半夜裏來了一票警察，說幾個小時前你大哥到朝興幫的KTV去開槍，打傷了幾個人，現在是謀殺畏罪被通緝。」

　　阿民傻了！

　　「你阿爸到他看的場子去問過，也跟你大哥的老大談過，沒人知道他在哪裏。人家說生的孩子有些是來討債，有些是來還債，我看只有你是來還的。」阿民看阿母憂慮的眼神積滿淚水，伸出柔和的手輕輕地放在她背上。

阿民退伍不到一個禮拜就在一家電子公司找到了工作。

阿母：「當兵這麼累，你也不好好休息一陣子，這麼快就要開始上班啊！」

阿民：「當兵實在是浪費我太多時間了，跟坐牢沒什麼兩樣，退伍後在家休息了這幾天，沒事做真是難過！」

阿民的條件是已經當過兵，上班不會半途而廢，大學所讀的又是相關科目，畢業的大學名氣屬中等，不像名牌大學的畢業生驕傲又不合群。面試的時候讓人感覺中肯，回答的時候口齒清楚簡潔。這些綜合的條件，使阿民在面試時成為搶手貨，他跑了9家公司面試，有6家公司要他。

阿民決定在一家不到100人的中型電腦公司上班，原因是當下的電腦市場，小公司很容易就會被大公司吃掉，加上台灣小型企業都有隨市場情況可隨時開，隨時關的不穩定性。而上百人的大公司部門分得細，能夠學到的東西少。

阿民半年內從儲蓄幹部升為技術員，又一年後升為技術組副組長，要管理的手下有近30人。

阿民從小在現實狡猾的人性環境中長大，一進公司就對人情世故處理地得心應手，拿捏得體，加上自己用功，對電腦的新知識和國際產品吸收欲望高，一般人只看到他的努力和老練，卻不知道他平時的謙虛，是包含了從小經歷比一般人更多的人情與事故。

7個月後技術組組長跳槽另　家公司，阿民升為組長，

一年後公司副理約阿民吃晚飯，希望派他到馬來西亞的分公司待2年，提升當地公司的技術，薪水是當下的2.5倍。

阿母不希望阿民外調到馬來西亞，只希望他趕快結婚，進入成家與安定的人生階段。而阿民心裏想的只有快點存夠一筆買房子的頭款，幫阿爸和阿母買一棟房子。所以他還是說服了阿母，到馬來西亞待2年就會回台灣。

阿民在一個半月後，抵達了馬來西亞。

馬來西亞這個炎熱的國家除了車子開得快，其他什麼事都做得很慢，很悠閑。馬來西亞曾是英國殖民地，大多的公共制度是英國式的，當地人說的英語是馬來腔英語，開車靠左邊，他們習慣把事情悠哉悠哉地慢慢做完。平時講自律，看績效的阿民常常難以適應。

一個23人的分公司，三分之一是台灣人。阿民一進公司就把事情做得好又快，不被所有人討厭才怪。總經理突然把阿民的工作量增大，阿民馬上有領悟，很快調整自己不要在能力上表現得太突出，做得好但不要做得太快，融合團體的進度，可以走前面一點但不要走得太前面，否則周圍的人會受不了。『人和』才是生存之道，『進取』並非完全靠實力。

馬來西亞和大多數的東南亞國家一樣，當地居民明顯的分為3種人，一種是皮膚黝黑的當地人，性格比較老實散

漫。一種是二戰前移民過來的中國人，皮膚顯白，比較努力、富裕。第3種是二戰期間移民過來的印度人，看他們的五官就能分辨出來。中國人天性努力、勤快，移民到當地僅短短幾十年，擁有的存款和土地大大超越馬來人，加上態度自傲，導致排華嚴重。富裕的印度人也會自持自傲，不過他們大多生活在自己的種族圈子裏，排外也相當明顯。

　　阿民很不喜歡公司裏一些台灣員工對待當地員工的態度，縱然當地員工頭腦比較不靈活、愛撒謊，可是阿民從小從在窮苦的環境中長大，有在學校被富家子弟看不起的經歷，讓他厭惡自恃高人一等的嘴臉。對阿民來說，世上最難看的就是那種看不起人的嘴臉。

　　公司裏有一個和他年紀相當的中國第二代移民叫素萍，阿民覺得素萍給他一種溫柔的第一印象，和當地人一樣，素萍的穿著比台灣女孩子土氣，可是單純、保守，不像台灣女孩子的單純僅是表面，讓阿民感到很安心，安定。

　　阿民開始注意素萍，素萍是福建客家人，懂得國語並不多，能說流利的馬來文、英文和客家話。阿民發現素萍是單身以後，就開始約她假日的時候見面，因為阿民不同公司裏一些高傲的台灣員工，平時與人沒有距離，素萍本性也不做作，很快答應和阿民約會。阿民和素萍交往後，真覺得當地的女孩子比台灣保守得太多了。

　　年後阿民在阿母的催促下，更加不想錯過素萍這樣的

好女孩，他向素萍求婚。

　　婚禮那天阿民請了公司所有同事，女方那邊來了19桌，東南亞的人出席酒宴各個一身金飾，在餐廳燈光的折射下，金戒指、金項鏈閃爍反光，更像是黃金首飾的展覽大會。

　　一個星期後阿民再帶素萍和素萍的父母回台灣再擺一次酒席，素萍看男方出席的人怎麼個個紋身嚼檳榔，不懂這是台灣的黑道文化，在馬來西亞紋身的人只為『修道辟邪』，便以為來出席喜宴的親朋好友都是虔誠的信徒。不過這些『修行人』怎麼這麼會喝酒！划拳喊得像拼命，檳榔汁拼命吃拼命吐，在馬來西亞只有土著和老太婆才吃檳榔！

　　最令素萍和素萍父母嚇到的是，台灣人好像敬酒不喝是一件很羞辱人的大事，素萍親眼看阿民被一班人敬酒，喝了好多之後又來一班人，阿民不喝還不行，阿民的阿爸、阿母、哥哥、弟弟還幫阿民喝，一直喝到倒下為止，當晚阿民和他阿爸是被『擡』回家的。台灣人這麼喝酒真是會喝死人呀！

　　接下來素萍的父母跟阿民小兩口一起蜜月環島台灣5天，再飛回馬來西亞開始工作。

　　一個月後，禮拜天的中午。

阿民在房裏睡午覺，素萍一個人坐在客廳。

平時阿民加班到晚上8、9點，回到家以後累得倒頭就睡，今天禮拜天又是睡一整天，素萍感覺自己像是在守活寡，眼淚一滴一滴得掉落在地上。

下午5點，她走進房間，看到阿民還在睡，收拾了一些衣服離開了家。

晚上7點阿民醒來，看不到素萍，自己弄了泡面吃。

9點、10點時間一直過去，阿民開始擔心，他打電話到素萍父母家。

岳父接的電話，「阿民啊！真是女兒沒教好啊！我怕你還在生氣，想明天再打電話給你……」

「爸，我沒有生氣，我們沒有吵架啊！」

「啊！沒有吵架啊！」

「那是怎麼回事？」

「我不知道呀？」

「唉！我這個女兒從小有事都放在心裏不說出來，我還以為你們吵架了！」

「沒有啊！爸，你能不能問她是什麼事？」

「哦！好，好，我等一會打給你。」

過了約15分鐘，岳父打電話回來，「阿民，她不肯說，妳想會是什麼事？」

阿民想了一下，「沒事呀！我最近很忙，都很晚才回到家，很少跟她說話。」

　　「這孩子，到底是什麼事？」

　　「爸，我明天又要上一整天班，我現在去帶她回來好嗎？」

　　「好的，好的，你過來！」

　　阿民一進岳父家就說：「爸、媽，對不起！這麼晚來，都過了你們平常睡覺的時間。」

　　「沒關係！沒關係！」岳父駝背笑著臉說。

　　阿民進了素萍的房間。

　　素萍坐在梳妝臺前流淚。

　　「到底怎麼回事？」阿民輕聲地說。

　　素萍還是沒說話。

　　「先回家吧！爸、媽都要睡了，我們回去再說好不好？」

　　素萍有她倔強的時候，問題沒解決不想走。

　　「妳至少要讓我知道是怎麼回事呀！」阿民依然輕聲地說。

　　素萍只是一直流淚不說話。

　　阿民想這怎麼辦好？「是不是我太少回來看爸、媽了？」，看素萍還是沒出聲，於是從後面抱住她，往她脖子

親下去，「是不是我們最近做的太少了？」

素萍把阿民推開，「你幹什麼啦！爸、媽在外面。」說得很小聲，怕被聽到。

「那我們先回家好不好？走，先回家再說。」

素萍還是不理阿民。

阿民走出房間，見岳父和岳母坐在客廳，尷尬地笑著說「她還是不走。」

「她是在氣什麼？」岳父說。

阿民兩手攤開，「我……不知道。」

「唉！這孩子。」

「爸、媽，時候不早了，我明天再來，你們趕緊睡吧！說不定她明天氣消了就好。」

「唉！好吧。」

岳父、岳母送阿民到門口，「爸、媽，別送了，去睡吧！」

岳母：「路上小心啊！」

阿民回到家，收拾之前吃的泡面，把泡面的包裝袋丟進垃圾桶裏，看見垃圾桶裏面一大堆飯菜，「怎麼這麼多！」，看起來不像是剩菜。

原來素萍在等我吃飯，早飯、中飯、晚飯，我怎麼沒想到呢！

我太冷落她了！

第2天，禮拜一。

阿民看素萍在公司裏臉色很差，還一直避著自己，到了5點一下班就立刻走出公司。

阿民趕緊把做到一半的事放下，立刻走出公司坐上計程車，快6點的時候來到岳父家。

岳母開門，「她也剛剛回來。」

「媽！」阿民接著說，「那我進去看看她。」

「好，你們好好聊啊！」

阿民走進素萍的房間，素萍還是側著臉不看他。

沒一會，岳父、岳母看阿民牽著素萍出來，倆老都露出了笑容。

「好了！好了！沒事就好了。」岳父說。

岳母：「先吃飯吧！來，吃飯！」走向餐桌。

阿民看餐桌上岳母已經把菜都做好了，他牽著素萍過去。

素萍把眼淚擦掉，和大家圍著餐桌坐下。

大家一坐下，岳父就幫素萍夾菜。

阿民：「媽，還讓您做飯，真不好意思！」

岳母：「沒事！都是自己人，有什麼不好意思！」

阿民：「都是我不好，一直忙公司的事……」

素萍馬上說：「好了！不要再說了。」

岳父：「不說，不說，來，吃飯！」

阿民：「這個禮拜六晚上我們出去吃飯吧！」

岳母：「花這個錢幹什麼，來家裏吃就好了。」

岳父對岳母說：「阿民都說了，我們去就好了。」

岳母：「好，好，就去吧！」

阿民：「上次我們去的那家泰國餐館，他們的烤肉還不錯，爸、媽，你們喜不喜歡那家。」

岳母：「都可以，你們喜歡就行了……」

阿民在辦公室裏，素萍慌慌張張得走進來，「媽剛打電話來，爸爸在醫院急診」

　　阿民擡頭看著素萍說：「在哪家醫院？」

　　「達拉帕聖母醫院。」

　　阿民立刻把手上的工作放下和素萍走出公司，又很快地跑回公司來直奔向經理說：「我岳父在急診，我和素萍請個假。」

　　「好，沒問題！」

　　趕到醫院，看見岳母在急診室外面拿著手帕哭紅了眼。

　　素萍快步走到岳母面前，也哭了起來。

　　阿民過來，輕輕地拍著岳母的背。

　　岳母用紅腫的眼看著阿民，「是心肌梗塞，從沙發上站起來的時候，突然抓著胸口倒下去……」

　　將近兩個鐘頭後，岳父從急診室裏被推出來。

　　醫生也走出來，「沒事了！住院觀察一下。」

　　晚上8點多，岳父醒過來，看到大家圍著他，嚇了一跳，「你們什麼時候來的？」，還以為自己躺在家裏。

　　岳母告訴他發生什麼事以後，他一臉擔憂，當晚獨自回憶了很多事。

　　禮拜六早上，醫生看岳父身體情況穩定，讓他出院，阿民用輪椅推著岳父回到家。

在岳父的房間裏，阿民看著他的筆記電腦，素萍和岳母出去買菜。

岳父：「阿民啊！」

「爸！要不要喝水？」

岳父用很虛弱的聲音說：「我們家女兒能夠嫁給你，真是我們的福氣。」

「爸，你說這什麼話！」阿民把電腦放一邊桌上。

「我一直沒把女兒教好，給你添了不少麻煩。」

阿民看岳父大概是生了場大病見自己需要人照顧而心生善言，於是說：「素萍是我見過最好的女人，其實我很感激你們。」

「我看我剩下的時間不多了！」

「爸，你說這種話做什麼⋯⋯」

岳父虛弱地舉起手，要阿民不要說話，「我過了一輩子，書讀得不多，可是十九歲跟著我父親從福建到馬來西亞來回跑，最後在這裏落地生根，深深體會到人窮不能講骨氣，人善不能講道理，一直到現在是人病不能講尊嚴。15年前素萍她媽媽因為肝炎進了急診，我當時感到很孤獨，很害怕，從此做了準備有一天她會先走，我必須一個人面對。等她康復從醫院回到家以後，我再也不跟她吵架了，想不到老天還讓我們在一起了十五年，看到素萍能夠嫁給你，我更是放心了。」

「爸，你別亂想，我們還有好長的日子要一起過呢！」

岳父緩慢地搖搖頭說：「我只有一件事放不下，我在福建有個女人。」

阿民一下愣住。

岳父接著說：「她們母女倆都不知道。她是我一生都放不下的人。素萍出生後，我曾經嘗試要把她放下，可是總做不到。我辜負了她！」岳父竟流下了眼淚，「當年我跟我父親、我大哥還有我二叔到馬來西亞做橡樹的生意，福建、馬來西亞坐船兩頭跑，接著沒多久，就發生了文化大革命，我母親和二嬸都來信，叫我們暫時不要回去，四個月後，福建沒有再來過任何信，我父親和我二叔決定回去看看，我父親臨走前叫我們絕對不要回去，等他回來，從此我和老家完全斷了音訊。又三個月後，我為了這個女人想盡辦法要回福建，我大哥把我綁起來，說什麼都不讓我上船，還說我如果回去找她，因為有海外關係，會害死她，後來我連一封信也不敢寫給她，當時我簡直生不如死。三年後，我雖然心中還是很想她，但是自己一個人在馬來西亞受不了孤單，於是和素萍的媽媽結了婚，接著生下素萍，我大哥勸我放下故鄉的那個女人，我曾經很努力要放下，就是一輩子都做不到。」

岳父咳了幾下，阿民到廚房倒了一杯溫水給他。

岳父喝了兩口水繼續說，「文化大革命結束後，我寫了好幾次信給她，可是都無音訊，她家有兩畝地，也算是個

地主，不知道是生是死。我曾經想回去找她，但是自己已經有了家庭，沒臉再見她，有幾年的時間，我內心一直很痛苦。」岳父又喝了一口水，「我私下存了3千塊美金，放在客廳祖宗神位的桌子下，用報紙包著，哪一天如果我走了，你能不能幫我把這些錢拿到福建給這個女人，如果她不在了，就把這些錢交給她的後人，你可以幫我這個忙嗎？」

「爸，你放心！我一定幫你辦到。你先把身子養好，半年後，就我們倆，我們一起去。」

岳父顫抖得抓住阿民的手，不斷流下感激的眼淚，「謝謝你！謝謝你！……」

過了一會兒，岳父平靜了一些，又說：「素萍高中畢業那年，我已經把這個公寓持有人的名字改成是她們母女的，她們都不知道，這個公寓早晚都是你和素萍的，我怕我走了以後，素萍她媽媽一個人住太寂寞。」

「爸，我不會讓媽一個人住的，如果你和媽任何一個人走了，另一個人一定要過來跟我們住一起，最重要是一家人能夠在一起。」阿民說，「您的房子出租或賣掉就好了，很容易處理的！一家人不能在一起，有房子有什麼用？」

「你會這麼想，我真的很高興，有你這麼好的女婿，全部都交給你了，阿民！」

「爸，你放心，今天說的只有你跟我知道，我也一定會做到，等你身體一好，我們一起回福建，處理好你的心願，

不要再拖了。」

「謝謝你！謝謝……！」岳父緊緊再次握住阿民的手。

「爸，說了這麼多話，你好好休息一下，別再想了，我去客廳打電腦。」

阿民幫岳父的枕頭調整一下，讓他可以躺下，然後拿著筆記本電腦到客廳去。

一個小時候，素萍和岳母提著菜回來。

「爸呢？」素萍問。

「剛剛跟我聊了一會，我讓他睡一下。」

素萍把菜放進廚房後進去看岳父，沒一會，岳母把菜整理好，也進去看老伴。

突然聽到岳母的哭聲，『怎麼回事啊！』阿民心想，走進房間一看，岳父一只手掉出床外，雙眼合閉，嘴巴張開，已經沒有了氣息！

素萍流淚跪在地板上抓著岳父掉出床外的手，岳母站在床邊哭紅了鼻子。

阿民慢慢跪下，兩淚聚下：爸，你怎麼走得這麼快！我答應你的一定會做到，您走好！

等喪事都辦好，岳母也搬過來和小兩口住一起，阿民一個人在半夜的時候回到岳父家，在祖宗牌位的桌子下果然找

到一包報紙包的東西，打開一看，這些美金已經被蟑螂零零碎碎啃掉了一半，再看包美金報紙上的日期，是1979年1月23日。

爸，您放心！我會再拿三千塊美金去找她的。

很多人在婚後都有一個放不下的他（她），或許這才是支撐你婚姻持續下去的原因。如果不能割捨，就衷心得為他（她）祝福吧！或許愛恨交織才是愛情最美麗的深處。

阿民履行承諾，將岳母搬到自己小倆口家一起同住，岳父岳母的房子很快就租了出去，每個月的租金由岳母收。

到了月底，岳母想要分擔家裏一些開銷，手裏拿了一些錢給阿民，阿民說什麼都不收。後來岳母把錢交給素萍，阿民硬要素萍把錢還給岳母。

素萍：「以媽的個性，她覺得自己白吃白住占我們便宜，她跟我們一起會住得不舒服的。」

「都是自己人，怎麼這麼講究？」阿民想了一下說，「妳問媽，將來幫我們看孩子的時候，我們要不要算錢給她？」

從此岳母沒再拿錢給小兩口子。

晚飯的時候，阿民說：「下個月我們去中國旅遊吧！到爸跟媽的老家去看看。」

素萍：「媽，妳對老家還有印象嗎？」

「沒印象了，我五歲來馬來西亞，之前的記憶已經忘了差不多了。」岳母說。

阿民：「您和爸都是福建的客家人，住得近嗎？」

岳母：「不遠，可是到了馬來西亞才認識，唉！緣分就是這樣。」

阿民：「到了您老家就可以吃到道道地地的客家菜了！」

岳母對阿民微微地笑了出來。

春末，四月天。

阿民帶著素萍和岳母參加吉隆坡客家同鄉會辦得旅遊團，到大陸幾個客家景點觀光，包括了河源、梅州、龍岩。

阿民身上多帶了三千塊美金，沒讓素萍和岳母知道。

到了旅遊團最後一站龍岩市，阿民藉口公司有急事，明天要留在旅館內上網聯絡業務，白天的時候沒有和素萍與岳母出去遊玩。

一大早，大家在旅館的餐廳吃完早餐，素萍和岳母隨團上了遊覽車往土樓出發後，阿民叫上出租車到龍岩市西南方的一個小鎮——紅坊鎮。

阿民沒機會問岳父他心上人的地址，但是旅遊團出發前，他私下去找過岳父他大哥的兒子，要了福建老家一點僅有的資料，再從岳父抽屜裏找到的族譜核對，與族譜上岳父那一代的所在鄉鎮是吻合的。

岳父書桌最下層的抽屜裏，一個餅幹鐵盒子中有一疊信，都是1946年至1947年大陸寄來的，其中三封署名是『邱盼弟』，阿民見信中內容短短的文字卻帶盡千言萬語，這應該就是岳父口中他一生都放不下的人吧！

搭了近2個小時的出租車，終於進到紅坊鎮，阿民朝車

窗外看，一下就傻了！這個鎮已經開發得像一個都市，人海茫茫從何找起？

阿民把要找人的目的告訴司機，司機說：「我幫你找看看，你就包我一天怎麼樣？」

「包一天多少錢？」

「300塊。」

「200。」

司機想了不到5秒鐘，「行，我們先去區公所。」

到了戶政事務所，這些公家機關的員工，辦事效率慢又一臉不屑的官氣，讓阿民幾乎要瘋掉，還好都是司機上去問，不然阿民可能早就發脾氣罵人了。

搞了1個小時，電腦裏找不到邱盼弟，阿民湊到櫃台，請他們的主管看看有沒有其它辦法，櫃台人員去問坐在後面最後一張辦公桌的主任，這個主任正在喝茶看報紙，沒有一點動靜，阿民想他大概在等什麼重要的事或人，等了大概1個鍾頭，他報紙看完了，再喝一口茶，站起來活動一下筋骨。出租車司機趕緊擠上笑臉地對櫃台人員說；「你再去問一次好嗎？拜托！拜托！」

櫃台人員再走到主任旁邊說了一次，主任連頭都沒擡，「沒空。」

阿民差點昏倒。

「走！」阿民叫上司機，走出戶政事務所，沒必要在這

邊看人臉色浪費時間！他們走到對面一顆樹蔭下，「還有沒有辦法？」阿民說。

司機搔著頭，「我想想，讓我想想……」

沒多久，阿民看到那個主任走出來，馬上對司機說：「你在這等我，別走掉！」。

阿民跟著主任，跟了一段路，看他走進一家有冷氣的小餐館，跟著進去在其中一張桌子坐下，沒多久就坐到主任旁邊，「主任，您好！好久不見啊！」

主任一臉疑惑，「你是……」。

「我去年到戶政事務所辦事，我們見過面！」

主任不太想理阿民，「嗯。」把頭轉向一邊。

「主任，我這裏有一本族譜，有點歷史了，您看看。」

主任接過手翻了一下，竟看到裏面有一頁夾了500塊人民幣，擡頭看了阿民一下。

「有事要請您幫個忙。」

「什麼事？」

「找個人，你們櫃台人員說找不到，所以拜托您。」

「什麼人？」

「都寫在這。」阿民指著族譜裏他寫上的兩行字：

邱盼弟女性80歲上下

1946年居紅紡鎮

「她是你什麼人？」

「家裏長輩的朋友，失散了很多年，幫長輩了一個心願。」

主任問明白了以後，又擺出一副官氣。

阿民：「族譜您帶回去研究，我晚一點過去跟您拿。」

「嗯，我看看。」又是一副官腔

阿民站起來要走出餐館，被主管叫住，「喂！」

回頭看向主任。

「下午3點過來拿。」

「好，謝謝您！」阿民走出餐館。

終於等到3點。

司機在車子裏睡覺，阿民自己走進戶政事務所，「跟您的主任約了3點見面。」阿民對櫃台人員說。

「你什麼事找他？」

「要跟他拿族譜。」

過一會，櫃台人員出來，「過來，跟我到會議室裏等他。」

阿民進到一間簡陋的會議室，等了約5分鐘，主任走進來，一坐下就點煙，抽了一口，才說：「找到了，人還在，在高陂鎮，高陂鎮你知道嗎？」

「不知道。」

「不遠，2個小時車程就到了」

「太好了，謝謝您！」

主管舉起一只手，搓著手指說：「這個邱盼弟她搬了3次家，我可是動用了不少關系，通過了派出所才找到的。」

阿民笑笑，拿出皮夾子抽出100塊人民幣，「我就剩這麼多了！」交到主管手上。

主管立刻把錢放進口袋就怕被人看見，把族譜交還到阿民手上，「都在第30頁了。」

阿民翻開族譜第30頁，裏面夾了一張紙，上面有邱盼弟的地址、身份證號碼、出生日期，算起來今年79歲了，大岳父兩歲。

阿民叫醒在車內打盹的司機，兩人再從紅坊鎮往南出發，司機開得快，一個半小時就到了高陂鎮。高陂鎮看起來比紅坊鎮沒落，一個沒有泊油路的小鎮，外圍懷繞的是一片片的農田，人煙稀少的農村。

司機下車問了路人三次，才找到這偏僻的地址，周圍的磚牆上還有褪色的共產黨標語，『高舉毛澤東思想，偉大共產主義向前邁進……』，『育齡婦女環檢一次補助2元……』

車子停下來，「到了。這農村都沒有門牌，真是費勁！」司機說。

阿民下了車，慢慢走入一個小四合院的磚瓦房，看見裏

面不少鴨子在地上遊走。

　　一個五十多歲的農婦從屋子裏走出來講了幾句客家話，阿民完全聽不懂。

　　「我找邱盼弟，邱盼弟。」

　　農婦又說了好多客家話，阿民真是一句都聽不懂，看她也是聽不懂自己的普通話，於是回頭往門外走去，把司機叫進來幫他翻譯。

　　司機說的客家話和這個農婦說的是不同族的，但兩個人半說半猜，還算可以溝通。

　　司機：「我們找邱盼弟。」

　　農婦：「哦！邱盼弟，是，邱盼弟，她住這裏。你們是誰啊？」

　　阿民要司機告訴她，是馬來西亞的長輩拖自己來看她的。

　　農婦帶阿民和司機進了屋子，再往裏面走到一個小小的後院。

　　一個蒼老又矮小的老太婆坐在小板凳上，啃著乾黃瓜。

　　農婦對老太婆說：「三婆，有人來看妳。」

　　老太婆慢慢地把頭擡起，阿民看到一個駝背又滿臉皺紋的老人，她眼珠淡白，身上的衣服又髒又黃，散發出很重的屎尿味，可見她的家人沒有好好得照顧她，阿民似乎不太願意去相信她就是邱盼弟。

　　邱盼弟感到奇怪，面前的人是誰？

阿民看著邱盼弟，慢慢蹲下去，說：「邱女士，您記得劉敏傑嗎？」

　　司機怕老太婆聽不懂普通話，便用客家話大聲說：「劉敏傑，妳記得嗎？」

　　邱盼弟看著阿民，慢慢，慢慢地流下了眼淚。

　　阿民看了非常得難過，握住了她的手。

　　「是的，是劉敏傑叫我來的，他沒辦法來，但是他一直沒忘記妳。」

　　邱盼弟緊握住阿民的手，眼淚依然不斷落下。

　　農婦請阿民和司機到廳裏坐，阿民擦了自己的眼淚，扶上邱盼弟一起到廳裏。

　　農婦幫阿民和司機倒了水放到桌上，阿民每一句話司機都得幫他翻譯。

　　阿民想，岳父不想讓邱盼弟知道自己已婚，於是對邱盼弟說：「劉敏傑人很好，只是年紀大了走不動，所以叫我來看妳，我是劉敏傑的朋友，我姓陳。」

　　邱盼弟駝背得很嚴重，擡頭看著阿民點頭。

　　阿民：「妳過得好嗎？身體好不好？」

　　邱盼弟聽了又流下眼淚，閉上眼好一會，點頭。

　　阿民：「邱女士，妳能說話嗎？」

　　農婦：「她好多年沒說話了。」

　　「是喉嚨有什麼問題嗎？」

「我們白天都出去下田，沒人跟她說話，有一天要跟她說話，才知道她不說話了。」

「有去給醫生看嗎？」

「沒有。」

阿民聽了再一次心酸，努力不讓自己的眼淚再流下來。平靜了一下，再對邱盼弟說：「文革開始以後，劉敏傑想回來，可是回不來，希望妳可以明白。」

邱盼弟帶著淚伸出手輕輕搖一搖，表示沒關系！

阿民問農婦：「文革發生了以後，邱女士在哪裏？文革過後劉敏傑的親人寫信到馬來西亞說沒看到她。」

農婦：「三婆家裏有田，又讀過書，馬上就被打成黑五類，三婆的爸爸死在勞改營，她被黨安排嫁給我三叔公，我三叔公三十多年前死了，就讓她跟我們住。」

「原來如此，您三叔公是做什麼的。」阿民想知道三叔公的環境，就能知道邱盼弟至少生活上過得如何。

「三叔公是挑糞的，三婆每天幫三叔公一起挑糞到田裏給農民施肥。」

阿民聽到這裏心頭又是一酸，幾乎無法相信，回頭看了邱盼弟一下，她已淚流滿面。

「三婆有孩子嗎？」阿民問。

農婦笑了一下，「沒有，她嫁給我三叔公的時候，我三叔公年紀已經很大了，怎麼會有孩子！」

阿民無法再聽下去，拿了一千塊人民幣給農婦，請她照顧好邱盼弟，然後告別。

　　農婦和邱盼弟站在門口送阿民，阿民在車內看農婦和邱盼弟向他揮手，邱盼弟不時伸手抹掉臉上的眼淚。

　　阿民無法再多看邱盼弟一眼，把視線轉向前方。

　　邱盼弟淡白的眼珠，已明顯有多年的白內障，當阿民在她面前說到岳父的名字，那一剎那，她以為就是劉敏傑在她面前，她今生唯一愛過的人劉敏傑回來找她。生命持續的衝擊，她的內心不知道已經死了多少次，早已把自己的生命埋葬，不再言語，靜靜地讓生命逝去。現在有了劉敏傑的消息，又再勾出了生命的感傷，再度感受到生命，那沈痛的生命。阿民這趟來到，到底對嗎？

　　阿民沒有把身上的三千塊美金交給邱盼弟，因為邱盼弟的家人不會用這筆錢去妥善地照顧她，三千塊美金對一戶農家來說是一大筆錢，他們有了之後可能不知道該怎麼運用，可是阿民想完成岳父的心願，他在回旅館的一路上沈思，如何用這筆錢幫到邱盼弟。

　　車子回程經過紅坊鎮的時候，阿民說：「司機大哥，這紅坊鎮已經不像個鎮，應該算是個城市了，他們這裏有沒有養老院？」

「養老院？」

「就是只讓老人住的地方，還有護士照顧。」

「哦，你是指安老院啊！沒有，老人一般都是跟自己的孩子住。龍岩市比較大，那裏可能有。」

「司機大哥是龍岩人？」

「也不算是，我住在龍岩市外郊，我愛人是紅坊鎮的。」

阿民點頭，「今天也晚了，我看回到龍岩市天也差不多黑了。你明天早上9點過來接我，我再包你一天，你把龍岩市裏面所有的安老院都打聽清楚，我想去看看。」

「那沒問題！」司機從後照鏡看了阿民一下，覺得阿民出手還算闊氣，「同志，你是哪裏人？」

阿民不想讓他知道自己是台灣人，擔心一般大陸人都認為台灣人很有錢會給自己帶來麻煩，於是說：「我是馬來西亞華僑。」

「哦！」司機再問，「那個老太婆是你什麼人？」

「是我在馬來西亞一個長輩的朋友，他早年從龍岩到馬來西亞就沒再回來，心裏一直惦記著，便托我來看看。」

「哦！」

阿民回到旅館已經快八點，素萍和岳母在外面跟旅遊團吃了晚飯才回來，都九點多了。

阿民稱公司的事還沒處理好，明天要多留在旅館裏一天。第二天早上，阿民等素萍和岳母跟著旅行團一行人再出

發後，不到9點就下來旅館大門，看見昨天約好的出租車已經在大門口等他。

阿民一上車，「大哥，您還真準時啊！」

「那還用說嘛！我辦事你絕對是放心的。」

「安老院有沒有打聽到？」

「打聽過了，整個龍岩市有兩家，我們去看看？」

「龍岩市這麼大，才兩家？」

「是啊！聽說住在裏面的老人有不少是贛州過來的，因為贛州那邊只有一家，早幾年就住滿了，單位退休60歲以上的單身老人只能就近安排到這邊來。」

「好，去看看。」

車子到了第一家安老院，阿民自己走進去，「你好！家裏有老人家考慮過來，您能帶我參觀一下嗎？」

一個推著醫療器具的護士說：「行，你在這等一下，我去叫人。」

很快一個看起來五十多歲的人迎著笑臉走出來，看到阿民馬上伸出手握手，「歡迎！歡迎！我是這裏的院長，您是單位安排的還是自費？」

院長一聽是自費，額外地親切熱情。

院長帶阿民到處看了一圈，也問了阿民老人家一些資料，非常親切得送阿民到門口。

阿民再到第二家安老院，看了一圈出來，心想：第一家

一個月700塊。第二家一個月840塊，裏面大部分的家具和東西都比較新。可是觀察到第一家的那些護士對待老人的態度比較好，讓人感覺環境比較溫暖，這樣對邱盼弟的內心層面比較好，在她人生剩下的這幾年，內心的溫暖比物質上要來的更重要。

阿民回到出租車上，「去接老太太過來。」

司機：「現在就去啊？」

「對。」

司機回頭，臉上看起來有些疑惑，「你才跟他們見過一次面，他們家人可能不會讓你把人帶走！這……安老院的費用誰給啊？」

「我給。要是帶他們家人一起過來安老院看，他們總該放心了吧！」

「這我想也夠嗆！突然間有這麼好的事，一般人都會懷疑啊！」

「這樣吧！多給你100塊，這事讓你去說。」

出租車司機想了一下說：「我盡量試試吧！但可不保證能辦成哦！」

「這一路上到那裏也要兩三個鍾頭，你就想想要怎麼說吧！我不管你怎麼說都行，反正我要的是讓老太婆住進安老院，有醫護人員在她身邊照顧，可以好好過完她的晚年。」

「這個我也能理解，昨天看她的家人也沒怎麼好照顧

她，這……我盡量試試吧！」

到了邱盼弟家，司機對昨天遇見的農婦說阿民幫她申請了政府免費的安老院，農婦說她不能做主，於是帶阿民和司機走到田裏去和她老公說，說了大約半個鐘頭，她老公終於答應，問他要不要一起過去安老院看看，他說龍岩市太遠了，還要耕作不去了，農婦也不想去，大概也是怕回來的路途太遠不方便。

阿民帶邱盼弟上了出租車，住進安老院，阿民一次付清一年的住宿費用，院長開心得不得了。阿民看護士幫邱盼弟洗澡後換上一身幹淨的新衣服，扶著她慢慢走到一個大房間，和其他老人一起看電視。

四天後，阿民要和旅遊團回馬來西亞的前一天，再到安老院看一次邱盼弟，帶上幫她買的衣服。阿民找到一個會說客家話的護士幫他翻譯，自己在邱盼弟面前蹲下來，說：「邱女士，我要回馬來西亞了，這些新衣服給妳，舊的那些不要再穿了。妳要是想聯繫我，就告訴院長。」塞了500塊人民幣在邱盼弟口袋裏。邱盼弟還是沒有言語，阿民看邱盼弟眼眶的淚水，輕輕握住自己的手，眼中滿滿的感激，這眼神，阿民永遠都無法忘記。

阿民悄悄塞了300塊人民幣到這個會說客家話的護士手裏，請她平常和邱盼弟多說幾句話。自己每午都會匯錢到安

老院幫邱盼弟付上一年份的費用。

　　阿民走出安老院後，看著天空默默地在心中道出：爸，您放心，只要邱女士在世，我會一直負責她的生活費用，您放心吧！

阿民在馬來西亞待滿兩年，馬來西亞分公司的經理看阿民做事認真踏實，為人誠懇，幫阿民跟台北總公司爭取到比當下多一半的薪水，要挽留阿民在馬來西亞繼續待下來，可是阿民再三婉拒，心中要回台灣的原因只有一個，要在父母身邊。

　　阿民帶上自己妻子和岳母回到台北。

　　阿民沒有把房子租在離公司交通便利的地方，他把房子租在靠近父母住的地方，走路15分鍾就能到。三個月後，阿民把這兩年在馬來西亞存的薪水，做為頭款買了一棟新蓋的公寓給父母，依然是在附近，讓父母仍然住在熟悉的環境，房子權狀所有人是父母的名字。自己和素萍還有岳母住原來租的房子。

　　阿民的阿爸、阿母住進新房子當晚，心裏爽得不行，還請了尖頭和他老婆、阿魁和他老婆都過來吃晚飯，阿爸開心得喝個大醉，一個人就幹掉4瓶紹興。

　　尖頭也和阿爸喝了不少酒，搖搖晃晃口齒不清得對阿爸說：「你真是好福氣！你生孩子，我也生孩子，我兩個孩子從小學到高中每年都要我去見校長好幾次，每年都要幫他們找新學校，這樣不停得幫他們搞，搞到最後高中還是沒畢業，你的孩子不但讀到大學畢業，還買房子給你住，怎麼會差這麼多！真奇怪？難道是因為這幾年我忘了去媽祖廟上香？」

阿母今晚也開心得喝了不少，「我生了5個，只有阿民一個有出息，一個被通緝不知道在哪裏，三個還在啃老，你以為我們多好過！這三個死孩子要不是沾我的福氣，一輩子也住不到新房子！」

「阿母！」阿民立刻開口，「妳喝醉了！」

阿母看阿民的二哥和小妹已經喝醉倒在客廳的沙發上，四弟到現在還不見人影，「沒關系，他們聽不到！」

阿爸到洗手間吐了兩回，一坐下來就說：「爽啦！你爸一輩子沒有這麼爽過，原來做人一輩子最爽的就是老爸花兒子的錢！」

素萍的媽媽看阿民父母和朋友酒量這麼大，說話又好大聲，嚇的躲到客廳角落看電視。

當晚，阿民洗了澡上床要睡，素萍在床上盯著電視機，阿民拿上電視遙控器把電視的音量調到很小聲。

「嗯？」素萍著著阿民。

阿民雖然一身酒意，雙眼卻正經地看著素萍說：「我把錢先買房子給我爸媽，委屈了妳和媽！」

素萍聽了笑了出來，原來是這回事，「不會啦！那是應該的，何況我們現在這裏也很好呀！」

「素萍，謝謝妳！」阿民緊緊抱住素萍，內心充滿感激，對自己立下決心，不單是將來買下一棟房子的時候權狀

上只用素萍一個人的名字，還要對他們母女更好，絕不讓他們母女後悔離鄉背井跟自己來到台灣。

　　當你有一個寬闊的氣度在你胸前，你自然會磨練出看清事情全面的智慧。有些人天生聰明，可以成熟得比一般人快，看事情習慣看整個大局面，自然地把生命中很多不必要的事都拋到腦後，比一般人容易成功。有些人個性習慣糾結當下，有太多堅持，太多微不足道的尊嚴，和不必要的人與事耗盡太多時間，樹立太多敵人，成為他生命中重重的阻礙，很難成事；因為爭取小事讓他很容易有滿足感，他就習慣了只爭取小事，他的習慣成了他的氣度。一個人的氣度有多大，他的高度就有多高，他的世界就有多大。就像我們在商場裏給面子要給大的，自己爭取面子也要爭取大的。有些人對小東西小事情會常常提起，常常忘不了，可是對有些人來說很快就會過去。

為了不讓岳母在台灣這個新環境感到無聊，在她還沒和阿爸、阿母熟絡以前，阿民總是每個周末帶素萍和岳母到阿爸、阿母家吃飯，不然就是請阿爸、阿母過來吃飯，自己也能常看得到他們。岳母國語說得不多，不過倒是能說不少閩南語，和阿母交談的時候一開始用國語，兩個人說不到三分鐘就換成閩南語說得嘻嘻哈哈笑了起來。

　　阿爸在一旁看了就小聲問阿民：「你丈母娘不是客家人嗎？怎麼還會說台灣話？她是台灣嫁過去的客家人噢？」

　　阿民：「從清朝開始就有一大批福建人到東南亞經商，他們來自福建各地的後代就在當地落地生根，大家混在一起生活了好幾代，不管是閩南話、潮州話還是福州話就都會說了。」

　　阿爸搔著後腦勺，「哦！……」又問，「那他們會看中文嗎？」

　　阿民：「會啊！當地有中文報紙，還有中文學校，華人宗親會的勢力在東南亞的商業界影響力是很大的！海外的福建人算是很念舊，很團結的。」

　　阿爸微微地點頭，「哦……嗖卡！」

　　阿民：「阿母說二哥在統聯開遊覽車開了快半年了，現在做得怎麼樣？」

　　「好像還不錯，就是常常要加班，有時候開到第二天才回來，回到家飯都沒吃倒頭就睡，上個月拿了六千塊給你阿

母。」

阿民心裏非常開心，「看來二哥工作是穩定了。」

「塞你娘的！」阿爸笑著說，「這死孩子還是第一次拿錢回家！」

「工作累也好，他就沒時間去和那些爛朋友開賭！等時間久了，手癢的習慣就戒了。」

「幹！每個孩子都像你這麼會想就好了。」

「最近怎麼都沒見到四弟跟小妹？」

「你阿母說小妹好像交了男朋友，我也很久沒見到她了，你四弟整天躺在房間裏，都不知道是在不爽什麼？」

「四弟在家？」

「是啊！整天躺著，不知道在想什麼，叫他吃飯也不出聲，不想再叫了，再叫下去都不知道誰是兒子，誰是老爸？」

阿民站起來，「我去看看他。」

「別理他！」阿爸越說越氣，「幫他做好飯了還要求他吃嗎？你老爸家裏沒這種規矩。」

「他會不會是生病了？」阿民還是朝四弟的房間走去，「我去看一下！」

阿民來到四弟的房門外，敲了兩下就推門進去。

房內沒有開燈，阿民伸手找到開關把燈打開，看四弟躺在床上眼睛是睜開的。

「你沒在睡覺怎麼不出來吃飯，今天做了很多菜啊！」

阿民看四弟兩眼無神看著天花板，對他愛理不理的，「你到底是怎麼回事啊？阿爸說平時叫你吃飯你也不吃，你是哪裏不舒服啊？」

四弟還是當阿民不存在，阿民站在床邊看著他，一點辦法也沒有。

躺在床上不開燈，也沒有在玩電腦，他到底在搞什麼，難道在吸毒？

阿民坐到床上，想近一點聞聞看有沒有大麻或是用過毒品的味道，再仔細看他的瞳孔有沒有放大，鼻孔有沒有任何殘留的白粉，都沒有。「你是不是在用毒品？」

四弟終於看了阿民一眼，還是不想理他。

阿民拉出四弟雙手，拉高他的衣袖，看不到任何針孔，再往床底、床邊都翻了一遍，也沒看到任何吸食或是注射毒品的用具。

從來沒看過四弟這麼反常過，「你現在到底是怎樣？出了什麼事一家人都在一起，說出來大家一起解決，你要是有把我當你哥就說出來，天下沒有不能解決的事。」

四弟把身子轉向另一邊背對著阿民，阿民歎了一口氣說：「想說的時候打電話給我。」走到房門口把燈關掉，再把門關上。

阿民回到飯桌，陪老爸乾了一杯紹興。

阿爸：「他有跟你說話嗎？」

阿民搖頭。

「幹！都跟你說了別理他了。」阿爸自己又喝了一杯，「生這個沒肖路用啦！」

「可能在外面碰到什麼不開心的事，過陣子就好了，我們多給他一點鼓勵！」

「你爸在他這個年紀的時候一個人蹲牢裏，誰鼓勵我啊？還不是自己強迫我鼓勵自己走過來的，三餐給你吃不飽也餓不死，哪像現在這樣還有人幫你煮飯，就差沒雙手拿到你面前餵你了，幹你娘的⋯⋯」

「阿爸！」阿民插嘴說了出來。

「怎樣？你爸說的不對嗎？⋯⋯」

「你親家在這裏不要再『湊』了！」

阿爸朝岳母那邊看過去，岳母假裝沒聽見，阿母的雙眼狠狠瞪著他。

阿爸不好意思地吞了一下口水，轉過來對阿民說：「來，吃菜！吃菜！今天這個魯豬腳我從中午就開始魯了，每兩個小時加一次醬油，我加了3次，味道完全進去了，實在是好吃到哭爸！⋯⋯」

話還沒說完一雙筷子就飛過來打到阿爸臉上，阿母破口大罵：「你給我差不多一點！才喝一點酒嘴巴就開始幹來幹去，連『哭爸』都跑出來了！你以為人家都聽不懂，你自己

不要面子也幫阿民留點面子行不行……好好一頓飯吃成這樣子……」

岳母趕緊拉著阿母的手說：「沒事！沒事！我都聽不懂，我真的都聽不懂，不要緊的。」

阿民看了給自己灌了滿滿一大杯紹興。

這時門外傳來鑰匙開門的聲音，推門進來的是小妹。

小妹看了大家一眼，往自己房間走去。

阿民：「吃飯了沒有？」

阿母對小妹說：「家裏有人都不會叫啊？」

「三嫂！親母！」小妹叫到。

阿民看見小妹手臂上有兩處淤青，「妳的手怎麼了？」

「騎車撞到，沒事！」

阿民：「去洗個手，過來吃飯！」

「我吃過了。」小妹說完走進房間。

阿母盯著小妹慢慢皺起眉頭，看她走進自己房裏。

阿民看了一下牆上的時鐘剛過九點，對素萍說：「我們回家吧！媽要睡覺了。」

素萍點頭，「嗯，我先去把碗洗了。」說完站起來開始收桌上的碗筷。

「放著啦！」阿母喊了出來，「要洗也是小妹洗，輪不到妳。」

素萍：「沒關係啦！一下子就好了。」

「放著啦！」阿母又大聲喊出來。

這下連素萍的媽媽也要站起來去收，阿母立刻把她按下來，「妳要幹什麼？連妳也動，要是傳出去我們以後怎麼做人！」

素萍的媽媽尷尬地笑著。

阿母對阿爸說：「去叫小妹出來收啦！讓客人進廚房你不會不好意思啊？」

阿爸一副不耐煩的嘴臉，「都是自己人，這種小事有什麼有什麼好計較的，誰做不都一樣……」

阿母口氣突然間爆發起來：「我幹你娘的都一樣！人家才來我們家幾次，你好意思啊？去叫小妹出來啦！」

素萍的媽媽在一旁睜大眼看著阿母。

阿爸被阿母這麼一吼，什麼面子都沒有了，也死瞪著阿母罵出來：「叫什麼叫！你爸現在還沒吃飽飯，收什麼桌子！這間房子誰才是主人，給妳爸搞清楚這裏誰最大？」

阿母口氣依然不小，「不好意思，這間房子的合法所有人是你跟我，你跟你祖嬤一樣大，想清楚再開口……」

兩個人你一句，我一句，你來我往了好一陣子，阿民突然來到他們中間，「阿母！阿母！」

兩個人的嘴終於停了下來。

阿民：「剩菜都收到冰箱裏去了，碗也都洗好了，我們

先回去了。」

　　阿母這才看到桌上的碗盤已經收完，素萍正用抹布擦著桌面，「啊！你們手腳這麼快哦！」

　　阿民：「阿母，阿爸是男人，妳也給他留點面子不要在外人面前跟他吵。」

　　阿母一臉的不自在漸漸轉為通紅，看大家都盯著她，不好意思得站起來，「我去廁所。」

　　阿民、素萍、岳母正走到門口穿鞋子，阿爸朝廁所大喊：「阿蘭，妳是好了沒有？人家都要走了！」

　　「我廁所用到一半是怎麼出的來，你叫他們慢走，有空再過來。」

　　阿民知道阿母是一時沒臉出來，「阿爸，不用了！快把門關上，不然蚊子會飛進來。」

　　阿爸對素萍的媽媽不停鞠躬，「親家母，慢走！慢走！」

　　門一關上，素萍終於忍不住笑了出來。

　　阿母在廁所裏面聽到阿民他們都走掉了才開門出來，直接走進小妹的房間，把一包用衛生紙包住的東西丟到她面前，瞪著小妹，「多久了？」。

下午一點多，客廳的電視開著。

二哥穿著統聯客運的制服回到家，進廁所洗把臉後來到客廳坐下。

阿爸一邊看著報紙，一邊擦著老花眼鏡，「吃飯了沒有？冰箱裏面有很多菜。」

二哥搖頭，「太累了，不想吃。」

「昨天開了幾個鐘頭？」

「21個鐘頭。」

阿爸看著二哥說：「人又不是鐵打的，你這樣吃得消嗎？」

「還有人連續開了兩天，都沒時間吃飯，只能買幾個包子一邊開一邊吃。」

「生意這麼好？開久了不會睏？」

「會啊！怎麼不會。」二哥無奈地說，「那些老鳥教我們准備一瓶綠油精，想睡覺的時候就拿出來擦眉毛，眼睛感覺到辣就不會閉起來，鼻孔再擦一點，吸進去的氣一覺得冰涼就可以清醒上一陣子。」

小妹的房間傳來阿母大聲罵人的聲音，二哥朝房間看了一眼說：「大白天的，什麼事啊？」

「小妹懷孕了。」

本來一臉倦態的二哥，眼睛突然大了起來，「啊！」。

阿爸接著說：「她不知道孩子是誰的。」

二哥的眼睛睜得更大，「噢！」。

「你阿母叫她好好想一想，她說想不起來。」

「咦？」二哥似乎無法相信。

「好了，你別管了，先去睡吧，什麼時候還要再出車？」

「明天9點。」

「明天早上？」

「嗯。」

「先去睡吧！」

二哥站起來走進房間，一躺到床上不到半分鐘就開始打呼。

阿母從小妹的房間出來，聽到二哥打呼聲音，來到客廳坐下，「老二回來了？」

阿爸：「嗯。」

「他吃過中飯了？」

「說太累了，吃不下。」

「你想他這樣繼續開車，身體會不會搞壞？」

「忙一點也好，不然又跑去賭。」

「話是沒有錯，把賭戒了但是身體搞垮了也不是辦法呀！」

「他自己也喜歡開車，先做一陣子再說好了。小妹怎麼說？」

阿母馬上拉下臉開始搖頭「太丟臉了！」。

阿爸點上煙深深吸了一口，「她是真不知道還是不想講？」

「我哪知道？問了她兩天了，從小就沒一句真話。」

兩個老的都拿小妹沒辦法，過了幾分鐘，阿母說：「叫阿民來跟他說好了，阿民的話她應該會聽。」

阿爸點頭，「嗯。」。

阿母拿起電話撥給阿民，「阿民，什麼時候有空回來一趟？……你一個人來就好了，有事跟你講。」

晚上，不到八點。

阿民打電話過來，「阿母，我現在過去。」

阿母：「還是我跟你阿爸過去好了，我不想讓小妹聽到我們說話。」

「好。」

阿民、阿爸、阿母三個人在阿民家的客廳裏，素萍和岳母在房間裏看電視。

阿民先開口：「阿強這幾天有沒有起來吃飯？」心裏一直擔心著四弟。

阿母：「這死孩子，這幾天都見不到人！不是躺在房間裏像個死人，就是一出門好幾天不見人影，都不知道在幹什

麼？」

　　阿民：「幹什麼都好，不要做犯法的事就好。」

　　阿母：「你想他到底是在做什麼？」

　　阿民：「我那天進他房裏，看他人都瘦了，跟他說話他
都沒反應，一開始我還擔心他是不是在吸毒，後來翻了他房
間也沒發現什麼，眼神也很正常。我想只要沒沾上賭和毒，
就不是什麼太嚴重的事，或許是在外面受了什麼委屈只是心
情不好，過一段時間就好了。」

　　阿爸點頭，對阿母說：「阿民說的對，男子漢沒受點委
屈怎麼能長得大，不必擔心。」

　　阿民：「好久沒看到二哥了，他在統聯做得怎麼樣？」

　　阿母：「我想他在統聯還不是長久之計，每次一出車
就是十幾二十個鐘頭，公司的人教他想睡覺就在眉毛擦綠油
精，這怎麼行，睡眠時間不夠就用綠油精來硬撐，這樣開車
多危險啊！」

　　阿爸：「他現在還年輕，身體還能熬，先把賭癮戒掉再
說，何況他自己說過他喜歡開車，再熬多一陣子，把賭癮徹
底戒了再談換工作的事。」

　　阿民：「戒賭癮重要，安全也固然很重要，他可以不加
班嗎？」

　　阿母：「我問過他了，每一次出車能不能不要開那麼
久？他說合同上已經說了，工作時間不固定，什麼間歇性工

作及休息，延長工作時間難確定……，我也聽不懂。」

阿民歎了一口氣說：「就是要你加班不能不加的意思。」

阿爸：「我聽他說公司有一些老鳥還常常一次出車連續開兩三天不休息的，別人可以他也不會有問題的。」

阿民擔心得說：「聽起來危險性還是蠻高的，不怕一萬，只怕萬一，要是出了事連命都沒有。」

阿爸：「那也不能叫他辭職不幹呀！他一待在家沒事做，不用兩三天又忍不住跑去賭，一切又要重頭開始。」

阿民：「他既然說喜歡開車，那不如開計程車好了。平時休息的時間可以足夠，做的還是他喜歡的事，應該可以繼續避開他以前那些賭友。你們問他換開計程車的意願怎麼樣，如果他原意的話，我們各方面盡量幫他，只不過他有幾個傷害罪的前科，不知道能不能拿到計程車執照，這個我必須先去監理處問一下。阿爸，你看怎麼樣？」

阿爸：「可以啊！如果他能夠開計程車的話那是最好啦！」

阿民：「阿母，妳怎麼看？」

阿母：「希望是可以拿到計程車執照，唉！就怕他有前科拿不到。」

阿民：「不去問什麼都不知道，說不定沒那麼麻煩，如果不行的話，我們再想其他辦法就好了。這個禮拜我就找個時間去問，很快就可以知道，不要瞎操心。」

阿母點頭。

「你們有沒有看到附近在蓋的那個住宅大樓，前幾天預售價的看板出來了，每坪兩萬二，看來房價又漲了……」阿民把話題岔開，希望讓氣氛輕鬆一下。

阿母：「阿民，我們今天來是想跟你說小妹的事。」

「小妹？」阿民有點意外，小妹從小只是懶而已，沒犯過什麼大事，「小妹有什麼事？」

阿母：「小妹懷孕了。」

阿民說不出話，小妹算是有小聰明的人，怎麼會出這種事？

阿母：「我問了她好幾天了，孩子的爸爸是誰？她總是說不知道，這樣子我們怎麼處理，我想她平時跟你比較有話說，不如你來跟她說說看。」

阿民：「怎麼會不知道孩子的爸爸是誰，難道是在外面交到壞朋友被下藥？」

阿母：「她說喝醉了，不知道發生什麼事。把我們兩個老的當做盤仔，你說氣不氣人！」

阿爸接著說：「這孩子從小就愛說謊，誰會信？」

阿民深深吸了一口氣，想了一會說：「帶她去把孩子拿掉，就讓這件事盡量平息過去吧！」

阿爸口氣大了起來：「那怎麼行，我女兒讓人幹爽的啊！都不用負責任，賤到連一點價格都沒有！」

連阿母也不高興起來：「阿民，她是妳妹妹，妳怎麼可以不幫她？」

阿民歎了一口氣，「阿爸，阿母，不是我不幫她，她現在連自己都不愛惜她自己，自己都不想幫自己，我怎麼幫她？」

阿爸和阿母一下子說不出話，整個客廳安靜了好幾分鐘。

阿爸越想越氣，「幹！生這個女兒沒肖路用啦！」拿出一只煙點上不斷猛抽。

阿民到廚房拿一個垃圾桶過來接阿爸的煙灰，再坐回沙發上，檯頭一見到阿爸跟阿母內心難受就於心不忍，說：「我會盡快找個時間跟小妹談，你們是怎麼知道她懷孕的？」

阿母：「我在廁所的垃圾桶裏面看到衛生紙包的一盒東西花花綠綠的，稍微撥開來一看，才發現是驗孕的，整個拿出來看還是剛用過的而且是陽性。」

阿民：「知不知道多久了？」

阿母：「她說兩個多月，不過誰曉得到底多久？」

阿民：「如果真的只是兩個多月，要拿掉的話還算安全。要是小妹願意把孩子的爸爸說出來，你們想怎麼辦？」

阿爸：「叫他要娶小妹啊，怎麼辦？不娶的話至少也要出墮胎的錢。」

阿母理直氣壯說：「對！」

阿民把頭轉到一邊，幾乎快聽不下去。想的都是要如何

出一口氣，不是要解決問題。

阿民：「好，你們意見能夠一致就好。不過」

「不過怎樣？」阿爸口氣又不高興起來。

阿民：「小妹現在二十五歲，我估計孩子的爸爸也差不多是這個年齡吧！一個二十幾歲的年輕人可以把人家的肚子搞大，到現在還沒出現，這種不負責任沒有擔當的男人，你放心把女兒嫁給他？小妹以後會幸福嗎？我在報紙上看過，現在台灣墮胎是非法的，不過很多婦產科還是有在做，一次兩萬到七八萬不等，為了這幾萬塊去和孩子的爸爸輸贏，如果對方講理的話還好，萬一不講理的話不把事情搞得更齷齪，小妹的尊嚴才值那區區幾萬塊嗎？」

阿爸和阿母又沒出聲了。

阿民：「小妹是懶，但不笨。她可能通過這件事明白了什麼才是真正的尊嚴，才不願意告訴你們誰是孩子的爸爸。」

阿母：「那孩子怎麼辦？」

阿民：「當然要盡快決定怎麼處理，不能拖，孩子的爸爸也要去了解是什麼樣的人，我這兩天跟小妹談了以後我們再立刻商量。」

阿母：「萬一她還是不說呢？」

阿民：「不要總是把事情想得很不好，大部分的事情發生以後都沒那麼糟，我們都是小妹的家人，世界上再怎麼不好，只有親情是不會變的。她要是還不說的話，有不說的辦

法可以幫她。我們對她好，她不會不懂的。」

　　阿爸和阿母從阿民家出來，兩人沿著路邊走回家，一路聊了起來。

　　阿爸有句話想說，吞進肚子裏好幾次了，最後還是說了出來，他到底是要看阿母的反應，「妳想阿民怎麼這麼聰明，從小又乖，怎麼跟其他四個孩子都不一樣？」

　　「那要看孩子的老爸是誰咯！孩子老爸的種好，孩子當然也優秀！生了5個，出一個優秀的有什麼好奇怪？」

　　阿爸沒說話，臉上的嘴角慢慢地上揚了起來，內心是暗爽到不行！

下午五點多，阿民還在公司忙著對幾筆帳目，其他的員工陸陸續續得下班離開。

一個女同事走過來對阿民說：「科長，外面有個辣妹找你。」

「嗯，好！叫她進來。」阿民看一下手表，五點半了。

小妹走到阿民辦公桌前，「哥！」

阿民擡頭看小妹，說：「穿的這麼辣，難怪我同事說有個辣妹找我，看來我明天要出名了！」阿民知道這幾天阿爸和阿母給小妹很多壓力，他不想再給她有任何責備的語氣，「等我幾分鐘，我就快好了，妳隨便找個地方坐一下。」

五分鐘以後，阿民和小妹一起走出辦公大樓，「妳挑個餐廳吧！我請客。」

「我哪有心情啊！還是你挑吧！」

「那……」阿民看了周圍一圈，「必勝客怎麼樣？我記得妳很喜歡吃Pizza，口味變了沒有？」

「隨便啦！」

「那走吧！」

兄妹兩朝馬路對面的百勝客走去。

點好了Pizza以後，阿民再次提醒自己，不要責怪小妹，這幾天她在家已經被訓夠了，口氣要放輕鬆。

「妳四哥最近怎麼樣？前陣子看他一直把自己關在房間裏面，阿爸說他最近又看不到人，他到底是在搞什麼？」

「我哪知道啊？我自己的事都搞不定了！」

「你們兩個年齡最近，從小感情最好，妳沒看出他究竟有什麼事？」

小妹搖搖頭，「我好久沒跟他說上話了，前陣子他整天把房門關起來，也沒開燈，都不知道他是不是在睡覺，不想去吵他。」

「他不會是在碰毒品吧？」

「不像。」

「那就好。」

「阿爸要我跟妳談一談妳的事，他們擔心妳被人家欺負又不敢說。」

小妹把目光轉向一旁。

「我想這幾天妳在家一定挨了不少罵，我也不必再跟妳說教了，我們看怎麼樣才能把事情處理好，妳說好不好？」

小妹點頭。

「如果妳喜歡對方，就看他願不願意結婚，有沒有能力結婚。如果不喜歡對方，把孩子拿掉就好了，這樣更簡單。做人都是從經歷成長的，事情處理好以後，我會告訴阿爸跟阿母不要再提這件事，讓妳開始好好重新生活。妳說這樣好不好？」

小妹再點頭。

「那就好了，妳看！一點都不難。」

「阿爸跟阿母要是像你那麼好說話就好了。」小妹擦了一下眼角的淚水。

「哪有為人父母不心疼自己孩子的，妳是女孩子，在他們心中吃虧的一定是妳，心裏一定會急，會火大，這種情況下說得出什麼好話？他們就是把妳當自己人才會生氣。」

這時候服務生把一大盤PIZZA，兩杯可樂端上桌。

阿民：「哇！這麼大一塊，兩個人怎麼吃得完？」

服務生：「吃不完可以打包。」

兄妹兩人從盤子上一人撕走一塊連著細絲的PIZZA。

阿民邊吃邊說：「現在一切主權都在妳這邊了，就看妳喜不喜歡對方？」

小妹吃著PIZZA沒有說話，阿民看得出小妹有那麼一點羞澀，那就應該是有感情了。

阿民故意說：「這種事不能拖，拖久了再做對身體會危險，一會吃完我們就去把孩子拿掉好了。」

小妹立刻沒了表情看著阿民。

「怎麼了？」阿民說。

小妹滿嘴的PIZZA沒有吞下去，說：「這麼快！「

「都跟妳說這種事不能拖了，就像我們人跟小狗都會有感情的，更何況是跟個人。這種手術很快的，也不用住院。」

「我不要。」

「那怎麼行，孩子生下來又沒有爸爸，多大一個累贅，

還是拿掉吧，明智一點！」

「我喜歡他！」

「什麼？」

「我喜歡他！」

「感情的事不能勉強，妳不要因為做手術怕痛就勉強自己喜歡一個人。」

「我沒有，我真的喜歡他。」

「妳確定？」

「嗯。」小妹用堅定的眼神說。

「這是一輩子的事，妳要想清楚，你們有了孩子以後要離婚可不是簡簡單單簽個字就解決了，到時候還要爭取撫養權、贍養費、妳帶個孩子再找人嫁，這一大堆事可是很麻煩的！。」

「我想清楚了。」

「好，那就行了。」阿民露出放心的笑容，「其實想得清不清楚不重要，妳才幾歲，只要妳是真心愛他就夠了。」

小妹害羞地低下頭大口吃起手中的PIZZA。

「他知道妳懷孕了嗎？他會跟妳結婚嗎？」

小妹仍是低著頭吃PIZZA，搖頭。

「這麼大的事妳沒告訴他？」阿民非常吃驚。

小妹仍是搖頭。

「為什麼？」阿民不太理解，「你們是男女朋友嗎？」

小妹點頭。

阿民稍微放心了一點。

「我從西藥房買驗孕的回家驗，剛驗完就被阿母發現，她每天不斷得罵我，不斷得追著我問，我都快被她跟阿爸煩死了，根本沒心情再去講這個事。」

「原來是這樣。」阿民鬆了一口氣，「他年紀多大？」

「大我一歲。」

「在做什麼工作，怎麼樣一個人？」

「他大概有一七零，長得很像范鴻軒，是金牛座的，眼睫毛有點長，不過長得很漂亮，喜歡穿牛仔褲……」

「等一下！等一下！」阿民把手向小妹伸出去要她打住，「我怎麼覺得妳是在形容一個電影明星，不是在形容一個人？我是問妳他是怎麼樣一個人，個性怎麼樣，人品怎麼樣。就算長得好看，但是人品不好，對妳不好，你們能幸福嗎？」

「他……他」小妹竟吞吞吐吐說不出來。

「你們交往多久了？」

「兩個月。」

阿民深呼吸了一下，頻頻點頭說：「緣分！緣分！……」接著問，「他應該當兵了？」

「剛退伍不到一年。」

「怎麼拖了那麼久才去當兵？」

「他在讀大學，留級兩年，後來還是當掉了。」

「哦！」阿民對小妹的社交圈裏會有讀過大學的人倒還真有點意外，「現在在做什麼工作？」

「就跟阿爸一樣。」

「收賬的？」

小妹點頭，把臉低下。

「不錯啊！至少有一份工作，現在這一行生意還算不錯，妳看阿爸每天都忙不過來。」

小妹想不到，阿民居然沒有嫌棄自己男朋友，「你覺得他做這行不錯啊？」

「是啊！阿爸也做這行做了一輩子，還養了我們一家七口，有什麼不好，何況現在財務公司都已經合法化，政府也快要正式立案了。」

小妹笑了出來，「那阿爸那邊應該也沒問題了！」

「有什麼問題？等一下我跟妳一起回去，我跟阿爸講。」

小妹把手上最後一口PIZZA塞進嘴裏，再從盤子裏撕下一塊。

阿民看小妹的胃口隨著心情開始轉好，笑了起來！

阿民：「我們這一生，出生在什麼家庭，吃什麼頭路，天公註好好的。但是你在一個環境裏面要怎麼活，怎麼做，那是有選擇空間的。我不相信阿爸收賬收一輩子是因為他喜歡做這行，我覺得是因為他在當時的環境沒得選擇；他

窮，沒讀書，被人看不起，只有他的結拜大哥尖頭叔能夠幫他在社會上討回一份尊嚴，待他像親人，甚至給阿爸一份收入。可是阿魁叔和阿爸一樣一起跟著尖頭叔混的，他的風格就跟阿爸差很多，阿爸去收賬的時候會先跟對方溝通，給對方幾種分期付款的還債選擇；而阿魁叔找到對方就先恐嚇，對方如果比他凶，他就打到對方當天一定要把錢籌到為止，還逼死過人。環境是天生的，那沒什麼了不起，因為那不是你通過自我努力得來的，做人處事的風格，才是真正讓人受尊重的。我這幾十年的人生經歷告訴我，我們出生在這種江湖環境裏，其實沒有多差，反而那些讀很多書當律師，當大法官的，他們做的傷天害理和見不得人的事比我們多的太多了！」

「你真的這麼想？」

「是啊！很多律師以為自己書讀得多又聰明，在法庭上牙尖嘴利，囂張跋扈，後來被人揍了才知道收斂。法庭上講的是道理，又不是氣勢，他們把人激怒讓人家在法庭上失控，最後自己在回家路上被打得住院，一臉是傷，沒臉去開庭，損失了好幾單官司的收入，何苦呢？有些律師知道委托人手頭緊，給委托人打折扣甚至最後不收錢的也有。雖然在相同的環境，但是在做事風格上，有很大的選擇空間。職業不分貴賤，為人處世才分貴賤。所以妳將來跟孩子的爸爸結婚了，絕對不要有這種錯誤的自卑感。」

「你說的聽起來是沒錯，不過……」

「不過什麼？」

「不過怎麼很多人不是這麼看？」

「是啊！所以很多人都在繞冤枉路，而且一輩子繞不出冤枉路的很多。重要的是要明白『沒有人能夠看不起妳，唯一能夠看不起妳的只有妳自己』。」

素萍一個人在床上看書，聽到外面客廳開門的聲音，看牆上的時鐘將近半夜十二點。

阿民走進睡房，說：「怎麼還沒睡？」

「看一會書，就要睡了。」素萍把手上的書放下，「你吃飯了沒有？」

「都幾點了，早吃了，和小妹在外面吃了必勝客。」一邊說一邊解開領帶，「我先去洗澡。」

幾分鐘後阿民穿著睡衣出來。

素萍：「妳跟小妹聊到這麼晚哪？」

阿民：「後來跟她一起去了阿爸那裏，在那邊又待了一會。」

「哦！」

「小妹想結婚，把孩子生下來。」

「阿爸和阿母怎麼說？」

「這兩天去見一下孩子的爸爸看他人怎麼樣再說。」

素萍點頭，「也是。」

阿民把被子掀開坐上床，「有件事跟妳商量。」

「嗯。」

「我想把買房子的事延後一陣子。」

「好啊。」

「我今天打電話問了監理處跟交警大隊，二哥幾個前科都是打架，沒有其它案底，可以報考計程車職業駕照，有了職業駕照再申請計程車職業登記證，就可以開工上路了，這兩個證件辦下來前後大概要三個月。我算了一下，他現在沒車，買一輛二手車比租車或者買新車來的划算。二哥好不容易正正經經開始做事，沒再賭了，我想買一輛中古的裕隆給他，這樣他也好開始有儲蓄，可以早點成家。」

「好啊，可是我們自己要付房租，還要交阿爸那邊房子的貸款，剩的錢已經不多了，我們還夠幫二哥買車嗎？」

「可能接下來一年要省一點，夠的。」

「嗯。」素萍點頭。

阿民感激地看著素萍，「謝謝妳！」上前抱住了她，捨不得再放開。

小妹聽了阿民的建議，把自己懷孕的事打電話告訴男朋友，然後不再主動和他聯絡，要看他是什麼反應，是不是對小妹真心，是不是一個有擔當的人。

　　第二天小妹的男朋友就約她出來見面，不斷問她是不是真的，這種事不要開玩笑。小妹照阿民教她的，實話實說，但不要給他任何壓力，任何意見，要看他的本性。

　　結果讓大家很滿意，這個年輕人沒有要求小妹去墮胎，他在小妹告訴他有身孕的第五天告訴了自己父母，然後請小妹轉告阿爸，他自己和他爸媽會在這禮拜天中午上門提親。小妹掛了電話以後，自己鎖在房裏抱著枕頭高興得哭了大半天。

　　阿母叫上阿民，禮拜天中午的時候也要過來，阿民早上十點半就過來了，來早的目的是要再一次提醒阿爸，小妹懷孕是意外，是和她的男朋友兩個人歡喜甘願的，她的男朋友也從來沒有要小妹拿掉孩子，並且要娶小妹，是一個有擔當的男人，人家的父母等一下還要親自上門，給足你面子，現在一切都往好的方面發展，等一下不要失禮於人。

　　「知道啦！」阿爸不耐煩得說，「什麼時候變得跟你阿母一樣很囉嗦。」

　　阿母在一旁大聲叫了出來：「你在給妳祖嬤說什麼？」

　　「沒什麼！沒什麼！」阿民馬上把阿母的火氣壓下去，千萬不要客人還沒到就先吵起來！

「小妹！」阿民把小妹從房間裏叫出來。

小妹來到客廳，走到阿民面前。

阿民：「跪下。」

小妹莫名其妙，「嗯？」

「跪下。」阿民又說了一次。

小妹以為自己聽錯了，「你說什麼？」

阿民嗓門大了起來，「我叫妳在阿爸和阿母面前跪下！」

全家人很少看過阿民說話大聲，小妹被嚇了眼淚差點流下來，整個人站著不敢動。

阿民大聲說：「阿爸、阿母生妳，把妳養到這麼大，人家馬上就要上門來提親了，妳就要離開陳家了，妳有沒有為妳自己讓阿爸跟阿母擔心的事跟他們道歉過？」

小妹立刻流下兩行眼淚大聲哭了出來，跪在阿爸面前，「阿爸、阿母，對不起！……」

阿爸低頭看小妹跪在他面前，自己也流下了眼淚，這是阿民第一次看到阿爸流淚。

小妹不停地哭，不停地說『對不起！』，阿民沒有再插手，接下來沒有他這個做哥哥的事，是父母和女兒之間的事了，如果阿爸跟阿母沒有叫小妹起來，阿民也不會插手。

阿民一定要處理阿爸、阿母和小妹之間這件事，這個虧欠如果不處理的話，會成為永遠的疙瘩。阿爸和阿母作為長輩該有的尊重失衡，內心的不平會轉為委屈，時間的累積

會慢慢將其擴大成無形的怨恨，而且這種感覺久了之後會讓人漸漸習慣成『就是這樣了，不好的事沒有必要再提』，這種畸形、不良的關系讓人誤認為人生不如意的事就是十之八九，很平常，就這樣吧！最後讓這般苦毒隨你一生老去，一同躺入棺木。

　　阿母來到小妹身邊蹲下來，擦掉自己的眼淚，「知道自己不對就好了，妳也應該要嫁人了，做了人家的媳婦，不要那麼懶，那麼固執，知不知道？想回來就隨時回來。」把小妹扶起來。

　　小妹站起來以後緊緊得抱住阿母，哭得更傷心，「阿母，對不起！」

　　阿母又哭了出來，輕輕拍著小妹的背，「好了，快要做媽媽了，不要再哭了，對胎兒不好。」

　　阿爸不停地擦眼淚，心裏想：第一次嫁女兒，人都還沒嫁出去，心裏就這麼捨不得，幹！

　　門鈴響，牆上的時鐘是12點23分。

　　阿民去開門，「請進來！請進來！」把拖鞋拿出來請客人換上，一對老夫妻和一個年輕人和一個中年婦女，手裏都是餅幹和水果，憨厚又客氣地笑著臉，不斷鞠躬問好。

阿爸、阿母、阿民，小妹站在門旁不停地點頭，一樣客氣地笑臉迎人。

　　阿母朝屋子裏大喊，要四弟出來見人：「阿強啊！出來啦！客人都來了。」

　　「坐啦！坐啦！」阿爸很客氣得請對方四個人坐下。

　　阿母又喊了一次：「阿強，出來啦！」

　　客廳本來就不大，大家都坐下後，椅子正好坐滿。

　　阿母又喊了一次，這次更大聲：「阿強啊！……」

　　阿民馬上對客人說：「四弟昨天忙得比較晚，應該是太累了爬不起來，他這陣子太忙時間都過得顛三倒四的。」

　　客人笑著點頭。

　　小妹端了茶出來，先給客人擺上，中年婦人馬上說：「還真乖，真懂事！」

　　阿民：「我是立芳的三哥，在裏面睡覺的是立芳的四哥，二哥在統聯做司機，還沒有下班，我現在在一家電子公司上班。」

　　其實大家都已經從自己的孩子那裏知道對方的一些家世背景，基於本省人的習俗，禮貌上還是要親自再介紹一次，不方便說的就不提。

　　中年婦人開心得說：「大家的工作都很穩定，這裏居住環境還這麼好，我們阿忠可以認識立芳這麼好的女孩子真是祖上燒了好香！」

阿爸聽了這麼給面子的話，心裏馬上開心起來，笑著臉說：「大家用茶！用茶！」，再對小妹說：「不要站在這邊，看看家裏有什麼水果，去切一些出來給客人吃！」

　　中年婦人立刻說：「不用了啦！那麼客氣幹什麼，不用！不用！」

　　小妹還是轉身朝廚房走去。

　　阿民看得出來，這位中年婦人比較外向，口才也比較好，年輕人的父母相對比較老實。

　　「聽我們立芳說阿忠現在是有在工作，如果兩個人結婚的話，很快就是一家三口人了，不知道他有什麼規劃？」阿母說的時候臉上沒什麼笑容。

　　阿民擔心阿母內心那種自己女兒被人家搞大肚子，被人家占便宜的心態又浮現出來，立刻接著說：「兩個年輕人都是到了結婚的年齡了，能夠在一起也是緣分，今天你們能夠上門讓我們看到誠意，大家都很高興，我們也會盡量幫他們小兩口把日子過好，畢竟他們都還年輕，也是自己的晚輩，不過生活是很現實的東西，你要讓我們知道你們的能力在哪裏，有什麼地方不足，我們才知道要怎麼幫你。」

　　中年婦人一直都是笑著臉，「你們這個三哥真的是會說話！你們兩個老的能夠把孩子培養得這麼好，又這麼聰明真是了不起！我聽阿忠說三哥還讀過大學，這棟房子還是他買給你們兩個老的住的！阿忠能夠攀上你們家真是他的福

氣！」

阿爸和阿母聽她這麼一說，心裏又爽了一遍，都浮在臉上。

阿民：「阿姨，不要這麼客氣了！我們還是談談阿忠跟立芳的事好了。」

中年婦人：「一直顧著說話都忘了自我介紹，這兩位是阿忠的阿爸、阿母，我是阿忠的義母，阿忠小時候上一年級的時候就認我做了義母，我也住在阿忠家附近，阿忠到現在都還常常到我家去。我頭家也是阿忠老爸的結拜，都跟一家人一樣，你也不要叫我阿姨了，也叫我親家母就行了。」

阿民：「親母有幾個孩子？」

「我早就抱孫了！」義母笑著說，「我有三個孩子，一個男的，兩個女的，老早都結婚了。」

阿民：「親母真是有福氣啊！」

阿爸：「阿忠，你今天一家人來我真的很高興，我女兒只有一個，孩子很快就要生了，你現在一個月有多少收入？」

阿忠：「平時一個月差不多一萬，有時候兩萬，偶爾有大單的時候可以到3萬。」

阿爸露出奇怪的眼神，「我公司裏面差不多你這個年紀的阿弟仔，做得好的話每個月也差不多一萬出頭，你最多可以拿到3萬？」

阿忠點頭。

義母：「是啦！阿忠現在在我頭家的公司做，他做得很努力，平時也很願意跑，我們當他是自己的孩子也很信任他，有時候上百萬的帳會叫上他一起去收，算他一份，給他比其他人有更多磨練的經驗。」

　　「哦！是這樣子」阿爸點頭，把煙拿出來放一根在嘴上，再給客人。

　　阿民拿起桌上打火機，先幫阿爸點上，再幫客人按輩份一一點上，輪到幫阿忠點的時候，阿忠馬上把身體轉向一邊「我自己來！自己來！」，自己掏出打煙，不敢讓阿民幫他點，很懂得輩份。

　　阿民回到椅子上坐下，大家開始吞雲吐霧，整個客廳猶如迷漫仙境。

　　義母對阿民說：「你不抽煙？」

　　阿民笑笑：「不抽。」

　　義母：「戒煙了？」

　　阿民：「沒抽過。」

　　義母：「有吃檳榔沒有？」

　　阿民：「也沒吃過。」

　　義母：「啊有吃肉嗎？」

　　阿民笑了出來：「肉有吃！」

　　大家被阿忠義母的幽默搞得放鬆了許多。

　　小妹端了一大盤切好的柳丁和蓮霧出來，放在桌上，然

後坐在阿母旁邊。

阿忠的阿爸說：「我想立芳要是過門，我跟我牽手一定會好好對待她，也歡迎你們隨時過來看她，不知道你們對聘金這方面有什麼看法。」

阿忠的阿爸這麼一說倒是把阿爸跟阿母都問住了，這方面大家之前倒真的沒想過。

阿民不能插嘴，因為這是他們長輩之間的事，自己不能越界，不然就是沒大沒小。

想不到阿爸說了非常有水準的話，阿爸輕鬆得說：「我不是賣女兒，只要過門以後你們對立芳好，他們年輕人自己開心，可以過得幸福就好了。跟錢有關的，你們隨便意思一下就行了，不必看得很重！」

小妹聽了阿爸一點都不為難對方，立刻捂住臉哭了出來，站起來往廁所跑去。

大家又聊了一陣子，算聊得很愉快，對方看阿爸這麼通情達理，他們也非常阿沙利，主動開口會負責酒席、禮餅、婚紗。

等小妹再回到客廳的時候，大家看她兩個眼睛已經哭得紅腫。

差不多過了一個小時，阿忠的義母開口要告辭，從她的包裹拿出一個玉手鐲送個小妹，小妹看阿民對她微微點頭才收下。接著阿忠的阿母也拿出一條金項鏈送個小妹，阿民再

對小妹點頭，小妹也才道謝收下。

送他們到門口的時候，阿民把阿忠拉到一旁小聲對他說了幾句，「酒席盡快早點辦，立芳肚子越來越大了，讓人家看到會說閒話。」

阿忠點頭表示知道了。

阿爸送他們到門外，對阿忠的阿爸說：「我公司就在土城土地公廟旁邊，我堂口是『天義』，我老大是尖頭，有空過來坐。」

阿忠的阿爸：「我是鶯歌『楓竹館』，我老大是白猴，我們公司六年前搬到新店，現在都做新店那邊的生意。」

阿民心想：我的天吶！怎麼講起江湖話來了！

阿母對阿爸說：「幹什麼，現在就等不及在交酒伴了？」

義母從包裹拿出一張名片給阿爸，「要喝來我公司喝啦！我頭家也很愛喝，我那邊什麼酒都有，一大堆戴帽子的沒事都到我們那邊喝，所以我們那邊隨時都準備很多酒。」

阿母：「親家母，妳這麼好本事！平時也在公司幫妳頭家收賬啊？」

義母：「我不收賬，收賬是我頭家跟阿忠他們在做，我負責放賬跟應付那些戴帽子的。」

阿民心裏想：不光是收賬，還放高利貸，做警察的公關，看來做得比阿爸的公司還大。唉！跟他們結親家，命啦！

小妹一身新娘裝坐在房間裏，阿母和素萍還有素萍的媽媽在幫她做頭髮和化妝。外面客廳桌上一大堆糖果和瓜子殼啃得一桌，阿爸、阿民和尖頭叔、尖頭叔的牽手、阿魁叔、阿魁叔的牽手在聊天，四弟一個人坐在一旁角落抖著大腿抽煙，男的每個人都穿西裝打領帶。

　　阿魁叔：「新郎幾點要過來接小妹？」

　　阿爸：「一點半。」

　　阿魁叔的牽手：「怎麼會挑這種時候？都過了吃中午飯時間，等到了餐廳又不是吃晚飯的時間，真尷尬！」

　　「我得尷尬妳老母較好！」阿魁叔馬上罵出來，「今天是大好的日子，等一下吃的都是大魚大肉，當然會跟平常不一樣，沒有禮貌！」

　　尖頭看四弟一個人坐在角落，說：「阿強，你一個人坐那麼遠幹什麼？也不過來跟我喝一杯啊？」

　　四弟懶懶散散地走過來，拿起桌上的啤酒把兩個杯子倒滿，一杯拿給尖頭叔，再拿另一杯和他碰了一下，然後一口光。

　　尖頭叔喝了一口，一看四弟全乾了，也把手中的酒全乾掉。

　　阿民對四弟說：「現在才幾點，等一下去吃飯的地方還要幫小妹擋酒，少喝點！」

　　四弟：「你是在哭夭！」

阿爸站起來，「我幹你老母！今天家裏客人這麼多你在說什麼？」，一隻手舉起來要朝四弟臉上打下去。

「阿爸！」阿民立刻上前抓住阿爸的手，「今天是好日子，不要生氣！」

阿爸慢慢把手放下，瞪著轉身走開的四弟，「死孩子，沒小錄用！」

四弟回到墙角坐下又再點上煙抽，繼續抖著腳一副無所謂的樣子。

阿魁叔：「阿強今天叫賬不壞哦！等一下新娘這邊拼酒就看他了！」

阿爸不爽得說：「不要理小他！」

尖頭：「新郎那邊有沒有包聘金？」

阿爸：「包了。」

尖頭：「包了多少？」

阿爸：「五十萬」

大家眼睛都亮了起來。

尖頭：「還真有誠意啊！你當初是開價多少？」

阿爸：「我沒開價，我說意思到就行了。」

阿魁叔的牽手說：「五十萬可以買一間房子了吔！」

阿爸：「還好啦！在土城勉強一點，到城裏還買不到一間廚房。」

尖頭叔問聘金的數目是有用意的，表面上是閑聊，暗地

裏是找分寸，他身為阿爸的老大又是幫主的身份，等一下要包給小妹的紅包不能偏離行情，不然面子掛不住。

尖頭叔對自己的牽手點個頭，表示可以。尖頭叔的老婆拿起包包往小妹的房間走去。

阿魁叔見了也對牽手使了眼色，她也跟著尖頭的老牽手進去。

尖頭叔的牽手一進小妹的房間就說：「哎呦！大美人，妳這個辣妹，今天最漂亮！」從包包拿出一個紅包放在小妹手上，「來，這個給妳婚姻幸福，明年再生一個！」

阿魁叔的牽手也塞了一個紅包在小妹手上，「來，我這邊也有，幸福美滿！明年來一對龍鳳胎！」

「謝謝！謝謝尖頭姨，阿魁姨！」小妹大聲說了出來。

阿爸在外面聽到，對尖頭和阿魁說：「都是兄弟，還來這套幹什麼！」

尖頭：「就是兄弟，這個才一定要。」

阿魁：「對，不是兄弟的話就無所謂了！」

阿爸叫出來：「阿民，去廚房拿一罐紹興出，我要敬你尖頭叔和阿魁叔！」

「阿爸！」阿民說，「現在還不到中午就喝！」

阿爸：「你爸叫你拿你就拿，那麼多話幹什麼？」

阿民：「都還沒吃中飯，等一下不知道還要喝多少？」

阿爸：「你是在哭夭！」

尖頭：「喝啤酒就好！」

阿魁：「是啊，喝啤酒就好！肚子先留點空位等一下要戰鬥用，不然我們『天義』才不會讓人家看衰小！」

阿民走去廚房拿酒。

四弟：「啤酒我喝光了，只剩下紹興跟高粱。」

阿民對四弟說：「你少喝點，看你瘦成這樣子，還沒吃飯就喝酒，小心胃痛！」，再對阿爸說：「啤酒沒有了，我去樓下買。」走出大門。

不到兩分鍾，阿民提了兩個塑膠袋上來，把3瓶台啤和一大堆牛肉乾和餅乾放到桌上。

阿爸：「啊你這是在幹什麼？我們這些人喝啤酒像是喝汽水一樣，你拿3瓶怎麼夠我們喝，還買了一大堆吃的，我們是要喝又不是要吃，你平時辦事不是這麼笨的人，怎麼今天這樣子？」

四弟看阿民被罵，在一旁笑了起來。

阿爸大聲說：「去給你爸拿一打上來！」

阿民無奈得又走出了大門。

牆上的時鐘不到1點，客廳地上已經有兩打空啤酒瓶，大家喝得東倒西歪。阿民為了躲酒，坐到一旁和四弟看著這些長輩劃拳、嘻嘻哈哈得語無倫次。

阿魁姨突然一身酒氣站起來：「阿強，我聽說你最近很

搖擺哦！看到人都不想理人家哦！過來跟我劃拳。」

四弟看阿魁姨站都站不穩，說話還打結，笑了出來，「我不要！」跑進小妹的房間。

「喂！喂！……幹你娘的！」阿魁姨指著小妹的房間，「給妳祖嬤記住，看妳阿魁姨不起！」，接著轉向阿民，「阿民，你是阿強的三哥，你代替他，過來！」

「我不是！」阿民說，「我跟他不熟。」說完也躲進小妹的房裏。

阿魁姨：「我勒你老母較好……！」

阿民一踏進小妹的房間，就看到四弟把脖子上的金項鏈拿下來，塞到小妹手上，「我沒有錢，只有這個，萬一缺錢的話就拿去金店賣，不要去當鋪，金店賣得錢比較多。」

小妹整個眼眶充滿淚水，「四哥，這是你以前打工辛苦錢買的，你說過把馬子身上一定要有一條金項鏈，才有身份，才把得到，你現在都還沒結婚，等你把到老婆再給我好了。」

「我不想結婚。」說完轉身走出房間。

阿母尖叫起來，「不能哭！不能哭！把頭擡起來，不然妝都化了！」阿母把兩個大拇指按在小妹兩個眼睛下面，擋住要流下來的淚水，「夭壽！素萍幫妳畫得眼線這麼好看，又要重新畫了！」

剛過一點半，就聽見樓下有鞭炮聲，響了大約有十幾分鐘以後，才有人按電鈴。

阿爸興奮地去接門鈴話筒，「喂！」

電話筒裏面大聲說：「來接新娘咯！」

阿爸按下開門的按鈕，心跳開始急促起來，快步走進小妹的房間，「准備好了沒有？」

阿母：「都好了啦！」

阿爸：「給小妹的嫁妝拿給她沒有？」

阿母的肩旁突然往上提了一下，「幹，剛才一直顧著給她化妝，都忘了！」，馬上跑去自己的房間。

阿爸來到小妹跟前蹲下，「記得去到人家家是做媳婦，不是做女朋友，脾氣不可以再這麼倔強，有什麼不習慣的事要多忍耐，忍久以後就習慣了，日子很快就會很好過。孩子出生以後，要有做人母親的樣子。要是有什麼委屈就回來跟阿爸說，知不知道……」阿爸說著說著竟捨不得地哭了起來。

小妹流下眼淚說：「阿爸，我不嫁了！」

阿爸：「傻孩子！人家都在樓下了，怎麼可以這個時候說不嫁。」

阿母手裏拿著一個紅包回到小妹房間又尖叫起來，「夭壽！素萍剛剛幫妳才又畫好怎麼又哭了？」衝到小妹面前抓住她的頭再朝天花板撐起來，「素萍，快點拿衛生紙過

來！……」

大家跟在小妹和新郎後面一起下到了一樓大門，男方有人打了一把紅傘幫小妹遮太陽，送小妹上了一輛租來的加長型凱迪拉克。

樓下的鄰居都出來圍觀，不少鄰居還上前向阿爸和阿母道喜。

阿母開心得對鄰居說：「多謝！多謝！有空上來吃喜糖啦！」

男方還准備了3台賓士給女方的親友代步，所有車子跟在新娘車後面一路開到新店。

下了車以後，阿爸和尖頭叔、阿魁叔內心都震驚，整條路從街頭到街尾看上去擺滿紅桌布的飯桌有上百張。

「哇！看這場面」阿魁姨睜大眼說。

親家上前請阿爸和尖頭叔到主桌，台灣兩大幫『竹聯』與『四海』的幫主都在，還有台北警政署署長和台北縣縣長也在，黑白兩道的頭號人物都齊了，看起來就像一個江湖大會。上千人的路邊辦桌，個個黑西裝紋身嚼檳榔，素萍的媽媽再次開了眼界！

主桌後面有一個臨時搭的舞台，先是司儀介紹重要來賓上台致詞，再介紹新郎和新娘上台，再來作弄新郎和新娘，

然後請歌星唱歌，平時電視上看到的歌星今天幾乎全看得到了。

「來，新郎新娘向你們敬酒！」全桌的人都舉杯站起來，有一些和新郎比較熟的好朋友，要和新郎新娘喝個痛快不讓他們走，新郎新娘身後預備好的槍手就會上前來應付他們，代替新郎新娘喝。在台灣敬酒不喝是大事，但是可以找人代喝，所以在酒桌上要把對方幹倒的話，就要有面對槍手過五關斬六將一輪接一輪喝下去的本事才能喝到最後的當事人。而一般槍手的身份並不是你很能喝就可以，第一條件必須是你和主角是換帖的好朋友、好兄弟，其次才看你能不能喝。

喝酒還有一些是為了玩開心，逼著新郎新娘一直乾杯，乾到最後會突然喝到一杯醬油或是醋，顏色會事先把它調成和酒一模一樣，等到一口氣乾下去之後再四處找冰水猛灌。玩得比較瘋的，在酒裏面加辣椒、瀉藥、興奮劑、麻藥的都有。

當然，這些事在新郎那邊早就預備好，新郎新娘手上拿的看上去的顏色是酒，其實是茶。後面跟著十幾個換帖的槍手，遇到難纏的立刻頂上去，今天好兄弟大日子，做兄弟的已經准備戰死在酒桌上。

新郎新娘一桌一桌輪著去敬酒，才敬到第11桌，已經有七個槍手在後方倒下，小妹回頭一看，擔心得說：「我們的槍手已經倒一半下去了，我們今天席開幾桌？」

阿忠：「聽說是一百桌，後來人多又加了二十幾桌。」

小妹整個臉變了顏色，到處東張西望看阿民在哪裏，要趕快找阿民想辦法。

阿忠：「不用怕！我們只要敬完前面30桌就可以了。我義母都安排好了，所有重要的人都安排坐在前面30桌，30桌以後都是一些小咖，不用我們去招呼。」

小妹松了一口氣，「嚇死我了！」

「妳看那邊那一桌。」阿忠手指著舞台旁邊很低調的一桌，「那些都是我義父安排的後備槍手，萬一我的兄弟都倒下，他們會立刻補上，妳看他們都只吃菜不喝酒。」

小妹：「太好了，還好只要30桌就好，如果要敬完一百多桌，不喝死腳也走斷了！」

新郎新娘敬完30桌坐回到主桌，再下來就是今天的舞台壓軸『電子花燈的舞蹈表演』。第一首開場的就是動感勁曲』熱線你和我』，當舞台上的的舞者把胸罩甩掉對著前方上千人捧著肩膀大方得抖動，台下的觀眾沸騰到最高點，素萍和媽媽睜大了眼無法合攏嘴。

阿民非常尷尬，對素萍說：「等一下阿爸和阿母一定會喝醉，我還要看著他們，妳先帶媽回家。」

「哦！」素萍向阿民點頭，整個人還沒回過神。

江湖大哥就是有江湖大哥的身份，他們一頓飯下來，喝酒始終是點到為止，分寸拿捏得體，不管什麼人敬酒，話說的多好聽，不管對方喝了多少，就是不乾杯。我是什麼身份，你是什麼身份，何況接下來還要應付多少像你這種敬酒拍馬屁的人。脫衣舞一開始就離席，脫衣舞是給小嘍嘍開葷、看熱鬧的節目，幫主的娛樂和他們不是同一個檔次，不能攪和在一起；萬一被記者拍到也不好看。

　　阿爸和阿母今天既開心又難過，黑白兩道的大咖還沒離開他們就已經像兩灘爛泥搖搖晃晃口齒不清，況且還坐在主桌。尖頭叔為了避免尷尬丟臉，走過來對阿民說：「我還有事要先離開，你阿爸、阿母已經醉了，我會打電話叫紅龜帶幾個人來幫忙看住他們。紅龜那幾個你都認識，他們人一到就讓他們把你阿爸、阿母帶回家，他們還沒來以前不要再讓他們喝了。」

　　「我知道了，尖頭叔！」阿民說，「阿魁叔呢？」

　　「他還能走路，我已經叫他先走了，你顧好你阿爸、阿母就好！其它的不要管。」

　　「好。」

　　「你牽手跟岳母呢？」

　　「她們先回家了。」

　　「好，很好。」

阿民來到主桌，新郎、新娘和其他黑白兩道的重要嘉賓都已經不在，阿母趴在桌子上不知道嘴裏在說些什麼，阿爸拿著酒杯和其他擠在台下的人對著台上的舞者大喊大叫，「脫啦！幹！還不脫，是不是要你爸上去幫妳脫？妳知不知道妳爸是誰……！」

　　阿民簡直想挖個洞鑽到地底下去不要再做人了！

　　阿民走到阿爸身邊，「阿爸，你不要再喝了，把酒給我。」伸手要去拿阿爸手中的酒。

　　阿爸：「啊你是什麼人？」

　　一個小時後，阿民身後有人叫他，「阿民！」

　　阿民轉身叫了出來「紅龜！」，看見紅龜身後還跟了六七個人。

　　紅龜：「老大打電話給我，我們就立刻過來了，這裏人這麼多，我們在這邊找了半個小時才找到你。」

　　阿民：「來了就好了！我阿母倒在桌子上，比較好處理，你先叫兩個人把她送回去。我阿爸已經醉了，要用哄得比較麻煩，那裡旁邊的小巷出去就是大馬路，你先叫一個人出去叫好車子等我們。」

　　紅龜馬上叫手下照阿民吩咐的去做，其他幾個人走到阿爸身邊，假裝也是來看脫衣舞的，半哄半騙，把他拉走來來回回搞了好幾趟，花了快一個鐘頭才把阿爸搞上車。

阿爸上車以後阿民已經一身汗，周圍到處看都見不到四弟。

　　一個鐘頭前看他應該沒有喝醉，先不管了，先把阿爸弄回家再說！

　　阿爸在計程車裏依然繼續鬧，動不動就要乾杯，不然就發出想嘔吐的聲音「嘔！」，運將怕阿爸吐在他車子裏，但是看所有人個個身上都是刺龍刺鳳，一路提心吊膽得猛踩油門要盡快開到。突然間一個紅燈沒搶過，煞車太快，阿爸順著向前傾的力道又「嘔……！」一大聲出來，坐在阿爸旁邊的阿弟仔嚇得往後縮「他要吐了！要吐了！……」。

　　紅龜在前座回頭看，罵了出來，「你不會把他的頭扶起來呀！」

　　阿弟仔一臉委屈得自言自語：「剛才忘記拿一個塑膠袋……」

　　紅龜火大得說：「哭夭啊！你不會把衣服脫下來接啊？」

　　「啊？」阿弟仔變得一臉驚悚，「用我的衣服！」

　　運將終於忍不住，低聲下氣地說出來：「少年吔！我這個車是租的，要是弄髒了，晚上還車會罰錢，不然你們在這裏下，另外再叫車，我不算錢，不好意思！不好意思！」

　　「哭夭啊！」紅龜大聲罵出來，「怕弄髒就開快一點，你爸好不容易把他弄上車，萬一他下車跑掉了怎麼辦，幹！我已經很煩了，不要那麼多廢話。」

運將乖乖得把頭縮下去，連個屁都不敢再放一聲。

車子終於到了家樓下，紅龜：「到了！到了！就是這裏，你開過頭了！」

運將馬上緊急剎車，車上所有人都向前晃了一下，「嘔——！嘔——！」

阿爸吐了出來，一半吐在阿弟仔的衣服上，一半吐在車子上。

「我的衣服！」阿弟仔雙手用自己的衣服接著阿爸的嘔物，自己同時也差點也吐出來。所有人包括運將都開門衝下車。

阿民多給了運將兩百塊，不斷跟他道歉。

阿民和紅龜幾個人把阿爸攙上樓，扶上床，阿民立刻打電話叫素萍過來照顧他們，自己再搭計程車回新店找四弟。

一個鐘頭前，四弟因為不想和任何人說話，本來和阿民坐同一桌，故意坐到旁邊另一桌半個人都不認識，自己喝起酒來，獨自欣賞著台上四個上空歌手。沒多久後，四弟的臉色似乎漸漸空虛黯淡，他四下看了一圈，所有人不是醉得東倒西歪，就是開始互嗆，不然就在舞台下擠得鬧哄哄的，一片狼藉。他把一只手伸到桌子下，在兩腿中間隔著褲子抓了起來，幾分鐘後，沮喪又氣憤地抓起一瓶紹興往自己嘴裏灌

了一大口，然後握著酒瓶默默離開。

　　一邊走一邊喝，以前從來沒到過新店，也不知道自己要去哪裏，一切都無所謂！

　　阿民又回到新店剛才吃飯的地方，花了兩個鐘頭找不到四弟，於是走出酒席進入另一個街區，天色很快暗了下來，他一身的汗濕透了整件襯衫，終於在一個夜市裏看到四弟的背影，跑上去叫住他，一邊喘氣一邊說：「阿強，你都大人了，要走也不說一聲，讓人家擔心這樣對嗎？」

　　四弟看著阿民：「我又不是小孩子，你是在緊張什麼？」

　　「大家都喝了這麼多酒，怎麼知道會出什麼事？」

　　四弟沒話說。

　　阿民：「都快十點了，回家吧！」

　　阿民和四弟坐上計程車回家。

　　在計程車裏，阿民說：「你在外面到底出了什麼事，我們一家人真的都幫不到嗎？」

　　四弟看了阿民一眼，沒有說話，再看向車窗外，大台北晚上這麼多的路燈，一排一排的，看起來……還真美！

阿爸和阿母回到家後躺了三天才起床，中間吐了好幾次，都是素萍幫他們擦身體，換衣服。

　　一個禮拜後的晚上，四弟拿了三十萬現金回家，一共12疊捆起來的鈔票放在客廳桌上。

　　四弟：「阿母，這些錢給你們的，妳收好。」

　　阿母：「你哪裏來的這麼多錢？」

　　「我賺的，小妹連出嫁都能給你們一大筆錢，只有我最沒用，今天算是好好孝敬過你們了。」

　　「你還真有孝心啊！忽然間拿出這麼多錢來，你這不是孝敬我，是嚇死我！你不說清楚這些錢怎麼來的，我怎麼敢收，我就算收了每天晚上我睡得著嗎？」阿母說。

　　「錢是我賺的，沒有犯法，妳放心收下吧！」四弟說完走進自己房間，和平時一樣躺在床上不開燈。

　　沒多久阿爸回到家裏，看到桌上的錢，阿母告訴阿爸是四弟拿回來的，但是不說來處。

　　阿爸來到四弟房間門口，語調非常不客氣得說：「阿強，出來！」

　　四弟懶懶散散地走出房間來到客廳。

　　阿爸：「這些錢哪裏來的？」

　　四弟：「我賺的。」

　　「還真有本事！不用幾天就能賺三十萬，不然也給你老

爸介紹一下那裡可以一下子賺這麼多錢，讓你老爸也賺個十次就夠了。」

「反正不是犯法的，你放心拿去花，當是我這個做兒子孝敬你的就行了！」說完轉身要回房間。

「給你爸站住！」阿爸大聲叫出來。

四弟站在原地不動，阿爸走到他面前。

「你還真是孝順，還會送錢給你爸花！」阿爸口氣越說越大聲，「你爸現在不缺錢，不稀罕你給我錢花可不可以？你今天不給我說清楚這些錢從哪裏來的，我就在你面前把它全燒了！」

四弟無奈地歎了一口氣，看著阿爸說：「我老大給我的。」

「他為什麼給你這些錢？」

「他需要有人幫他解決一個人，願意做的給三十萬。」

阿爸笑了出來，「你真是比你爸了不起！你爸30歲的時候才替人家收賬，你現在30歲已經在『天鷹幫』做殺手了！」

「我老大說了，我幫他處理完這單以後，他就會給我做副幫主……」

「副幫主！」阿爸一巴掌朝四弟臉上打下去，破口大罵：「江湖人說的話你也信？你是第一天出來混啊？」

四弟的嘴角裂開，流出一道血絲，狠狠瞪著老爸。

「幹掉人以後要跑路的是你，搖擺的是你的老大，你被警察『通』一輩子，什麼時候才可以回台灣？你大哥現在在哪裏，是死是活你知道嗎？」阿爸口氣越說越大聲，「你爸是土城廟口『天義』的阿成，整個大台北只要混過的都聽過，要用30萬買我兒子一輩子，叫你老大先來見我再說，不然這件事現在就是我『天義』跟『天鷹』之間的事！把錢給我全部拿回去！」

四弟死瞪著阿爸，心裡唸到：我對你好，孝敬你，你竟然不領情還揍我！

阿爸又是一巴掌狠狠打在四弟臉上，「把錢給我拿走！」

四弟被打得朝一旁晃了一步，含著淚慢慢走向前把桌上的錢全部抱進房裏。

阿爸大聲說：「今晚就把錢給我拿回去，不然我親自去找你老大。」

四弟在房裏把錢全部放進一個旅行袋，然後背著出門，走出大門以後用力得把門重重關上，「咚！」一大聲震響了整棟樓。

阿母對阿爸說：「有必要對他出手這麼重嗎？再怎麼說他也是要把錢給我們，孝順我們啊！」

阿爸：「我就是故意要打那麼重，留在他臉上給『天鷹』他們看的，不然阿強回去還錢的時候，那邊不會那麼容

易就算了！」

　　二哥終於拿到了計程車駕照和計程車職業登記證，阿爸和阿母出5萬，阿民和素萍出3萬，阿忠和小妹出3萬，一共11萬，到阿魁叔朋友開的中古車行，付了頭款買了一輛二手小黃。

　　開業第一個月，二哥每天早上八點就興奮得上路，到晚上八九點笑著臉回家，到家就和阿爸、阿母不停地說著今天載過形形色色的客人，路上發生的事，在哪裏看到車禍，哪裏的路不好，無能的政府都不修路……，要是碰到阿民回來，還會跟他說前幾天晚上載到一個去上班的小姐留了電話號碼給他，再過幾天就可以給她『好勢』！

　　阿民：「天下沒有那麼好的事，小心『好勢』以後，人家開口跟你借錢！」

　　二哥：「我是什麼人，第一天出來混的啊！」

　　阿民笑著搖頭歎氣。

　　阿母希望二哥每天開到下午五點就好，六點可以固定回到家吃晚飯，既然現在自己是老闆了，就不要太累。

　　二哥：「那個時候是下班時間，生意最好的時候，怎麼能放著錢不賺？」

　　阿爸：「老二現在年輕能夠拼，多賺點錢是對的，才像

個有擔當的男子漢！」

　　既然二哥現在有穩定工作，自己還是老板，阿母也開始通過朋友幫二哥開始物色對象，常常拿一些照片回家給阿爸和二哥看。

　　不到兩個月，二哥開計程車的熱度就過了，每天下午五點以前就回到家，有時候下午三點就回到家。

　　有一次阿民和素萍、岳母回阿爸家碰到了二哥，「你不是說下班時間生意最好，怎麼今天這麼早回來？」

　　二哥：「下班時間太塞車了，車子在馬路上動不了，太耗油了，不合算！」

　　阿民：「吃完飯還上路嗎？」

　　二哥：「不開，累了！」

　　吃了晚飯以後，阿母把阿民拉到廚房，「小妹前兩次回來，臉上都有沒散去的淤青，你阿爸為這件事不爽好久了，我看八成是被阿忠打的？」

　　阿民愣了一下，說：「我看阿忠很疼她呀！你們有沒有問小妹？」

　　阿母：「沒有啊，阿忠都在，不好意思問！」

　　阿民想了好久才說：「阿爸怎麼說？」

　　「他什麼都沒說，就是一直悶悶不樂。」

　　「小妹上次回來是什麼時候？」

「上禮拜六。」

「我叫她下個禮拜天到我那裏吃中飯，你叫二哥和四弟也過來。」

「阿強都不知道會不會去？」

「他還是一直躺在房間裏不出來吃飯？」

「是啊！肚子餓了就去冰箱找剩菜剩飯吃，都不知道是不是故意避著我們，也不知道是看我們哪裏不爽？」

「怎麼會呢！都是一家人，再過一段時間就沒事了！」阿民安慰阿母說，「他要是不來就別勉強，你們來就好了。」

「嗯。」阿母點頭說。

禮拜天，還不到十一點，小妹和阿忠，阿忠的阿爸、阿母，義父、義母就來到阿民家，進門的時候手上提了一堆水果和洋酒。

阿民：「人來就好了，還帶這麼多東西！下次來不要這樣子了。」

義母：「真是不好意思，這麼多張口過來吃飯！」

阿民：「說這種話就太見外了，高興都來不及，快點進來坐！」

素萍和岳母出來和大家打個招呼，再回到廚房去做菜。

義母：「需不需要幫忙？」

阿民：「不用！不用！他們已經兩個人了，廚房不大，人太多動起來反而不方便。」

沒多久阿爸、阿母、二哥也到了，阿爸原本想要見阿忠整個臉是臭的，一進門看到親家那邊來了這麼多人，這麼熱鬧，心情漸漸好了不少！

阿忠的義父拿出一包555的煙，遞出一支給阿爸，兩人互相幫對方點上。阿爸大力吸了一口，「有夠香啊！你爸好久沒抽進口煙了。」

接著阿爸的眼睛亮了一下，盯住客廳桌上的兩瓶洋酒，緩緩地走過來，一瓶是『圈叉』，一瓶是』半人半馬』，「噢！這可都是好酒啊！」兩粒眼睛睜得好大，「阿民，拿幾個杯子過來！」。

阿母：「那是人家拿來給阿民的禮品，你也差不多一點！」

阿忠的義父：「酒拿來就是要喝的，不要緊，拿杯子來我們喝一點！」

阿爸對阿母說：「聽到沒有！」

阿民：「我們等一下吃飯的時候再喝，不要空腹喝。」

阿爸：「先開一瓶就好，我先喝一點，拿幾個杯子過來。」

阿民只好去廚房拿了幾個杯子，阿爸的動作很快，阿民一回到客廳，阿爸已經右手拿著開好的『圈叉』，左手向阿

民伸手要杯子。

阿爸自己先喝了半杯,「好酒!好酒!真是好酒。」,再幫大家都倒上,然後開始找人敬酒,不到5分鐘一瓶酒已經剩下三分之一。

阿民搖頭歎氣,然後站起來走到小妹旁邊,摸了小妹鼓起來的肚子,「去照超音波了沒有,是男的還是女的?」

小妹:「沒去照,我聽人家說照超音波對胎兒不好,不過大家都說我肚子看起來是圓的,應該是個女的。」

阿民:「給孩子取名字了沒有?」

小妹:「取了好幾個,還沒決定用哪一個。四哥沒有來?」

阿民搖頭,「阿母說還是老樣子,整天把自己關在房間裏面,不知道在想什麼,我問過他,他也不願意說。」

「我去一下廁所。」小妹說著吃力地站起來,「現在一天要跑廁所十幾趟,肚子又重……!」

阿忠在一旁體貼地扶她站起來。

小妹從廁所出來的時候,阿民把她叫到自己的房間,然後把門關上。

「嫁到人家家裏日子過得好不好?」

「很好啊!」

「阿忠對妳好嗎?」

「很好啊!」小妹說的時候,阿民看不出她臉上到底是

幸福還是不幸福的感覺。

「阿忠的父母對妳好嗎？」

「也很好好啊！」

「妳覺得自己在那邊適應了沒有？」

「差不多了啦！」

「嗯。」阿民點頭，表示沒什麼特別的事要說了。

小妹慢慢轉身要走出去，又被阿民叫住「小妹，阿忠有打過妳嗎？」

小妹不說話，過了一下才說：「沒有。」

阿民笑了一下，「那就好！」。

兩兄妹一起走出來，阿民看飯桌上已經有好幾道菜，「妳去叫大家過來吃飯，我看菜都差不多了，我去廚房端菜。」

小妹：「哦！」

大家上飯桌的時候，整瓶『XO』已經喝光，阿爸拿著另一瓶『人頭馬』放到自己面前，像是怕被別人搶走似的。

阿忠的義母看素萍的母親個性內向，怕大家吃飯的時候冷落了她，故意坐到她旁邊，和她邊吃邊聊，可真是面面俱到。

阿爸和阿忠的爸爸、義父又把『人頭馬』也幹光，「阿民，酒沒了，拿一些酒過來。」阿爸說。

阿民：「阿爸，家裏沒酒了。」其實阿民已經買了一些

酒，只是怕客人不想再喝，為了陪阿爸喝不好意思拒絕。

阿爸：「請人吃飯家裏怎麼可以沒酒，出去買！」

阿母的口氣不高興起來：「買什麼買！已經喝掉兩瓶了，也不問一下人家還喝不喝，硬要灌人家是不是，沒個樣子！」

「我幹妳老母的！妳現在是在跟妳爸大聲是不是？」阿爸嗓門大了起來，「又在眾人面前給妳爸難看是不是？」

「阿爸！」阿民叫了出來。

阿爸意識到自己失態，沒再說話。

大家都安靜了下來。

義母先開口：「來！來！來！大家隨意一下。」把杯子舉起來，「愛喝的就喝，不愛喝的也不必勉強，台灣是民主的地方。來！隨意就好。」

大家拿起杯子喝了一口。

義母接著說：「說到喝酒，一定要提到我們新店那個組長，他每個月平均抓10個通緝犯，也換10個女朋友，每次換女朋友都會帶來我們公司喝酒，所以每一次看到他帶新的女朋友過來，我們就會跟他說：組長，恭喜喲！又抓到一個通緝犯了喲……」

二哥：「為什麼每次要把新的女朋友帶到你們公司，不帶去『休息』？」

義母：「帶回家怕老婆看到，帶去吃飯喝酒要花錢，帶

去休息怕槍舉不起來嘛！他已經六十四了，有心無力，現都只能要面子就好不能要磨槍子了！」

　　大家嘻嘻哈哈的笑了出來，尷尬場面一下就被帶過。

　　所有人開開心心吃完飯都走了以後，二哥又繞回來，阿民開門一看到他說：「忘了拿什麼的東西？」

　　二哥：「昨天出了車禍，我撞了人家，你那裏有沒有一千塊？」

　　「有撞到人嗎？」

　　「沒有，就撞到人家車子的鈑金。」

　　「你等一下。」阿民進房間拿自己的皮包，只有六百塊，再跟素萍拿了四百給了二哥。

　　「過幾天我再拿來還你。」

　　「不要緊，不急！」

民國73年11月12日，內政部警政署執行『一清專案』，大力清掃全國幫派，所有有組織性的幫會領袖人物，在短時間內遭全面性逮捕，每天晚上新聞報導當天遭逮捕的名單全是大哥級人物，總計被逮捕人數近四千，遭逮捕者一律不經審判直接押送入獄，無監禁期限與出獄日期，整個江湖聞風色變。因為全無法庭審判過程，被史學家指出違反法律保留原則、違反憲法第八條、違反人權基本法，並被視為白色恐怖的延續。

　　阿民在半夜聽到有人不停地按電鈴又猛拍門，他起床打開燈和素萍走出房間，看到岳母也一樣被吵醒從房間走了出來，打開客廳的燈大家走近大門，更清楚聽得到外面的人拍得是自己家的門，而且還不止一個人。

　　阿民叫素萍和岳母站到後面去，然後用凶狠的口氣說：「什麼人？知不知道現在幾點了？」

　　外面的人：「警察，開門！」

　　阿民通過門上的透視孔向外看，的確有幾個穿警察制服和幾個便衣的人在外面。想了一下，難道大哥在外面又犯了什麼大案子，他們是來找大哥的？這麼晚了，難不成有人冒充警察要進來搶劫？

　　阿民不開門，繼續凶狠地說：「你說是警察就是警察，有沒有搜索票？」

「不要不知好歹！我們要破門進去也可以，開門！」口氣更大聲。

阿民想：他說的沒錯，他們若是要破門進來是馬上可以做到，「把警察證給我看！」

其中一個便衣從褲子後面的口袋拿出一個黑色皮包，在門孔前面打開，是警察證。其實阿民一輩子都沒見過警察證長的是什麼樣子，至少對方拿得出一個證件，就少一份偽裝的幾率。

阿民把門打開，對方很不客氣的一下子湧進十來個人，素萍和岳母嚇得臉都發白。

穿制服的警員一進門就往屋子裏面到處搜，阿民指著他們「喂！喂！喂！你們這是幹什麼？我讓你們進來，你們要做什麼至少也先問一下，這樣跟土匪有什麼兩樣，我尊重你們開門給你，你進來就這樣是不是？」

一個便衣走向前，「我們找陳代成。」

阿民：「可以呀！但是你們先表明一下呀，大半夜一進來說也不說就往裏面衝，我這邊還有老人，嚇出病來你要負責嗎？」

「你話還真多！」

「我讀法律的，你說我話能不多嗎？」阿民故意這麼說。

便衣一聽，態度馬上收斂了一點，「不好意思！麻煩你配合一下。」

「可以，要怎麼配合你告訴我，我一定配合，但是請你尊重我們住在這裏的每一個人，態度客氣一點。」

便衣不再說話。

房子也不大，能搜的地方也不多，幾個制服警員馬上回到客廳，「沒有。」「沒有。」

便衣：「抱歉！打擾了。」

所有警察全部走掉。

素萍和岳母嚇得在原地發抖，阿民把他們扶到客廳椅子上坐下，一摸他們兩個人的手都是冰的，去廚房倒了熱水給他們握在手上。想了半分鐘，拿起電話打到阿爸家，才響了兩聲，阿母就接了電話。

「喂！」

「阿爸呢？」

「出去了。」

「去哪裏，剛才有戴帽子的來我這邊找他。」

「電話裏面不要說，你阿爸應該沒事。」

「我現在過去。」

阿民叫素萍今晚和岳母一起睡，自己去阿爸家看到底出了什麼事。

阿民出了家門朝阿爸家走去，越走心越急，走到一半開始跑了起來，到了阿爸家門口已經滿頭大汗。

一進阿爸家，除了阿爸外，大家都在客廳沒有睡意，原來警察去阿民家之前已經先來搜過阿爸家，剛剛警察又來搜了第二遍。

阿民：「阿爸最近收賬的時候打傷了人嗎？」

阿母：「跟收賬沒關系。」

阿民：「到底是什麼事？」

阿母：「今天吃晚飯的時候小妹來電話，說阿忠的阿爸和義父被銬走了，阿忠的義母要她趕快打電話回來，叫阿爸立刻走，這幾天不要回家，也要通知尖頭叔和阿魁叔。我們本來以為是阿忠他們那邊不知道犯了什麼案子怕牽扯到阿爸，是他們自己太緊張了，小妹電話裏面也沒說清楚，就沒有去理她。一直到後來電視夜間新聞才播到有六百多名』竹聯』和『四海』的老大被逮捕的鏡頭，阿爸才覺得不對勁，他打電話給尖頭，尖頭他牽手說他剛剛被銬走，阿爸嚇一跳，再打給阿魁，和阿魁約在火車站，兩個人要去你四叔那邊避一陣子。

阿民：「在瑞芳養雞的那個四叔？」

阿母：「是啊！都十幾年沒和他見面了你居然還記得。」

阿民：「我平時都沒在看夜間新聞，新聞到底說了什麼？」

阿母：「說是什麼『一清專案』，我聽了也不是很懂。」

二哥：「就是國民黨要鏟除流氓！」

阿民皺起眉頭，「流氓那麼多，抓得完嗎？」

二哥：「所以抓大尾的殺雞儆猴嘛！大的抓進去，小的看了就不敢上來做大的，接著大家就解散了，每個人就乖乖的去公家單位上下班，整個台灣就沒有流氓了！」

四弟聽了在一旁大笑了起來。

阿民：「阿爸沒事就好！阿母，那我先回去了，素萍他們還在家裏，剛才警察來抄的時候，他們都嚇到了！」

阿母：「好，快點回去。」

阿民：「有阿爸的消息告訴我。」

阿母：「我知道，快回去！」

阿民剛走，二哥也出門，「我去樓下買包煙。」

「阿民！」二哥在後面跑上來。

阿民回頭一看停了下來。

「阿民，你那裏有沒有1500塊？」

阿民眼神看起來不太自然。

「那天撞了人家的車子去修理，還要補一點錢，修理前的估價跟修理後有點差距。」

阿民心裏開始懷疑二哥是不是又開始賭了，但是現在心裏擔心阿爸和家裏的素萍和岳母，沒心情多問，把皮包拿出來，裏面有2000塊，只拿了1000給二哥，「現在只有這麼多，還要的話等我下個月發了薪水再說。」

「哦！好。」二哥略帶尷尬地收下了1000塊。

五天後，阿爸用公共電話打了一通回家，沒有說在哪裏，只說現在人很安全，阿母說想拿一些錢給他，阿爸說現在不要，他不缺錢。

周末阿民到阿母那邊，看她瘦了很多，想不到平時和阿爸大吵大鬧像個仇人一樣，現在卻像一個少女不知所措。

阿民和阿母一起到小妹那裏，除了探望小妹，還要見阿忠的義母，她和刑事組那邊的人比較熟，想多打聽一下關於『一清專案』的事，還有阿爸接下來該怎麼辦？尖頭叔現在該怎麼幫他？

小妹的肚子又更大了，看她走起路來更加吃力，腰都挺不直，上半身必須微微向後傾才能平衡身體走路，看起來很滑稽。

跟小妹到了阿忠的義母家，也算是開了一次眼界，金光閃閃的，剛走進去還真有點刺眼，金碧輝煌的客廳，還有一個閃閃發亮的吧台和水晶吊燈，就像一家高級豪華夜總會。牆上有一副義父與義母二人穿著像是……像是過年拜壽的藝術照，照片裏兩個人的妝都畫得很濃，阿民差點沒忍住笑了出來。

義母：「通過刑事局那邊的一手資料，『一清專案』是由內政部警政署下達的命令，主要是要對付』竹聯幫』，

聽說是情報局找了『竹聯』的人到美國去辦了一件案子，後來曝了光，美國那邊現在追究起來，所以國民黨現在要弄掉『竹聯』滅口，可是又不能做的太明顯，所以表面上就做成是『掃黑』，所有黑道組織要全部清掃。我們這些被掃到台風尾的人也都遭殃。」

阿母：「阿忠他阿爸跟你牽手，現在在哪裏？」

義母：「阿忠的阿爸在台北看守所，我牽手已經送到綠島了。」

阿民和阿母聽了都嚇一跳，綠島可是關死刑犯和政治犯的地方，據說到了綠島一般都很難再出來。

阿母：「這能把他弄出來嗎？」

義母：「目前弄不出來，這次抓到的全部不必經過審判，有錢也沒地方送，我們的關係又通不到內政部，只有等，希望將來可以有開庭的一天，看是要找律師還是要塞紅包，我們才有可以爭取的機會。阿忠他阿爸一樣沒辦法，但是他沒有在外島，至少將來可以探訪的機會比較大。」

阿民：「能不能拜託妳幫我們打聽一下我阿爸的老人尖頭，他人現在在哪裏？」

義母：「我問過了，抓到當天也送綠島了。」

阿民和阿母的心又沉了半截。

義母：「跟尖頭的家人說，過二十天以後寫信給他吧！太早寫他們會覺得你們消息怎麼知道這麼快，我們都會有麻

煩，等個二十天左右再把信寄出去。」

阿民：「這幾天戴帽子的來家裏抄了好幾次，我阿爸在外面會不會有危險？」

義母點頭不說話，歎了口氣再開口：「這次國民黨是玩大的，我想這個『一清專案』沒有好好掃蕩幾個月是不會過去。告訴你阿爸，他們有可能找得到的地方都不能去，所有親戚、朋友，以前的同學，他們想得到的地方都要避開，他要是打電話回來一定要用公共電話，盡量長話短說，不要提到自己在哪裏，去過那裏，說完了要立刻遠離那個公共電話。」

阿民和阿母坐公車回家，一路上兩個人都沒有說話。

快到站下車的時候，阿民看見阿母的魚尾紋似乎變長又變深了許多，阿民抓住阿母的手，「義母她說大概就幾個月，我們撐一下就過去了，阿爸這麼有氣魄的男子漢，在外面沒有什麼是熬不過去的。」

阿母看著阿民，點了頭，想笑一下卻笑不出來。

阿爸每隔十天左右會打電話回家一次，每次都不說超過三分鐘。

日子一天一天過去，警察再來抄的次數越來越少，來的人數也漸漸少，看得出來『一清專案』正慢慢冷卻下來，阿民每隔半個月都會到警察局去查一下通緝名單，看阿爸的名

字有沒有被消除。

　　二哥每隔一兩個禮拜就往阿民家跑，向阿民一千、兩千地借，什麼理由都想得出來，有一次又說是出車禍撞車，阿民要二哥帶他去看對方的車子，否則不借，兩兄弟因此大吵了一架，二哥罵阿民沒義氣，不相信他，可是沒有用，不管二哥來軟的還是來硬的，阿民都不會再給他錢，並且打電話告訴小妹，如果二哥去找他借錢的話，不管說什麼，千萬不要給他錢，小妹說太晚了，他已經來找過阿忠很多次，前前後後阿忠已經借給他6萬多塊。

　　阿民壓不住自己的火氣說：「妳不知道妳二哥好賭嗎？來了第二次，還給他第三次！」

　　小妹委屈地說：「大家不是說他已經戒了，很認真在開車賺錢了嘛？」

　　阿民幾乎要暈倒，「人都是會變得，如果他行為反常的話，妳不會用腦子想一想嗎？」

　　阿民再打電話給阿母，阿母說二哥最近常常連著好幾天都沒回家，這次已經四五天沒見到他回來了。

　　阿民真是後悔，剛才不應該讓二哥走掉。不過他都是大人了，阻止得了他一時，阻止得了他一世嗎？除非他自己真的想戒，否則還是得搞得和以前一樣，一次又一次越陷越深地到無法收拾才停得下來。

　　阿民整晚都沒睡，他想了多少種可能性會發生在二哥

身上，必須用什麼方法幫二哥解決，現在阿爸和尖頭叔又不在，如果要和地下錢莊『喬』的話，讓阿母去找紅龜來出面，都不知道紅龜的分量夠不夠？現在一清專案抓了那麼多角頭，整個道上規矩不知道會變成什麼樣子？不過求財和求利的原則是不會變的。

　　阿民第二天一大早就打電話到公司請假，他今天一定要想辦法把二哥找回來，如果二哥這幾天真的都在賭場裏無法自拔的話，那跟高利貸借來的錢不斷利滾利滾下去，後果將不堪設想！

　　先打電話給阿母，告訴她今天要請假去找二哥，如果二哥回家的話絕對不能再讓他出門，要立刻打BBCall通知他。

　　要開計程車除了要有計程車執照和營業登記證，還必須要專屬一家車行，阿民先到二哥所屬的車行。阿民告訴車行老板自己是二哥的弟弟，說家裏有急事要找他，車行的老板說：「你去建國北路橋下的計程車休息站看看好了。」

　　阿民再搭計程車來到建國北路高架橋下，那裏停了上百輛小黃。阿民走進高架橋下，看見有些運將就睡在小黃裏面，有些則三三兩兩聚在一起下棋、打牌、玩西巴拉的都有，當下阿民整個人就徹底傻掉，原來在台北開計程車有這麼多誘惑，這麼方便的賭博環境，讓二哥把統聯客運的工作辭掉來開計程車，不等於把他再次送進賭博的深淵中嗎？

　　阿民走進休息站，裏面竟然有廁所、沐浴間、躺臥長椅

的休息室，阿民拿出二哥的照片，問了裏面的人，有幾個說以前有見過，但是今天沒見到。阿民再回到外面高架橋下的停車場到處找，到處問了有一個鐘頭，有人告訴阿民：「你要家裏真有急事找他，就去警廣請他們幫忙好了。」

阿民：「什麼是警廣？」

「就是警察廣播電台，很多開小黃的運將都聽這個電台。」

「他們的地址在哪裏？」

「人不用去，打電話給他們，他們就會幫你廣播，你去翻電話簿，電話簿裏面有他們的號碼。」

「多謝你！」

阿民回到公司，打了電話給警廣，因為是家裏有急事，警廣答應每半個小時廣播一次，請二哥與家中母親聯繫，連續廣播兩個小時。

能做的只有這麼多了，深呼吸了一口長氣後開始公司的工作。

第二天一清早，阿母就下床推開二哥的房門看，沒有回來過。四天後二哥才回到家直接進房裏倒床上就睡，一覺睡了三天才醒。

當二哥醒來的時候是下午2點，阿母立刻打電話給阿民，阿民馬上衝出公司到大馬路上攔下計程車到阿母家，一進門見到阿母就說：「他有沒有出門？」

阿母：「沒有，在洗澡。」

阿民聽到浴室放水洗澡的聲音，他走進二哥的房間，看見他的外衣在椅子上，走過去掏他衣褲的口袋，計程車的鑰匙還在，還有兩張當票，上面的日期分別是三天前和七天前的，再看當票上面所當的物件是金戒指和金項鏈。

阿民想了一下，走出房說：「阿母，妳看一下妳有沒有少一條金項鏈和一個金戒指。」

阿母走進自己的房間，翻了一下自己的櫃子再走出來，臉色非常難看，「少的不只這兩件。」

阿民難過地閉上雙眼，深吸了一口長氣。

戒賭比戒毒還難搞的是，有毒癮的人你可以把他關起來，甚至綁起來，直到他戒掉為止。有賭癮的人你限制不了他的自由，通常都要等到他一無所有，甚至妻離子散，開始變賣一切，開始偷，開始騙，開始躲著不見人才能夠告一個段落。

二哥洗完澡出來，到廚房找東西吃，從飯鍋裏挖了一些白飯出來泡上熱開水，再倒上一些肉鬆，邊吃邊來到客廳，「阿民，你今天沒上班啊？」，說完看到桌上兩張當票，愣了一下，接著把手中的飯碗大力敲在桌上，破口大罵：「我幹你娘的！你現在翻我東西是什麼意思？」

阿民和阿母坐在客廳，看他這次要怎麼演。

二哥看兩個人都沒說話，口氣小了一點，「沒事翻我的

東西，懂不懂禮貌……」

阿民和阿母讓二哥罵了好一陣子，等他罵完，罵不出東西了，阿母才開口：「其它的東西都算了，那個玉手鐲是你外婆留給我的，那個我要拿回來。」

「我什麼時候拿過妳的玉手鐲？有多少人來過我們家？」二哥瞪著阿母理直氣壯說。

阿民看不下去，「你現在是羞恥轉生氣啊？」

二哥轉向阿民：「我幹你娘的！你有證據再來跟我說，什麼人不……」

阿母站起來大聲說：「其它的東西我不要了，把玉手鐲還給我。」

二哥比阿母還大聲：「我幹妳祖嬤的！你爸如果拿了妳的玉手鐲等一下出門被車撞死。」

阿母氣得說不出話，嘴唇一直發抖。

客廳另一頭傳出聲音，「跟這種垃圾還有什麼話好說的！」四弟從自己的房間走出來身體靠在門口。阿民看四弟整個人瘦得只剩皮包骨頭，全身沒有血色，幾乎像個鬼。

二哥轉身看四弟笑了一下，「你這個寄生蟲終於出來了，不吃不喝的，我還以為你已經死在裏面，真不知道誰才是垃圾，我至少會出去開計程車，你在房間幹什麼？看電腦打手槍，打到自己像具乾屍一樣再等人幫你收屍是吧？廢物！」

四弟居然一點脾氣都沒有，還不在意笑了一下，然後說：「阿母說了，她其它什麼都不要，只要玉手鐲，如果你已經把玉手鐲當了，就告訴阿母在哪一家當鋪，如果是賭輸掉了，去把它贖回來，不然就不要再回來，這個家不養小偷。」

　　「我幹你娘的！」二哥邊說邊朝四弟走過去，「你現在是在跟誰講話？」

　　二哥還沒走到四弟面前，四弟就朝二哥臉上揮出一拳，兩個兄弟打了起來。

　　阿民馬上衝過去要把兩個人拉開，阿母看到自己的兒子打在一起，心痛得哭了出來，連叫他們住手的力氣都喊不出來。

　　四弟身體虛弱根本打不過二哥，被二哥壓在地上痛毆，阿民過去要把二哥拉開可是拉不開，只好出拳打二哥。二哥被打了幾拳，變得更火大，轉身過來打阿民。阿母在一旁幾乎心碎，雙手摀著臉哭大聲哭了出來。四弟從地上爬起來，抓起飯桌旁的木凳子，朝二哥背上猛揮下去，二哥大聲叫了出來，木凳子在他身上裂開掉落地，二哥倒地。

　　阿民對四弟吼了出來：「你是想把他打死啊？」

　　四弟：「我們打得過他嗎？」說完到廚房翻箱倒櫃，找出了一條延長線剪一半，綁住二哥的雙腳，再把他雙手綁在背後。

二哥一臉痛苦得看著四弟，嘴裏還是不依不饒地說：「我幹你娘的，我絕對讓你死的很難看！」

　　四弟撿起地上的一節碎木凳，先在二哥肩膀上劃出一道深深的血痕，二哥痛得叫了一聲，再把碎木棍拿到二哥面前狠狠得說：「這個很利，你看到了，你不說出阿母的手鐲在哪裏，我現在就把你眼睛戳瞎。」

　　「阿強，你瘋了！」阿民在一旁叫了出來。

　　四弟：「是，我是瘋了，我不吃不喝，老早就瘋了！我今天準備跟這個垃圾同歸於盡。」說完繼續瞪著二哥說，「我快要沒耐性了！」

　　二哥嚇得一直冒汗，慢慢說出口：「在在車子裏。」

　　四弟：「車鑰匙呢？」

　　阿民立刻從自己褲袋裏掏出來說：「在這邊。」

　　四弟：「你下去拿，如果找不到我馬上把他眼珠子挖出來餵狗。」

　　阿民往大門走去，二哥大喊：「在駕駛座下面！」

　　三分鐘以後，阿民回來，把玉鐲子交到阿母手上，扶阿母進房。

　　四弟把手裏對著二哥面前的木棍放下。

　　阿民把阿母安頓到床上睡下，走回客廳，要把二哥手腳上綁住的電線解開。

　　四弟：「你要幹什麼？你想讓他再去賭啊？」

阿民說不出話，想了一下，也對，精疲力盡得到沙發上坐下。

　　過了20分鐘以後，阿民稍微回復了一些體力，說：「我回去了！」

　　四弟抽著煙看了阿民一下，「嗯！」

　　阿民：「你跟我下來一下。」

　　兩人走到了樓下，阿民說：「這幾天你多注意一下阿母。」

　　四弟：「嗯！」

　　「我看阿母的情況不太好，這幾天我叫素萍過來煮中午飯跟晚飯，晚飯我會過來。」

　　「嗯！」

　　「要把二哥綁到什麼時候？」

　　「綁到地下錢莊的人來把他帶走。」

　　阿民歎了一口氣，想了一下說：「剛才搜他衣服和車子，除了兩張當票，沒看到有欠條。」

　　「他哪一次犯賭沒有搞到地下錢莊上門的？哪一次不是先騙再偷，然後找地下錢莊的？」

　　「地下錢莊上門的話怎麼處理？」

　　「把二哥交給他們就好了！所以不能把二哥放走，阿爸又不在！」

　　「你想叫紅龜來跟他們喬怎麼樣？」

四弟笑了出來，「算了吧！那還不如我跟他們喬」

　　「要不然把阿母接到我那邊住好了，等地下錢莊的事解決了再讓她回來。」

　　「你想她會走嗎？阿母這個人重情重義，這個時候她一定要留下來等阿爸。」

　　阿民又歎了一口氣，「她也絕對不會讓地下錢莊的人把二哥帶走。」

　　四弟露出不屑的眼神：「這個垃圾！」

　　「見一步走一步了，阿爸要是打電話回來，你讓阿爸叫阿母搬到我那邊去，或許這樣阿母會願意過來。」

　　「嗯！」

　　「那我回去了。」

　　「嗯！」

　　阿民走了兩步又轉回來「阿強！」，來到四弟跟前。

　　四弟看著阿民。

　　阿民：「你為什麼不吃飯，你到底在外面有什麼事？」

　　四弟不耐煩起來，把臉轉向一旁。

　　「你再繼續瘦下去就要生病了！」

　　「哭夭啊！」四弟轉身走上樓。

　　三天後的中午。

　　素萍在阿母家煮好中飯，照阿民說的不管四弟吃不吃都

叫他一下，「阿強，吃飯！」

　　阿強也尊重三嫂會吃一點，在飯桌上把菜挾到碗裏，到客廳一個人邊看電視邊吃，再把碗拿到廚房洗好，回到房裏繼續睡覺。

　　阿母餵二哥吃飯的時候，二哥會求阿母幫他解開電線，四弟就會跑出來開罵：「不准解開！妳把他解開我就馬上把他打死。」

　　二哥要是說要上廁所，不管大小便，四弟要他坐在馬桶上，然後把衛生紙遞給他綁在後面的手要他自己擦，絕不鬆綁。

　　今天素萍和阿母吃完中飯，把碗盤洗了以後和平常一樣跟阿母說：「阿母，我先回去，等一下再過來，妳睡個午覺，有什麼事打電話給我。」再到四弟門口，「阿強我走了，等一下再過來。」

　　四弟和平時一樣沒有答復。

　　二哥想四弟和阿母可能都睡著了，「素萍！幫我解開，我要上廁所。」很小聲求著素萍。

　　素萍趕緊搖頭，「我不敢。」

　　「我要大便，不解開不方便。」二哥一直壓低音量悄悄地說。

　　「我叫阿強來幫你弄。」

「不用了！」二哥火大得說。

素萍走出大門，從外面將門鎖上，下到一樓的時候看見三個男的手臂上都有刺青，其中一個說：「在5樓」。另一個說：「幹！沒電梯」。

素萍看著他們走上樓梯，馬上跑到對面的公共電話，打阿民的BBCall.

阿民在自己辦公桌上吃著便當，感覺自己腰間震動，把BBCall拿上來一看，五個0，立刻放下筷子蓋上便當，快步走出公司招手攔下計程車。

門鈴響了幾次，阿母才剛睡著就醒過來，走去門口開門，四弟已經站在房間門口。

「找陳文彬。」

「你哪裏找他？」阿母說。

「阿母，讓他們進來！」四弟在後面說。

二哥在沙發上，想往房間裏跑去躲，可是腳被綁住。

四弟來到門口，把門打開「進來！」，指著沙發上的二哥「人在這邊，已經綁好等你們來拿了！」

門口3個人一臉訝異，這樣子事還是第一次碰到。

四弟：「他在外面還欠了很多人錢，我們已經幫他還了很多，還到什麼都沒有了，親戚朋友能借的，家裏能賣的、

能當的都已經做到山窮水盡，仁至義盡了，人在這邊，要你就帶走，不然等一下被別人來帶走你們什麼都拿不到。冤有頭債有主，人在這邊，找他不要找我們，我們也懂法律，大家不要浪費時間。」

四弟這麼一說，搞得這三個討債的還真不知道該怎麼辦，就算把人帶回去把他逼死打死，他沒錢就是沒錢！

三個人帶頭的那一個，看這家人擺出這種陣勢，也不是一般吃素的，不能用對付平常人的方法，於是來到二哥面前，「你現在有多少錢，先讓我們拿回去交差。」

二哥：「我……我我還有一個手錶，在我房間裏。」

「你房間是那一間？」

「廁所旁邊那一間。」二哥雙眼看向自己房間的方向。

三個人往他的房間走去，翻了不到5分鐘就走出來，回到二哥面前，「不行啦！你這個不值錢，手錶不是螺雷最起碼也要精工的，你房間裏面我們都翻過了，根本沒東西嘛！」

二哥說不出話。

「你不是開計程車的嗎？不然押車子好了。」

「車子的行照已經押給當鋪了，車子跟車鑰匙給你可不可以？」

「不行啦！要可以合法換現金的東西才行嘛！」

「打電話給我妹夫，我妹夫阿忠他家很有錢。」

討債的把電話打去，「他還欠我三萬多，先把欠的還了要借再說。」阿忠說什麼也不願意借。

　　其中一個轉向四弟和阿母，「你們跟他是一家人也幫他一下嘛！多多少少拿一些出來好讓我們回去交差嘛！」

　　四弟看阿母想開口，立刻搶著說：「你們還是把人帶走好了，我們真的已經幫他還了好多，真的沒錢了！」

　　討債的拜托欠債的，欠債的不理討債的，雙方磨磨蹭蹭搞了快半個鐘頭，討債的只好換個方法。帶頭的看這個女的是二哥的阿母，應該會心軟，「那沒辦法了，不是我們不幫你，我們已經盡量幫你想辦法了。」對兩個手下說：「把人帶走！」

　　二哥不要命的喊出來：「阿母，救我！阿母，阿母，妳要救我！我是妳的兒子呀！阿母……我要是被他們帶走，我的腳就會被打斷，我就不能再開車了，阿母……」一邊叫一邊哭出來。

　　四弟看阿母要上前，立刻擋在阿母前面，要把阿母拉進房間，阿母吼了出來：「他是欠你們多少啦？」

　　四弟憤恨地把牙齒一咬，幹！前功盡棄。

　　帶頭的人心裏笑了出來，叫兩個手下把人放開，然後拿出二哥簽的欠條，「74萬。」

　　阿母看了一下欠條，來到二哥面前說：「數目對不對？」
　　二哥猛點頭。

阿母：「我頭家是土城『天義』的，打個折扣。」

「有得談，有得談！」帶頭的開心地說。

大家在客廳坐下，阿母和四弟坐在一起面對帶頭的一個人坐正對面，他的兩個手下站在他身後。阿母出的價是打對折，三分利，分兩年還清。對方給的是九折，七分利，一年清。

對方已經抓住阿母不忍心讓二哥被帶走，態度是越來越不客氣，口氣越來越囂張，對阿母講話『幹』這個怎麼樣，『幹』那個怎麼樣。四弟再也忍不下去，拍桌子對他『幹』回去。雙方『幹』到最後站起來就快要開打。

門口傳來一陣熟悉的聲音，「你爸收賬收一輩子了還沒有見過這麼笨的，收賬到底是來求財還是求氣的？」

阿母叫了出來：「阿成！」站起來向前撲到阿爸身上，抱住阿爸痛哭了起來。

「阿爸！」四弟也叫了出來。

自己的女人緊抱著自己像個小孩似的哭起來，阿爸男人的威風無形地流露出來，一股神氣都煥發在臉上。

阿爸一個人走到他們3個面前，「我廟口『天義』的阿成，你哪裏的？」

「我『黑龍』阿桃，我老大是阿毛。」

「陳文彬是我兒子，他欠多少？」

「74萬。」

「打對折，兩分利，分3年，下個月1號開始來收第一期。」

對方臉色一下變得很難看又很不爽，「事情有這麼談的嗎？」口氣又大聲起來。

阿爸把雙手插在腰上，前面挺著一個中年人的大肚子，口氣比對方還要大聲：「打電話給你老大，說我『天義』的阿成找他。」

對方半信半疑又不敢不打，走到電話旁邊，打通了電話，「老大，有一個自稱是『天義』的阿成要找你。」

電話的另一邊說：「阿成！好，電話給他。」

阿爸接過電話，「阿毛，我阿成啦！」

「阿成！真的是你，我老大都被『一清』抓進去了，你還在外面啊？」

「別跟我說這些五四三的！前些日子我一個兒子跟你們簽了一張74萬的欠條，給我打個對折，三年兩分利，下個月1號開始收第一期。」

「好啦！你把電話給阿桃。」

阿爸把電話拿給阿桃，「拿去！」

「阿桃，他是阿公的好朋友，照他說的重新做一張條子，叫他有空過來公司泡茶。」

「知道了，老大。」把電話掛掉。

阿桃從他的手提包裏拿出一份新的合同，一式兩份，填上空白處，再讓二哥簽名蓋上手印，走的時候恭恭敬敬地對阿爸說：「我老大請你有空過去泡茶。」

　　阿爸：「知道了，不送！」

　　三個人走出了大門。

　　阿母看他們3個走掉以後，再次撲上阿爸胸懷，大聲哭了出來，阿爸不斷拍著阿母的背，「好啦！都解決了就不要再哭了，我人都回來了！……」

　　阿母抓著阿爸死不放，邊哭邊說：「人家擔心你嘛！」

　　「好了啦！給孩子看到不好啦……」

　　這時候阿民滿身大汗衝進大門，竟然看到阿爸，再看到阿母在哭，也抱上阿爸哭出了眼淚「阿爸！」

　　「好了啦！你爸還活著，別哭了，都別哭了……」伸出另一只手把阿民也一起抱住。

　　四弟在一旁看著，慢慢的，溫和地笑了出來。

　　大家在客廳坐下。

　　阿母抓緊阿爸的手，「你現在回來會不會太危險？」

　　阿爸：「已經四個月了，我看警察那邊應該已經鬆懈下來。」

　　阿母：「你這樣突然回來真是嚇死人，都不知道是應該高興還是應該擔心才好。」

阿爸：「其實我在樓下已經觀察5天了，確定沒有戴帽子的才上來。要不是看到收賬的人上來搞了那麼久，我本來是要多觀察3天才上來的。」

阿民：「我擔心警察過陣子還是會再來臨檢，萬一再來我們要怎麼辦？」

阿母：「最近這兩三個月，他們都只來一兩個人，隨便看一下就走了，不會像頭兩次那樣翻櫃子、看床底查得那麼仔細，到時候阿爸躲到衣櫃裏去就好了，最要緊的是不要再出門了。」

阿民：「還有十幾天就到下個月1號了，照二哥剛才簽的契約，他每個月1號要拿出差不多一萬二給地下錢莊，當鋪那裏雖然只是押他行照沒押車子，不過我認為他還是不要再回去開計程車了，時間太自由沒有約束，而且開計程車在一起聚賭的太多了，他早晚又忍不住。」

四弟：「每個月一萬二根本不多，又不用交房租買菜，只要肯做有什麼工作找不到。」

「你！」二哥本想罵四弟，馬上又吞了回去。

阿爸看向二哥說：「怎麼樣？你有意見啊？你現在有意見是不是？說出來大家聽聽看啊！我們家很民主的，說出來啊！」

二哥把頭低下。

阿爸繼續說：「怎麼樣？沒話說是不是？你要是沒話說

那換我說了哦？」嗓門突然大起來，「給你爸跪下！」

二哥慢慢從沙發上跪到地上。

阿爸：「你從十幾歲開始，每隔幾年都要給你爸搞一次，害得你爸一輩子存不到錢買不起房子，你要搞也不挑個時候，偏偏在你爸跑路的時候搞這一齣，我不在的時候不但沒照顧你阿母還搞得地下錢莊的人來跟她大小聲」阿爸越說越氣，走到二哥跟前給他狠狠一巴掌，「我幹你老母！」

大家在一旁沒人勸阿爸。

阿爸低著頭對二哥繼續罵：「這幾天我在樓下看得都清清楚楚，阿民和素萍為了照顧阿母，為了你的事跑進跑出的多少趟，阿強平時什麼事都不理的，關鍵時刻還不是為了你站出來跟人家『喬』，啊你呢？你都做了什麼？你阿母連你的內衣褲都幫你洗，你對她做了什麼？」又是一巴掌狠狠地打在二哥臉上。

阿母想去勸阿爸，阿民立刻對阿母搖頭，要阿母不要出聲。

阿爸對二哥邊打邊罵，「……今天晚上不准吃飯，在這邊給我跪到天亮，明天早上告訴我除了地下錢莊的錢，其它欠人家的你要怎麼還？」

阿爸很想小妹，讓阿母打電話給小妹，要小妹回家一趟，是阿忠接的電話，阿忠百般推辭，理由是小妹肚子大，

行動不方便，需要在家好好待產。

第二天阿民打電話給小妹，是小妹接的電話，也是不斷說自己不方便回家，阿民只好作罷。

幾天後，小妹早產，過了兩個禮拜以後才打電話通知阿母，阿母高興得告訴阿爸他們當外公、外婆了。

阿爸覺得奇怪，怎麼兩個禮拜前就生了現在才打電話來講？

第二天阿母和阿民、素萍、素萍的母親一起到阿忠家去看嬰兒，才告知小妹阿爸現在在家裏，因為怕家裏電話被警方監聽所以不敢在電話裏說。阿母略帶責備地問怎麼過這麼久才打電話來說孩子出生了？阿忠說因為公司出了一些事，太忙了，到底什麼事也不願意說。阿母拍了好幾張嬰兒的照片回去給阿爸看。臨走的時候，阿忠說等小妹做完月子會帶孩子一起回去看阿爸。

回家路上在公車裏，阿民對阿母說：「妳有沒有看到小妹臉上好像有一些沒散掉的淤青？」

「看到了。」阿母說，「難怪要拖兩個禮拜才通知我們！」

阿民：「要命的是小妹她自己也不願意說，我們怎麼好介入。」

「回去千萬不要跟你阿爸說這個事，以他的個性是絕對吞不下這口氣，尤其是現在這個時候，他千萬不能出事。」

「我知道。」阿民沈重得說，「等小妹做完月子過來，我私底下再找阿忠談。」

阿爸看到洗出來的照片，開心了好幾天，連續好幾天照片都拿在手上看了又看。也問了阿母好幾次，「都生了兩個禮拜了，怎麼拖了這麼久才通知我們？」

阿母：「都跟你說了，他們公司出了事，人家有人家不方便的地方，我是怎麼知道他們為什麼拖這麼久才通知我們？」

阿爸每天數著小妹坐滿月子的日子，心裏開心盼著能夠看到小妹抱著外孫來看他的那一天，想不到那一天提早到了，不過來的只有小妹一個人。

早上十點多，門鈴就響，阿爸、阿母、四弟、二哥全部突然間機警起來，沒有認識的人說過今天要來，隨時隨刻會來的人只有阿民一家人，但是他們都有鑰匙，不必按門鈴。

阿爸躲進房間裏面的衣櫃，阿母到門口去開門，一看到小妹，整個人愣住，不知道該不該讓她進來，二哥看阿母在門口動也不動，覺得奇怪，走向前去看了也是一愣，接著脫口說了出來：「妳怎麼……」

阿母立刻對二哥用食指在嘴前做出『噓！』的動作，要二哥不要出聲。

四弟躺在房間裏，本來不想管的，但是覺得奇怪，怎麼阿母去開個門就一直沒了聲音，難道有人進來搶劫？便下床

走出房間，正好看到阿母把二哥推出去，小聲叫著二哥帶小妹到巷口的咖啡廳去等她，不要進來。

四弟走到門口一看，看到小妹半邊的臉是腫起來的，嘴唇也是腫得，哭得滿臉是淚，明顯就是被人打的，除了阿忠還有誰有可能會幹這種事？「我幹你娘的！」四弟一股火上來，大聲罵了出來。

阿爸聽到，從衣櫃裏走出來，先是在房間門口偷偷地看，門口並沒有警察，再走到門口要看究竟是什麼事，一看到小妹的臉，「我幹你祖嬤的！」破口而出，轉身走進廚房，拿了一把水果刀往外走衝下樓梯。

阿母立刻大喊：「阿成！我已經失去一個大兒子，你要我連唯一的丈夫也沒有嗎？」

阿爸雙腳定在樓梯上，背對著阿母，呼吸越來越急促，滿臉漲得通紅，把手裏的刀大力地摔到地上「幹！」，轉身走回屋子裏，走進廚房，找不到酒，只有一瓶煮菜用的米酒，打開瓶蓋就對自己猛灌，把整瓶灌完，然後搖搖晃晃得走進房間，還走不到床邊就倒在地上打呼。

中午，阿母打電話給阿民，阿民讓阿母把小妹帶到自己家，免得阿爸醒來看到小妹臉上的傷又火大起來，自己下班以後會打電話給阿忠。

『家暴』不單是指在家中發生的暴力行為，也是指在家裏面的時候才會有衝動的暴力心理疾病；在家外面的時候不會。

　　導致家暴的大多數原因是來自童年的影響。一個人從小在家暴環境中長大，只知道事情在憤怒的時候以暴力解決。長大後在家中一受到刺激就立刻失控只懂得以暴力處理。

　　可憐之人，必有可恨之處；可恨之人，也必有可憐之處。出手製造家暴的人固然讓人難以忍受，讓人欲加以批判，可更重要的是讓這些人接受心裏治療和輔導，終止家暴繼續發生，不然感情導致的身、心傷害在這個家庭中會繼續發生。

　　其實，某些時候解決家暴的方法可以很單純，只要在家暴發生前，其中有一方願意包容（包容並不等於認輸或是姑息，而是大方），就能看到情況開始好轉。回報率是絕對值得的。當然，這是不容易做到的，因而『幸福』才會那麼地可貴！

阿民回家見到小妹，的確是慘不忍睹，不只眼球出血，牙齒也被打掉一顆。當阿民問起怎麼回事，小妹一直說是自己不對，自己哪裏不對，自己怎麼不對，阿民幾乎快聽不下去。

　　「好吧！那就用妳的邏輯說吧，妳是哪裏不對？」

　　「阿忠受不了人家罵他老母，說他都是靠他義母不是靠他自己才有今天，他一受不了就會動手。而我們每次吵架我都會拿著兩件事罵他。」

　　「喔！妳自己倒是很清楚，那妳為什麼知道了還要這樣做？」

　　「因為其它的話都吵不贏他，只有這兩件事可以讓他沒話說。」

　　「但是讓他沒話說的代價是讓自己受傷，一次就夠了妳還搞那麼多次幹什麼？」

　　「因為吵不贏他我就不甘心，我做不到。」

　　「妳剛才都說是妳自己不對了，那為什麼還要繼續做？」

　　「反正我就是做不到吵架的時候不提這兩件事。」

　　「那妳還要繼續做，繼續被打？」

　　「不要，我受不了！」

　　「妳不想被打，又要繼續刺激他，妳覺得可能嗎？」

　　小妹說不出話。

「我覺得妳已經比一般女人聰明了，很多女人都看不到自己的問題，出了事只會一味得訴苦，博取同情，說對方不對，妳卻可以看到自己錯誤的部分還願意承認，但是不願意做調整。」

　　「我不是不願意，我清楚自己做不到。」

　　「那也好，離婚吧！免得以後演變到有生命危險。」

　　「我不要，離婚很沒面子，我才剛結婚吧！」

　　「那也比將來被他打死好呀！我看他打妳越打越嚴重了！」

　　「可是我們才剛生了孩子就要離婚啊？」

　　「很簡單，讓法庭判就好了嘛！這是最簡單的，撕破臉，也順天意，也不會有沒完沒了的手尾。」

　　「你怎麼不幫我？」

　　「我是在幫妳啊！我在幫妳找對的路。如果妳要一個幫妳一起罵他，幫妳打他的人，那是真的幫妳嗎？那只是幫妳暫時爽一下而已，有幫妳把問題解決嗎？」

　　小妹流下不甘心的眼淚。

　　阿民把手放在小妹肩膀上，語氣轉柔和地說：「先分居一段時間好了，你們雙方先讓怒火平息，好好冷靜一下，妳先住在這裏，讓素萍好好幫妳把月子做完，等臉上的傷好了再去阿爸那邊，不然阿爸他們看到妳這樣又要難過。我知道妳剛生，會想孩子，先忍一下，做完月子，把身體先養好再

說，好不好？」

小妹再度流淚，點頭。

吃了晚飯以後，阿民進房間把門關上，打電話給阿忠，告訴阿忠小妹現在在他這裏，阿爸很生氣，雙方先冷靜一段時間，「都是大人了，以後再怎麼吵千萬不要動手，孩子看到了不好！讓小妹在這邊好好做完月子，你再來把她接回去，到時候帶孩子過來給他外公看。」

阿忠沒說什麼話，大概是知道自己理虧，「我知道了。」

兩個禮拜一過，小妹剛做完月子，阿忠就打電話來要接小妹回去，阿民在電話裏面告訴阿忠，必須尊重阿爸帶外孫去給阿爸看，不然阿爸會更氣，最好帶上他義母，義母比較圓滑，到時候能化解尷尬，也建議阿忠在阿爸面前認錯並承諾絕對不會再對小妹動手。

第二天，阿民提早兩個小時下班，四點到阿爸家先幫阿忠說話。

阿爸火大地說：「哪有打人打成這樣的，是有多大的仇恨啊？」

阿母在一旁說：「小妹再回去不被阿忠打死！」

阿民：「小妹已經是大人了，這是他們自己家裏的事，更何況小妹自己說了，她老是說一些阿忠受不了的話刺激阿忠，說多了阿忠當然會抓狂。」

阿爸：「奇怪咧！你今天講話怎麼像換了一個人？是不是阿忠給了你什麼好康的，所以你一直想要把小妹送回去給阿忠？」

阿民：「阿爸，我是那種人嗎？小妹在我那裡這幾天，我跟她談了很多，甚至跟她談到要不要離婚，她說孩子都生了不想離，我才支持他們好好重新開始。我也跟阿忠在電話裡面說過了，將來不管怎麼吵都不要動手，況且，你們想想看，小妹有了孩子要再結婚是不是比較困難，在社會上是不是比較容易讓人說三道四的？」

阿民對阿爸、阿母說了將近一個鐘頭，終於說服他們，條件是阿忠必須跟小妹認錯，並寫下保證書絕對不再對小妹動手才能把小妹接回家。

五點左右，素萍和素萍的母親與小妹一起過來阿爸家吃飯。大約七點半，阿忠和他阿母、義母來到阿爸家。

他們一進門，義母立刻把嬰兒抱給阿爸，笑著臉說：「你看，他的眼睛跟嘴還有點像你哦！」

阿爸和阿母看著外孫，從頭到尾都沒有笑容。

義母再把阿忠叫過來，要他跟小妹道歉，然後跟阿爸和阿母道歉，義母接著對阿爸和阿母說：「小孩子就是小孩子，雖然是結了婚畢竟是太年輕，我既然做了阿忠的義母了也是有教育的責任，真是抱歉！」把阿忠的阿母也拉過來，接著繼續說：「我們兩個做大人的，在這邊跟你們說一句對

不起！是我們阿忠不對，是我們沒有把孩子教好⋯⋯」對阿爸和阿母再三地鞠躬。

阿母的濕眼眶盡是心疼小妹的委屈。

小妹看到阿爸、阿母臉上的不甘，才感受到自己讓他們有多難受，自己有多不孝，一時間忍不住哭了出來。

阿民在大家面前說：「阿忠，你們來之前，我跟我阿爸、阿母談了很久，事情過去就過去了，但是我們希望你要知道，如果你自己的孩子被人家打成像小妹那天那樣，你應該也很難吞的下去，希望你考慮到我們身為小妹家人的感受，我們希望你把小妹帶回家以前寫一份保證書，給我們一個承諾，從今以後絕對不再對小妹動手。」

義母立刻說：「那是當然，應該的！」

阿忠的母親也在一旁點頭。

義母：「阿民，麻煩你有沒有紙跟筆？」

阿民去把紙和筆拿來讓阿忠寫下保證書同時，義母和阿爸、阿母談了『一清專案』的一些事，其中義母提到她的牽手從綠島給她的回信中提到，在獄中放風的時候有見到尖頭，他們還說過話。

阿忠寫好保證書，大家聊了沒多久，小妹就和他們走了，臨走前，義母還請大家下個禮拜天晚上到她家吃飯。

四天後早上不到八點，門鈴一響，阿母從床上坐起來。

門鈴再響第二次，阿母的眼睛睜得好大，一巴掌往阿爸的屁股打下去，阿爸被打醒看著阿母，懶洋洋地說：「幹妳娘的現在幾點？」

門鈴又響了一次，阿爸立刻掀開棉被下床，躲進衣櫃裏面。

阿母披頭散髮走到客廳去開門，門一打開，大聲叫：「阿成──！」

「我幹你娘的！」，阿母罵了一句又大叫阿爸一次：「阿成───！」

阿爸從房間走出來，還有二哥、四弟也走了出來。

小妹在門口，她的臉腫的像豬頭，滿臉淚水懷裏抱著孩子。

阿爸破口大罵，幹譙了幾句，開始打電話招集人，他要帶人去把阿忠的手腳打斷，這次沒有任何人阻止的了阿爸。

因為還不到早上八點，大部份的人都還沒起床沒人接電話，阿爸更是火大，把電話用力掛上，大聲說：「阿蘭，把家裏貴重的東西和衣服帶上，跟小妹到阿民家帶素萍她們母女到苗栗三叔公家住幾天，打電話叫阿民馬上請假回來跟你們一起去。我不管阿忠他堂口有多少人，今天不打斷他雙手雙腳我不姓陳。文彬跟阿強現在跟我到公司！」阿爸下了決心不惜代價要立刻開戰。

阿爸、二哥、四弟面帶殺氣地走下樓，一台黑色賓士正

福爾摩沙哀愁

256

好開到大樓門口，下車的是阿忠和他的兩個手下。

阿爸火大得說：「我幹你娘的，你還敢來！」

阿忠：「把孩子給我，什麼條件我都可以答應你。」

阿爸兩眼猙獰，「我要殺了你！」

兩幫人立刻幹上。

路上有人圍觀，有人躲開，有人報警。

阿爸不要命的火氣爆發出來，不停地吼叫不停地朝阿忠臉上揮拳，不管阿忠怎麼打阿爸，阿爸都感覺不到任何一點疼痛。四弟一身瘦弱，打沒幾下就已經倒在地上挨揍。二哥有七個前科都是傷害和重傷害罪，標準的街頭打手，解決掉自己的對手以後，從路邊拿起一塊磚頭，朝壓在四弟身上的人從他後腦砸下去，再回去砸剛才被自己打倒正要從地上爬起來那個，又是從頭上狠狠得敲下去。

阿爸火大到極點，阿忠根本打不過阿爸，只有被挨打的份，阿忠覺得快承受不了，從褲子口袋拿出一把彈簧刀一按，響了一聲刀子隨即彈出。「幹！」阿爸罵了出來，立刻抓住阿忠握刀刺過來的那只手，再用另一只手把刀子搶下，朝他肚子刺進去，阿忠痛得大叫出來，倒在地上打滾。

遠處傳來警車的聲音，二哥和四弟過去要把阿爸拉走，可是拉不動，阿爸仍然不斷踢著倒在地上的阿忠「我幹你娘的」

警察車的聲音越來越近，四弟到阿爸面前，把阿爸用

力往後推，同時對二哥說：「快點帶阿爸走，不然就走不了了！」

這時阿爸才開始冷靜下來跟二哥跑開，四弟轉身蹲下，拔出阿忠肚子上的刀子，把刀柄上的指紋在自己衣服上擦掉，重新握在手上，然後擡頭一看，前方已經有幾個警察陸續下車，四弟一聲嘶吼，把刀子往阿忠的心臟狠狠地刺進去再抽出來，然後慢慢地站起來。幾個警察已經拔槍指著他緩緩向前走近。

一個身穿便衣看上去約五十來歲，頂著啤酒肚，留著兩撇小八字鬍的副組長，走在四個制服警察的前面。他看四弟手上拿著一把小刀，骨瘦如柴，面無血色，根本不放在眼裏。

四弟用刀指著這個副組長，「人是我殺的，我幹你娘！你是要怎樣！」

副組長兩手空空，一副比四弟更狠的眼神說：「你承認人是你殺的是不是？」

「是啊！我幹你娘的！你想怎樣？」四弟把下巴擡得很高說。

副組長越走越近，「人真的是你殺的就對了？」

「是啊！人是我殺的，我今天就連你也一起殺，我幹你娘的！」

「哦！你連我也要一起殺就對了？」

「我幹」

副組長來到四弟面前，沒等四弟把話說完，突然抓住四弟握刀指向他的手腕，幾個迅速的連續動作，四弟已經被壓倒趴在地上，握刀的那隻手被死死地扣在背上。副組長三十幾年前在警校學的擒拿手，僅僅這一招讓他縱橫了江湖幾十年，就算今天撐了一個啤酒肚也一點都不受影響。

阿忠心臟的傷口過深，在救護車開往醫院的路上不治。

四弟被押到警局以後竟然非常得配合，「只要你們給我水喝，給我煙抽，給我上廁所，給我雞腿便當，我一定全力配合，不管問我什麼，我都會承認。」

四弟果然很快就做好筆錄，在看守所等開庭。在這期間，阿母、阿民、小妹去了看守所兩次要探訪四弟，可是四弟不願意見人。阿民幫四弟找了一個律師，四弟竟然要律師轉話給阿民：「不要浪費錢，我不會接受律師為我辯護。」

阿民只好以寫信的方式聯繫四弟，懇求四弟見他一面，阿民會單獨一個人見他，懇求看在是兄弟一場的份上見他一面，之後不會再打擾他，自己將會在下禮拜一早上過去。

阿民抱著最後一次希望到台北看守所。當阿民見到四弟剃光頭穿著囚服走進探訪室，心情非常激動，幾乎說不出話。四弟隔著玻璃拿起電話筒，阿民也拿起了電話筒卻一時哽硬出不了聲。

四弟冷冰冰地說：「是你要見我，來了又不說話。」

阿民張開嘴，花了好大的力氣才說出話：「你終於願意

見面了！」

「有什麼事？說吧！」

「大家都很擔心你！」

「到底有什麼事？」

「阿母說她能不能見你？」

四弟拿開話筒要掛回去。

阿民立刻用手拍打玻璃，「等一下！等一下！我有事情問你。」

四弟把電話筒貼回耳邊，看著阿民。

「你為什麼要殺阿忠？」

「他打小妹，我不爽。」

阿民搖頭，「阿強，我們都不是三歲小孩子了，那個時候你還知道要叫阿爸走，可見你的頭腦是清清楚楚的，你還要繼續騙嗎？」

四弟笑說：「阿民就是阿民，從小就是最聰明的，成績也是最好的，」

「看在大家都是一家人的份上，告訴我吧！」

「你這麼聰明，為什麼會不明白呢？」

阿民搖頭，「我想了很久，就是想不明白。」

「你想想看，阿忠受傷會有什麼後果？動手的人前科累累，重傷害最少10年，『楓林館』也會殺過來。要是阿忠死了呢？傷阿忠的人沒事了，一切都算在殺阿忠的人身上，

『楓林館』雖然和『天義』結下世仇，可是不會殺過來，因為凶手在牢裏等著槍斃。」

阿民神色沈重，不斷地搖頭「不，不對！這不合算，事情不是這麼算的！」

「我書桌最下面的抽屜，你去看了就明白。」

阿民內的心沈痛和疑惑交雜著。

四弟淺淺得笑出來，「你知不知道人最滿足的是什麼嗎？」

阿民透過玻璃看向四弟沒有說話。

四弟：「能夠在最適當的時候選擇要怎麼死。」

阿民歎了一口氣，「讓阿母見你一面好嗎？」

「讓我在臨死前清淨一點好嗎？我不想有太多牽掛，走得不俐落。要見開庭的時候就見得到了。臨死前能夠做阿舅的感覺真好！記得我年輕的時候有一次陷在一堆人群裏面吸毒，是你和小妹把我救出來的，謝謝你！」四弟把電話筒掛回去，慢慢轉身走出探訪室。

阿民迷茫、心痛，不知道該怎麼辦，不知道能為四弟做什麼？

阿強啊！你為什麼要這樣？

阿民回到阿爸家，走進四弟的房間，打開書桌最下面抽屜，有兩間醫院的驗血報告，都是艾滋病『陽性』。阿民終於克制不住，在四弟的房間裏面哭了起來，用力緊閉住嘴抽

2
6
1

泣，不敢讓外面阿爸和阿母聽到。

要怎麼跟阿爸、阿母講？

阿民在四弟的房間裏花了將近兩個鐘頭才讓自己平靜下來。愛滋病是絕症，四弟越來越瘦，臉色越來越蒼白，那是生命油盡燈枯現象，不知道他還有多少時間，早晚要告訴阿爸和阿母，可是要怎麼說出口？要什麼時候說呢？

阿爸、阿母、二哥在客廳。

阿爸：「阿民在阿強的房間那麼久是在幹什麼？」

二哥到阿強房間門口看了一下回來說：「在看幾張紙，不知道是什麼看那麼久？」

阿民走出來，大家看了他一下，注意到他兩眼紅腫，臉色很差。

阿民：「阿強阿強他……」最終還是說不出口，把手上的驗血報告放在客廳的桌上。

阿爸拿了一份，阿母拿了一份。阿爸看了以後再看著阿民說不出話，二哥看阿爸表情木訥，把阿爸手上的紙拿過來看。阿母一邊哭一邊說：「原來他不跟我們一起吃飯，不來客廳跟大家坐在一起不是討厭我們，是怕傳染給我們，自己一個人孤孤單單的在房間裏面默默承受……」

一個月後，四弟在獄中被發現是愛滋病感染者，被轉到桃園分監，因為那裏有病監，可以為四弟供應有限的醫療與隔離。

開庭的那天，除了阿爸，大家都來了，他無法走路，是被庭警用輪椅推出來的，雖然帶著口罩遮去了一大半臉，可是我們可以看到他的眼神半開，讓人覺得一下老了二十歲。

四弟承認一切控訴，拒絕上訴，似乎渴望盡早可以的獲得執行死刑。

法官判決無期徒刑，退庭的時候，他的目光在人群中找到了我們，一直看著我們，露出了疲憊和開心的眼神，那是我們最後一次見到四弟，也是四弟留在我們心中永遠的畫面。一個月後，四弟死在獄中。這期間，阿母嘗試到獄中探訪四弟好幾次，都沒見到他。

三個月後，阿忠的義母打電話給阿民，她說阿忠的阿母希望孩子能夠回到阿忠家認祖歸宗，不知道小妹的意思如何？孩子畢竟姓周，應該要認祖歸宗。阿民說要認祖歸宗的話，小妹也應該跟孩子一起回去。現在大家都還再傷痛中，過些時日再說吧！義母說小妹帶個孩子要再嫁人畢竟是個累贅，阿忠的阿母願意給小妹一筆生活費讓她可以好好生活。義母雖然說得這麼婉轉，可當下這種話阿民卻越聽越刺耳，阿民說孩子也是小妹的骨肉，如果讓法院判的話，孩子一定是判給第一親人；小妹帶個孩子嫁人的累贅是誰造成的？你們做大人的有沒有教導的責任？妳們當初跟阿忠來寫保證書那天是誰說絕對不會再讓這種事發生的？小妹現在還沒再嫁妳就說她有累贅，你一個做長輩的講這種話會受人尊重嗎？阿民說完就把電話掛掉。

　　阿民很清楚，阿忠的義母是在試探小妹和小妹一家人對孩子的態度；阿忠是獨生子，孩子現成了阿忠家唯一的香火，要孩子的話，走法律途徑是沒有用的，只能用搶的，兩邊的人都有角頭的背景，搶起來的話，等於是兩個幫派開打，但是目前在一清專案的壓力下，他們還不至於會這麼快出手。

　　尖頭叔的牽手來找阿爸，尖頭叔有開庭的日期了，這是非常好的消息，不僅在開庭的時候可以看到尖頭叔，只要能

開庭就會有出獄的日期，有爭取上訴提早出獄的希望。尖頭叔是阿爸的結拜大哥，開庭那天阿爸自己不能出現，但是他要全家人都去，阿民也事先跟公司就請了一天的假。

二哥今年三十九歲，找工作非常困難，只能靠阿爸和阿母的關係找了一份白天洗車的工作，還有晚上在夜市端菜收碗的臨時工，每個月底到手的薪水，隔天幾乎全部還債又交出去。每天的時間排的很滿，沒空亂跑，雖然日子過得規律，可是心中總有一股不平衡和厭惡。白天洗車的時候如果是大熱天，太陽總會曬到自己眼睛都睜不開，甚至頭頂熱到發燙，當二哥時不時用洗車水淋一下自己的頭頂，緩和一下炎熱的氣溫，賭場那種一把通殺的畫面和誘惑就會出現，一分鐘在賭桌上就能進帳幾千，甚至幾萬，而我現在是在幹什麼？晚上在夜市裏，禮拜一到禮拜四是生意最清淡的時候，最清閒才是意志上最難耐最薄弱的時候，二哥總是從麵攤看向外面大馬路，只要跨步走出去就行了，到底要不要走出去？如果這下走了出去，我還對得起阿爸和阿母嗎？要是我贏了呢？我不是沒贏過啊！以前都是輸在西巴拉，我賭西巴拉的手氣不好，那我不要碰西巴拉就好了，對呀！我就不要碰西巴拉就好了！不行，一定要熬下去，把債還清……

十二點多了，二哥還沒到家，阿爸和阿母的臉色開始沈重，打他的BB機沒回，打去夜市麵攤老板家，老板說二哥

今天做到收攤才走。平時禮拜一到禮拜四應該十點半到家，禮拜五到禮拜日是凌晨一點到家，而今天是禮拜二。接下來幾天，二哥沒有出現，也沒有回到洗車和麵攤的地方上班。阿爸要出門去賭場找二哥，阿母哭著不讓阿爸出去，說阿爸現在還被通緝，要是被抓到，四弟就白死了。

阿爸在家又等了兩天，最後還是出了門，到幾個賭場去找，見到熟人總是要坐下來泡杯茶，會拖上一些時間，三天後阿爸回到家裏，把阿母擔心死，阿母連著三個晚上都沒睡過。

一個禮拜後的早晨，一個警察來按門鈴，阿爸又躲進衣櫃，等警察走了以後，阿母來到衣櫃前把衣櫃打開，阿爸看到阿母一臉淚水完全愣住，說：「什麼事？」

阿母：「文彬自殺，警察要我去認屍。」

阿爸在衣櫃裏沒有動彈，過了好久才慢慢坐下，將兩腳放到地板上。

過了幾個小時以後，阿爸不顧電話有沒有警方竊聽，拿起電話打給阿民，「找到你二哥了，你馬上回來一趟。」

阿民歎了一口長氣，「這次他欠多少錢？」

阿爸：「你過來再說。」

「我還沒下班，有必要現在就過去嗎？」

「有。」

「好。」阿民又歎了一口氣，「我把一些事吩咐好就回

去。」

小妹剛從房間裏抱著孩子走出來，「二哥這下是欠多少錢？」

阿爸沒說話，走進房裏。

小妹心想：糟糕！看來數目不少，連阿爸都喬不定。

大約一個小時以後，阿民按門鈴，小妹去開門，阿民走進客廳說：「二哥呢？」

小妹：「還沒回來。」

「阿爸跟我說找到二哥了。」

「是嗎？二哥沒回來啊！」

阿民和小妹一起走進阿爸、阿母的房間，看到阿爸、阿母坐在床上，兩個人都在流淚。

阿民和小妹同時愣了一下，怎麼沒生氣？

小妹：「阿母，二哥這次是欠多少錢？」

阿母這時才輕輕哭出聲音，一邊哭一邊說：「妳二哥自殺了，阿民，你陪我一起去認屍。」

小妹閉上眼也流下了淚水，阿民整個人呆住！

阿民沒有讓阿母去，他自己一個人去。

認了屍，簽了字，領取遺物，還有一封遺書，警察問阿民要不要解剖，阿民說不用。

當阿民走出停屍間，走到大街上，才將剛才整個過程的

強忍釋放開來，一邊走一邊哭，路人見到阿民都多看了他幾眼，走了兩個小時，拿下眼鏡擦了淚水，在旁邊的7-11買了一瓶高粱，喝了兩大口，把剩下的丟進垃圾桶，攔下計程車回到阿爸家。

阿民下了計程車，打開遺物袋，裏面是二哥的衣服和遺物，阿民留下二哥的遺書和手錶做紀念，把其它的衣物全部丟到垃圾桶，不要讓阿爸、阿母看了難過，才走上樓。

阿民回到阿爸家裏，大家都在客廳，阿民把遺書放在桌上，說得很慢：「他在賓館燒炭自殺，第二天賓館的人開門要進去打掃才發現，警察說現場有空酒瓶，遺書我還沒看。」

阿爸非常激動，從他拿遺書發抖的手可以看到，阿爸一邊哭一邊逼著自己把遺書讀完，再放回桌上，阿民再拿過來看，遺書的內容大致上是二哥又向地下錢莊借了十萬塊，不得不承認自己是戒不掉了，只有一死了之才能擺脫賭博的挾持，自己是所有孩子中最沒有的，大哥就算跑路了，也不會給家人帶來麻煩，只有自己，害了阿爸一輩子存不了錢，買不起房子，我終於承認自己是無可救藥的廢物，請阿爸、阿母原諒我帶給你們一生的拖累，也原諒我讓你們白髮人送黑髮人，除了這個方法，我沒有其他更好的方法可以不再受賭癮束縛，可以不再對你們永遠不停的傷害，虧欠的，等來生再報！

雖然遺書中可以看得出來有些字句順序不清，大概是喝了酒以後才寫的，不過他當時內心對無法擺脫賭癮的痛苦和愧對家人的自責還是很明顯。

阿民把遺書放回桌上，想起自己留了二哥的手錶，也拿出來放在桌上，一個卡西歐電子表，「二哥的衣服我丟了，只留了這個手錶。」

阿爸：「你留下做個紀念。」

阿民看了小妹一下，小妹點頭，阿民把錶拿回來，看了一下，想起二哥，再度留下眼淚，將錶收進褲袋裏。

阿民站起來去打電話，「素萍，過來煮飯，今天在阿爸家吃飯，帶媽也過來。」

接下來的日子大家都非常安靜，不管是四弟的極端，還是二哥的不理智，可是每個人懷念的都是他們好的那一面，以前一起成長的那一段時光和兒時的單純，所以格外傷痛。

而時間永遠是傷痛最好的良藥，低落總是療癒的過程，沒有必要逼自己去熱鬧、開心。悲傷離開的時候會像微風一樣，等它走了，你才不經意發現，生命美麗的時段又將開始。

八個月過去，又到了中秋。

大家在阿爸家圍著飯桌吃飯，相互間漸漸開始話多了起

來，大家看小妹的兒子是最開心的事，有時候他會叫出『媽媽！』，有時候會叫出『阿嬤！』，不是每一次都叫得出來。

素萍看桌上的湯已經喝掉一半，站起來到廚房拿湯鍋來加湯，再把湯鍋拿回廚房，然後回到飯桌，阿母一直睜大眼盯著素萍，一直到她坐下。阿母看著素萍的雙眼，說：「素萍，妳肚子圓圓的，是不是有身孕？」

素萍馬上臉紅起來，頭低低的沒有說話。

阿母大力拍了一下自己手掌，大聲說出來：「我就知道！人沒胖只有肚子胖出來，啊是多久了？」

素萍的臉更是羞紅，「快3個月。」

阿爸開心地笑了出來，「來！來！來！大家乾杯，先做外公，再做內公，哈哈哈！」

大家把酒杯舉起來，「乾杯——！」

阿爸高興得站起來和大家乾。

阿母：「小妹，去拿相機出來，今天是特別的日子，一定要拍素萍的肚子做記錄留下來！」

阿民小聲對素萍說：「怎麼沒告訴我？」

素萍再次臉紅，說不出話。

小妹手上拿著相機從房間笑著走出來說：「我兒子很快就有玩伴了，太好了，我不必那麼累了！」

阿母：「我看素萍的肚子是尖的，應該是男的。」

小妹：「三嫂，妳站起來給我看一下，是圓的還是尖

的？」

素萍慢慢站起來。

阿母：「現在看又覺得像圓的」

小妹：「不是啦！跟我懷孕的形狀一樣，是尖的。」

阿爸：「是啊！明明就是尖的。」

阿母：「哎呀！你們不會看啦！這個是圓的……」

「根本就是尖的……」

「是圓形……」

「………」

「……」

無論是無止的慾望，還是徹底的放下，都是在自我的邊緣出力，不如說是渴望得到拯救。

　　或許更應該思考的，拯救是改變還是跨越？

綠島，江湖人又稱火燒島。

尖頭躺在牢房裏的水泥地上，裏面還有其他七個囚犯，大家的情緒都很壓抑，因為已經十幾天沒有放風，牢房的空間很小，小到當所有八個囚犯都肩並肩躺下睡覺的時候，地上就沒有任何空隙。

會來綠島的，都是大哥級的才夠資格，尖頭待的牢房中除了兩個小咖是被抓來『充數』的，其他都是角頭。這兩個小咖每天幹的就是幫其他五個大哥按摩，洗衣服，清理糞坑，晚上熄燈後再幫幾個有癖好的大哥口交。大哥互相之間也會看不爽，在狹小又壓抑的空間裏，每隔兩三天就會幹一架，天氣熱的時候更難受，一天能幹上好幾場架。整個監獄一有暴動，就罰全體人犯一個月不得放風，那是最痛苦的事。

尖頭來綠島已經一年多，都快瘋了，如果能用任何代價離開這裏他都願意。老是在想自己是怎麼淪落到今天這個田地？問題到底是出在哪裏？尖頭一直在想這個問題，他從自己人生有記憶的時候開始回憶：

大概五六歲的時候，阿公帶尖頭到警察局後面的水泥房牆外，那是關犯人的地方，他和阿公躲在一顆樹後面，等到裏面挨打的苦叫聲完全靜止以後，阿公再牽著尖頭來到水泥房一個小鐵窗下。阿公個子不高摸不到鐵窗，他蹲下叫尖頭坐上他的肩膀，再慢慢站起來，讓尖頭往窗子裏面看。

「有沒有看到你多桑？」阿公說。

「沒有。」

「你看到什麼？」

「看到3個人。」

「知不知道那三個人是誰？」

「有一個是紅猴。」

「你問紅猴知不知道你多桑在哪裏？」

尖頭往窗子裏面叫：「紅猴！」

阿公馬上說：「小聲一點，不要讓日本人聽到！」

尖頭改小聲的語氣叫：「紅猴！紅猴！……」

紅猴痛苦得揉著屁股，慢慢走到鐵窗下，「什麼人啊？」

「我是尖頭，我多桑在哪裏？」

紅猴：「他已經被打完了，在辦出獄，你去門口等他。」

尖頭低下頭對阿公說：「多桑要出來了，我們去門口等他。」

阿公：「哦！把包子給紅猴。」

尖頭再朝窗子裏說：「阿公說這些包子給你。」把手中灰紙裏的包子塞進窗子的鐵欄杆。

紅猴的手接到包子，把灰紙打開，跟其他兩個人把包子分了大口吃起來。

阿公和尖頭繞了半圈來到警察局門口，坐到一旁的樹蔭下，沒多久多桑就從警察局門口一跛一跛地走出來，阿公和

福爾摩沙哀愁

274

尖頭走上前，看多桑一臉的疼痛。

阿公：「要不要緊？」

多桑：「塞你娘的！日本人出手真狠，每天一出手就二十大板，接下來一個月都要趴著睡。」

阿公：「紅猴他們怎麼還不放出來？」

多桑：「他們晚我一天被抓，明天才會放。」

阿公看到一輛三輪車經過，立刻招手，三輪車停下來，多桑說：「我的屁股沒辦法坐啦！你和尖頭先上車，我要慢慢走回去才行。」

阿公和尖頭上了三輪車，多桑一只手撐著腰，一只手扶著牆，吃力地向前走。

夜晚，大家圍著桌子吃飯，阿公、多桑、卡桑、尖頭、尖頭的弟弟水牛、多桑的結拜兄弟阿漂，大家圍著桌子挾菜吃飯，只有多桑站著吃。

阿公一邊吃著飯一邊說：「這次賭場被日本人連掃了兩家，損失錢是小事，那些錢我們不用半個月就能夠全部賺回來，賭客都跑到太郎那邊去才是最嚴重的。還有，我們的賭客一向都是台灣人，日本人怎麼知道我們的位置？最近我們的人有沒有跟日本人結怨？欠我們賭債的有沒有金額越滾越大還不出來的？阿漂你去查一下。」

門口有人敲門，「有人在嗎？」

卡桑放下碗筷走到外面客廳去看，跑回來說：「是日本警察。」

大家緊張起來，所有人放下碗筷，正要走去客廳，見到兩個日本警察已經走進來。

阿公非常和氣得走到警察面前鞠躬，說：「大人，晚安！請一起吃飯。」

其中一個警察說了一些日語，旁邊另一個警察立刻翻譯成台灣話：「不必了！打擾到你們用飯，實在非常失禮！我是來對陳日松做臨時檢視，希望你記得過去14天的教化，從今往後從事合法工作，如果再從事非法工作，你的刑罰將會加倍。」

阿公：「陳日松會謹記大人的教誨，從今開始從事合法工作。」

翻譯員再以日文說給警官聽。

警官：「非常好！我會不定時回來檢視陳日松的工作情況。請繼續用飯，打擾了！」

兩位警官向大家點頭行禮，轉身離開。

大家一直送警官到大門外，警官回頭，請大家留步，回去繼續用飯，再次鞠躬才離開。

所有人也鞠躬送兩位日本警官，「大人，慢走！」

等他們走遠了，多桑朝一旁吐了口水，「幹你娘的！」

尖頭從小對自己家族的印象就是三代流氓世家，還記得

阿公跟他說過他年輕的時候在福建漳州，跟他哥哥出去吃飯都不用給錢，每個月還要去賭場和妓院收錢，那算起來台灣三代流氓加上以前在漳州可能至少五六代了！

還記得一次令他印象最深的，那時候日本人剛走，國民黨兵還沒來，台灣呈現無政府狀態，學校的老師也都回了日本，一下子沒得上學。尖頭和弟弟與鄰居孩子在家附近玩打彈珠，尖頭手上的彈珠都輸光了，跑回家要再拿一些，一進客廳的時候，看到多桑神情非常嚴肅，對阿漂和紅猴說：「先把人都集合在港口，留15個在山下。」

阿公沒有說話，只是抽著煙盯著桌上的地圖不停凝視。

多桑看到尖頭從外面跑進來，「尖頭，你弟弟呢？」

尖頭：「在外面。」

多桑：「去叫他回來。」再對卡桑說，「美智子，帶孩子跟多桑去許桑那邊，我沒有去找你們就不要回來。」

多桑說完就拿上武士刀，和紅猴、阿漂對阿公說：「多桑，我們走了！」

阿公點頭，「小心一點，阿山仔他們可能有槍。」

多桑、紅猴、阿漂轉身走出屋子，三個人腳底的木屐聲伴隨著他們踏出大門越走越遠。

卡桑和尖頭出去看到弟弟和一堆孩子蹲在路邊玩耍，「水牛！回來。」，牽上尖頭和弟弟快步走回家。

卡桑手腳很快幫尖頭和弟弟洗了臉和手腳，馬上和阿公

出大門上了鎖。走了好久，來到鎮長許桑家，中飯和晚飯都在那裏吃，一直待到天黑，也在那裏睡。睡覺前，阿公和平時一樣，要尖頭和水牛到他面前背誦『孫子兵法』，已經背了一年，要是能夠完整背完阿公就會賞每人一角元。

　　天剛亮，被一陣喧嘩聲吵醒，尖頭在鎮長家的椅子上睜開眼看到阿爸身上有多處血淋淋的傷痕，極為嚇人，阿漂和紅猴還有另外幾個重傷的人被板車拖回來。

　　多桑來到阿公面前，「拿到了，一共六十二箱，安置在我們祠堂內，有四十個人在那裏守著。」阿公說：「我們還剩多少人？」

　　多桑：「只剩五十幾個。」

　　阿公眼眶隨即充斥了淚水，停頓了一下才說：「你先看大夫，接下來我處理。」

　　多桑到一旁的椅子坐下，卡桑馬上湊過去，流著眼淚幫多桑把破裂的衣服撕開，小心擦拭著傷口。

　　阿公對許桑說：「麻煩你請福州醫生過來。」

　　許桑點頭，「好！」立刻去打電話。

　　阿公走到阿漂身邊蹲下，看他兩眼已閉，嘴唇亦無血色，摸他的脈搏，再把手指放在他鼻孔下，然後沈默得低下了頭。再到紅猴身邊，看他不斷地咳，一直咳出血，對著阿公說：「多桑，我好辛苦我不想這樣……」

阿公看紅猴身上多處的傷口不停湧出大量鮮血，刀傷都在大動脈，臉上極度痛苦，臉色逐漸褪淡呈白。阿公轉頭對卡桑說：「美智子，把孩子帶到後面去。」

阿公等到卡桑把尖頭和水牛都帶離大廳，他拿出一條手帕，說：「紅猴，來世我們做親父子。」將手帕蓋在紅猴臉上，兩只手用力悶住紅猴的鼻子和嘴。

多桑看到立刻伸手站了起來，「福州醫生快要來了⋯⋯」

二個結拜兄弟在自己親眼面前死去，多桑閉上眼無法再看下去。

多桑在床上躺了兩個月，卡桑每天都幫他煎藥。

有一次水牛問多桑，怎麼那麼久沒看到阿漂叔和紅猴叔，多桑沒說話，流下眼淚走開。

尖頭和水牛特別想念阿漂叔，每次過年的時候，他都會和給兩個孩子一塊錢，再帶他們去放鞭炮，玩到半夜。

還記得那是一年以後，學校再度開課的那年，學校裏不再說日文，全說漢文，但是說的是阿山話，不是閩南話。也是那年，阿公跟我說起阿漂和紅猴過逝的事。日本戰敗後，在台灣的日本人陸續離開回到日本，不到半年，幾乎很難再看到日本人，有一個自稱是中將的長野敏郎突然出現在基

隆，對所有幫派發佈一個消息，日本部隊離開台灣的時候因為船艦超載的緣故，在基隆附近埋藏了一批軍用品，除了軍服，頭盔和刺刀，還包括四百隻長槍，兩百五十隻短槍，五十個手榴彈和上千發子彈。他要將這些軍用品全部一次性公開拍賣，只收金條，成交者先付一半，後一半等拿到再付。

　　只要誰拿到這批貨，就能有十足的實力稱霸江湖。

　　拍賣地點在基隆著名的酒家『晚風樓』，參與拍賣的一共有八個幫派，最有實力的四個幫派包括阿公的『天義會』還有『長雲會』、『錦龍館』和上海來的『青幫』。青幫本來只是來台灣做香蕉和糖的出口生意，後來慢慢在台灣打下根基，開起酒家和妓院，開始調度外省妓女到台灣。其他沒有資本實力競標的幫派來的目的不僅僅是充面子，難不免琢磨要等貨一出現就立刻從中攔截。

　　競標進行到最後還繼續喊價的只剩下『天義會』和『青幫』。最後青幫以七十二根金條成交。正當其他幫派離開晚風樓的時候，大家在晚風樓外聽到有女人的嘶吼聲，所有人衝回晚風樓，朝女人嘶吼聲的方向奔去，跑進剛才拍賣的房間，見到長野敏郎已經被割喉死在房間的正中央，一旁端酒的女人嚇得坐倒在地，全身顫抖已經叫不出聲音。

　　多桑：「幹！日本人一定是被套出埋藏的地點，這下阿山仔連金條都省了。」

　　阿公認為以當時日本部隊撤離的狀況看來，軍用武器

最有可能埋藏的地點是在雞籠山周圍，而長野敏郎拿到金條以後，一定是從基隆港上船離開台灣。以這個順序和位置來看，阿公事先把部份人馬分別部署在唯一通往雞籠山的山路上和基隆港港口。這些都讓阿公算中，只是誰都想不到阿山仔他們會這麼狡猾，事情發生這種變化。

多桑叫人到基隆港通知紅猴，馬上從港口撤走帶所有人趕到雞籠山會合，自己和手下則立刻趕到雞籠山先與阿漂集合盯住青幫的動向。

當多桑趕到雞籠山山下的時候，自己人馬只有3個在那裡，其他的人跟在青幫後面進到了山裏面去。

多桑：「他們有多少人？」

「差不多一百人，還是比我們多！」

「怕什麼？五個人跟我到前面和阿漂會合，紅猴來了跟他說繼續跟在阿山仔後面，等我們從前面殺出來的時候，你們就從後面同時夾攻。」

「萬一他們沒有拿到那批軍火，我們還打嗎？」

「照打，這些阿山仔，做事沒有道義，沒有江湖規矩，我們『天義』不鏟除他們，誰鏟除他們？」

「聽說他們原本就有槍。」

多桑一巴掌打下去，「幹！你是在怕什麼？一直講這種這些沒志氣的話，還是不是男子漢？養你真是浪費米！現在烏雲這麼厚，正好遮住月光，我們從樹林兩邊突然夾攻出

來，正好可以做到『出其不意，攻其不備』，今晚做掉阿山仔絕對是天意。把叫價拿出來，較有懶趴吧！」

　　青幫這批人從上海打滾過來，什麼暗局和盤算沒見過，連在租界和老外都交過手，他們挖出軍火以後，把槍都上了子彈扣上扳機才下山，半路上天義會第一批殺出來的人幾乎都成了槍靶子，等到子彈打光要再上彈那時候，天義會才得到進攻的機會，一舉鏟平了青幫。

　　當時的台灣人都被迫受過日式的基本教育，除了學習日語還包括了劍道訓練，雖然內心極度憎恨日本這個外來的侵略民族，卻在日本人嚴厲的影響下墊定了紮實的刀術和武士精神，當下才得以靠著手上的武士刀和內心的氣魄攻下人數更多和佔有武器優勢的青幫。

　　一陣殘酷的廝殺濺血過後，多桑擡頭看向雲天，對所有人說：「等這片烏雲一過，月光一出來，先把拖車上的箱子搬下來，用板車送我們的人去就醫。沒死的阿山仔，再補上一刀。把死的人分成兩邊，一邊是阿山仔，一邊是我們天義的。阿漂，你帶人看好，把箱子……，阿漂？阿漂人呢？紅猴！紅猴！」

　　阿公對尖頭說：「我們天義會消滅了青幫，接掌了青幫一間酒家和四家妓院，雖然持有大量軍火，可並沒有掠奪其

他幫會的地盤和生意，而是維持了基隆的治安和次序，主持道上原有的規矩。台灣人被日本人強行用棍子狠狠地打了50年，打到頭殼都變得老老實實的，連流氓也是講道義，講信義，講倫理，和那些阿山仔完全不一樣。就算當時是其他幫會拿到這批軍火成為江湖第一大幫，他們做的也會是和天義一樣，維持秩序，主持正義。」

阿公跟那些上海來的妓女和酒家女說，有欠青幫錢的，從今天起全部撤消，青幫在台灣已經被天義會消滅，只要你們在台灣就不再欠任何人錢，天義會將會接手青幫的地盤，要回上海的，天義會會幫你們買船票，要留在台灣的，你們可選擇繼續留在妓院或酒家，也可以自由離去。

阿公說完以後，這些妓女和酒家女沒一個有反應，阿公整個人傻掉，「全都聽不懂閩南話，這下可怎麼辦好？」

於是找人到處去問有誰懂上海話，問了兩天以後，終於問到一個在診所的醫生會說上海話，他是道地基隆人，年輕的時候曾經在上海讀過醫。阿公請他來翻譯，才把這些妓女和酒家女的事解決。

『天義會』成為基隆第一大幫會，在當時也可以算是北台灣的第一大幫，因為沒有任何幫會有這麼大的軍火實力，可是這樣的輝煌只維持了一年，直到國民黨部隊登陸台灣，發生了二二八事件。為了上街對抗國民黨部隊，天義會用盡了全部彈藥，所有槍支和手榴彈被國民黨全部繳獲，天義會

和其他幫會的人有過半被槍決，整個台灣進入戒嚴時期。

　　尖頭躺在牢裏的水泥地上，是不是做流氓，踏入江湖，就等於和牢獄結了一世的緣，從十六歲起進少年感化院，到現在進綠島，多少次在鐵籠子裏進進出出。唉！這就是自己的命了，自己一生註定有幾天牢的獄，就一天一天慢慢地嚥下去吧！

　　尖頭開始以閩南話背誦著孫子兵法。要不是坐牢沒事幹，還不會回想起過往，回想起阿公和多桑，回想起自己會背誦全篇孫子兵法。小時後背誦，完全不懂它的意思，現在可有時間好好琢磨它字字句句的意思了。可是沒有用！就只會背，大部分都不知道是什麼字，哪能知道它是什麼意思，搞得自己琢磨得更是苦悶。坐牢最苦的就是『悶』，別再為自己增添更多的愁煩了！

　　尖頭開庭之前，完全沒有機會和律師見面商討案情，其實也沒需要，因為直到尖頭站上法庭，才直知道自己的罪名是『違反懲治叛亂條例』，律師與檢察官私下達成協議，法官判『不起訴處分』，尖頭獲釋！

　　尖頭回家第一件事是先拜祖先，接著吃豬腳面線，然後到外面餐廳點上山珍海味大吃大喝，在裏面吃不飽也餓不死，現在出來了不好好補償一下怎麼對得起自己。大魚大肉

一口一口地吞，威士忌一口一口地喝，沒多久就把吃的全吐出來，倒在地上呼呼大睡。

一個月後，有風聲傳出警備總部近期內將再執行『二清專案』，尖頭聽了立刻失色，他從小監獄進進出出慣了，從來沒怕過，可是上一次在綠島關了一年多可倒是真怕到了，那裏是完全沒有人權，環境惡劣，形同死囚，沒有希望和盼望，生不如死的地方。

尖頭想到了前幾天他在報紙上看到一則廣告『投資移民紐西蘭、澳洲兩個月辦成』，他把還沒丟掉的舊報紙一張一張翻出來，找到了那一則移民廣告，立刻打電話去問了將近1個鐘頭。第二天又親自到旅行社去拿了更多資料。

一個禮拜後，尖頭來到阿成家，給二哥和四弟上了香，兩個結拜兄弟談了不少過去這一年多發生的事，閒話家常，尖頭慢慢把話題帶入他今天來的目的。

尖頭：「我打算移民去紐西蘭。」

阿成做夢也想不到尖頭會有這種念頭，「去那邊幹什麼，話也說不通，都是金頭髮的人，連電視說什麼都聽不懂。」

「為了我的孩子。」

「孩子到那邊受的了嗎？」

「小孩子年紀小，適應得應該會比我快。我結了3次婚，之前兩次婚姻5個孩子現在全部都在混，我不想現在這

個孩子將來也做流氓。我在綠島的時候想了很多，孩子的成長環境實在太重要了。」

「那我們下面幾十個兄弟怎麼辦？大家都在等你出來，終於等到你出來了，你卻要走，『天義』這塊招牌可是你阿祖從福建帶過來的！」

尖頭歎了一口氣，再吸入一口濃煙，過了好久才說，「阿成，下面的兄弟，你先帶著，等孩子讀完書，我就回來。」

「你的孩子現在才讀小學，等到他對完書……」阿成掏出手指算了一下，「他現在是幾年級？」

「三年級。」

阿成算了算睜大眼睛說：「阿娘喂！9年。」把手指頭又掰了幾下，「如果他爭氣一點再讀個大學，9加4等於13，13年！到時候你也不必回來了，我退休去看你就好了。你可要想清楚，『天義』可是你的祖業！」

尖頭想阿成說得沒錯，投資移民一個人四百多萬，一家子3個人一千多萬投下去，到那邊過上安逸的生活，『天義』這個祖業就等於終止在我手上，但不管說什麼我絕不再回火燒島，『二清』的風聲吹得愈來愈旺，就算躲得過二清，將來還有三清、四清，你爸晚上怎麼能睡得好？

「阿成！」尖頭說，「為了孩子，我是決定要移民了，前面5個孩子3個高中沒畢業，2個是連初中都沒畢業，現在

這一個，我一定要好好栽培，我不要求他一定要讀大學像阿民一樣那麼有出息，但是高中一定要讀完，將來可以做一份一般老百姓做的工作，何況移民以後，我也不是不回來。」

「這……，阿魁那邊你要怎麼跟他說？」

「我會在所有兄弟面前告訴大家，我要去紐西蘭，現在公司你來管理，你是總經理，阿魁是副經理；幫會裏面你是副幫主，阿魁是左護法。」

「你最大的兒子阿智也在公司裏面，你想阿智跟阿魁他們會服氣嗎？」

「話由我來說，他們不服氣又能怎麼樣？」

「我是擔心你走了以後我管不了他們，你知道『天義』裏面有一批人只聽他們的。」

「他們不聽你的，難道敢不聽我的？阿成，我把『天義』這個招牌交到你手上，答應我，好好把他留在你手上。」

阿成看著尖頭，說不出話。

尖頭走了以後，阿母整個晚上都沒睡。她一直在想，尖頭到底是在搞什麼？之前『一清』抓的都老大，現在聽說要搞『二清』，你就把老大的龍頭位給我的男人，你到底是看得起他還是在害他？

兩個月後，阿母、阿民一家、小妹、阿智、還有『天

義』幾十個兄弟到機場送尖頭。

又兩個月後，『二清專案』果然在整個台灣島上又掀起叱咤風雲的掃蕩，一時間電視新聞和報紙頭條連載了兩個星期被捕黑道大哥的名單與現場抓捕鏡頭，阿爸家中的電話開始被警方監聽，雖然阿爸在這段期間非常謹慎，不用家裏的電話，可還是被警方敏銳感覺到阿爸是躲在家中，因而在讓人最無防備的深夜衝破家的大門搜出阿爸將他押走。

阿民收到阿母的電話，一大早馬上向公司請假親自去找律師，隔天早上律師打電話給阿民說阿爸可以保釋，保釋金八十萬。阿民和阿母到處去借，也找了阿魁，阿魁竟然說公司沒錢。兩天後阿民湊到保釋金額，阿爸下午四點多被交保釋放。

阿爸當晚去問阿魁為什麼說公司沒錢？

阿魁說我以為公司沒錢了，我哪裏知道還有錢！

阿爸當然知道阿魁說謊，但現在不是翻臉的時候，可卻是一個遲早會翻臉的信號。

阿爸回到家煙開始抽的很兇，面對下次的開庭和幫會裡面的局勢，他默默地盤算。

十三年前。

阿民的大哥陳國富，江湖綽號阿狗，在一家火鍋店開了6槍，從此消失在台灣。

事情發生當晚，阿狗回家過一次，在家吃過晚飯後去見他老大拿槍，晚上九點半走進一家火鍋店，朝當地角頭陸雀開了4槍，他身邊的打手大圓仔開了2槍，然後不慌不忙得走出火鍋店，跨上一部越野摩托車的後座，快速離開。駕駛越野摩托車的人戴著安全帽和口罩，無法辨識，摩托車的車牌也早已事先被拆卸。

越野摩托車開到郊外，有一部汽車已經等在那裡，暗阿狗下了摩托車坐進汽車後座，汽車馬上發動離開，直奔竹圍，竹圍海岸有一艘加裝四個馬達的快艇靠在碼頭。

第二天淩晨一點不到，阿狗已經踏上了福州海岸。

接待阿狗的是台灣『地虎幫』在福州的分舵主叫金趴，像阿狗這種跑路到福州的通緝犯，金趴每年都會接上三四個，一開始台灣那邊的地虎幫會吩咐金趴要招呼一下，幾個月過去，台灣那邊要是說他們沒再拿錢過來，就不必再理他。這時候被金趴接待的跑路人如果還搞不清楚狀況，摸不清福州當地環境要準備萬事靠自己，還依舊要貼著金趴白吃白喝的話，就會嚐盡人間冷暖，怨天無門了。

阿狗不是不想靠自己，而是想一步登天，他認為自己現在是個槍擊要犯，是帶種的，在江湖上已經一炮而紅打響了

名號，能人所不能，勢必受到江湖人所敬重，甚至被人賞識或者重用。可是他沒搞清楚一件事，他現在是在中國大陸，他和一幫二等公民在一起，自己的身份是台胞外加見不得光的通緝犯，做什麼事都會絆手絆腳，加上台灣人的想法與習性和大陸人完全不一樣，一切要從頭摸索，很難立足，錢也非常難賺，並且公安在暗地裏都把大家全盯得死死的，根本無法『大幹一票』。

有醒悟的人跑路到大陸以後，本本份份做一個小老百姓，開一個小店，賣個牛肉麵什麼的，珍惜人生能夠重新來過的機會，在大陸隱姓埋名好好生活下去。可是阿狗不是這麼認為，他血氣方剛，是一個要做大事的人。

以前金趴要出去交際應酬，有吃有喝的時候總會帶上阿狗，最近金趴總是說：「我出去辦點事。」把阿狗一個人留在屋子裏。當阿狗開始覺得不自在，也並不是沒想到為什麼，自己一個在這邊又吃又住的閒人，難免讓人覺得礙眼，於是他跟金趴說幫他介紹工作。金趴說：「其實你自己找很容易，到大街上看到牆上寫『辦證』的電話號碼，打過去辦一張假身份證，想找什麼樣的工作到哪裏都找得到，過幾天我還要去接一個像你一樣要過來的，這邊地方就不夠用了，這幾天你就搬走吧！」說得簡單扼要。

阿狗拿出前陣子和金趴出去吃喝玩樂所收的一些名片，從幾個比較有印象的開始給他們打電話，一手拿著名片，一

手拿著電話，一個接著一個撥出去。大家都是走江湖的，就算沒看新聞不知道阿狗是誰，也知道金趴是做什麼的，像金趴這種人接待從台灣過來的，身上若不是沒背什麼大案子也沒必要冒險走海線過來。台灣回不去而想在大陸安身立命的人，就更不要和阿狗這種人走的太近，特別是這種才剛過來的都是燙手貨，萬一搭上了不必要的牽扯，到時候連大陸都待不下去。

阿狗看著名片上的電話號碼一張接著一張撥打，不是拜託人家介紹工作，就是問哪裏有便宜的房子出租，江湖現實，電話打到後來都有點沮喪，到最後居然有一個台中來的安空仔，願意叫他出來吃飯，阿狗自己也頗為意外。

安空仔約阿狗在一家很普通的餐廳，叫的菜也不奢侈，三菜一湯，剛好兩個人吃，兩個人也只喝了一瓶啤酒，這樣反而讓阿狗比較放心自在。

安空仔：「來福州多久了？」

阿狗：「一個多月。」

「每天只跟著金趴到處吃吃喝喝，也沒去什麼地方走走？」

「金趴是過夜生活的人，我只能跟著他跑！」

安空仔笑了一下，「金趴在這裡的台灣圈子也算小有名氣，自己在台灣的案子還沒了，跟這邊的人搭上了海線，台灣和福州兩邊送人送貨蠻吃得開的，每年都接不少台灣人走

海線過來。去年金趴在卡拉OK和這邊的安徽幫幹上，怕人家在輪渡堵他，偷渡不了回台灣，就跑到廈門躲了好一陣子才回來。」

「後來沒事了？」

「花了錢叫人去喬才搞定。」安空仔說，「你說想找工作和找地方住？」

阿狗點頭。

「你行李多不多？」

「我一個跑路的能有多少行李，就一個旅行袋。」

「我現在住的公寓有三個房間，我住一間，我弟住一間，還有一間是空的，你要是不嫌小的話，就先住那間好了，工作再慢慢找。」

「租金怎麼算？」

「不用啦！等你找到工作再說，我們台中人不計較那種小錢。」

「我找到工作就馬上搬出去。」

「不要這麼說，既然大家投緣，你會打電話給我也算看得起我，人生很難講，說不定哪天我還要靠你幫忙！」

阿狗笑了出來，「想不到我時運不好的時候還能碰上你可以幫我一把！」

「來！」安空仔把他家的地址寫在自己名片後面遞給阿狗，「我現在回公司，五點下班，你六點就搬過來，到時候

一起吃晚飯。我請了一個鐘點工，她每天打掃完都做了晚飯才走，晚上喝一杯。」

安空仔買單以後又說了一次，「我先回公司處理一些事情，記得晚上六點過來吃飯。」

阿狗走出餐廳以後仰頭對著藍天，天無絕人之路！吐了一大口晦氣，整個人心情輕鬆起來。

安空仔和他二叔七年前來到福州開了一個磁磚廠，最近幾年慢慢上了軌道，有了穩定的國內外訂單，才把他弟弟支豆從台灣叫過來幫忙。安空仔和弟弟在公司負責訂單和商務，安空仔的二叔是廠長，平時待在外郊的工廠很少到公司。安空仔整個家族在台灣都是『朝天幫』的成員，安空仔的阿爸還是朝天宮的總幹事，安空仔有兩個表哥還是朝天宮的乩童。

白天的時候阿狗常常到安空仔公司去走動，在大陸當老板很多事可以不必親力親為，只要做好監督，確認有賺錢就可以。安空仔和支豆上班的時候就是和阿狗泡茶聊天，和公司的女員工打屁開開玩笑，日子過得倒是安逸。

三個禮拜後，阿狗從公司的廁所出來，看到安空仔在罵一個員工，還把桌上的文件摔到地上叫員工滾出去。

阿狗：「什麼事情發這麼大脾氣？」

安空仔：「一筆帳拖了兩個月還收不回來，花錢養這些

廢物！」

「有多少錢？」

「沒多少，就是時間拖得太久了。」

「這種事常常有嗎？」

安空仔歎了一口氣，「每年總是會有幾次，還好數目都
不大！」

「我幫你去收收看。」

「阿六仔不是那麼好對付的，你才剛來，還不明白他們
做事風格，在這裏做生意偷拐搶騙都會有。」

「我從小家裏就是收帳的，讓我跑一趟看看！」

安空仔想了一下，把剛才被他罵出去的財務經理叫進
來，讓他跟阿狗把這筆數的內容簡單地說一下，兩個人就一
起走出辦公大樓。

三個小時後，阿狗和財務經理一起回來，把11萬現金拿
出來放在安空仔辦公桌上，安空仔笑了出來，「我以為你最
多拿個3萬回來就不錯了，想不到你全都能收到！」安空仔
把5萬放進保險箱，另外6萬叫財務經理拿去存銀行。

阿狗：「阿六仔是比台灣人凶，但是沒有不怕死的，到
哪裡都一樣！」

支豆：「哥，以後財務收不回來的帳讓阿狗去收就好
了，我們把費用算給他不就行了！」

安空仔：「嗯，可以啊！按件抽成好了。」

阿狗和安空仔、支豆兩兄弟越走越近，直到半年後，安空仔的阿爸與朝天幫幫主來到福州，他們住在安空仔家附近的酒店，平時白天在外面辦事，晚上到安空仔家來喝上幾杯，大家還算談得投機。最後在安空仔阿爸的鼓吹下，阿狗加入了朝天幫，在安空仔家舉辦了入幫儀式，安空仔的阿爸起了聖壇，請了太上老君附體主持儀式，阿狗再隨幫主發下幫規毒誓，斬雞頭飲滴血煞盟。從此阿狗算是朝天幫的自己人，和幫裏的人一樣稱呼幫主為阿公，信奉天上眾神與地下諸陰神，相信鬼神掌管天地，神明可以附體洩天機。因阿狗入幫資齡晚，就算他年紀比安空仔和支豆稍年長，在幫會裏還是算他們的晚輩。

安空仔的阿爸和幫主回台灣以後沒幾天，一天晚上在安空仔家，除了安空仔和支豆，安空仔的二叔廠長也來了，安空仔以帥兄的身份命令阿狗出任務，「我們查到我阿爸的仇家四個月前跑路到廈門，你去把他做了，我會安排一艘船讓你到日本，那裏有我們朝天幫的人會接應你。這裏有20萬人民幣，你到了日本可以換日幣花。動手當天我會給你一把黑星。」安空仔把一個裝著20萬人民幣的袋子拿到阿狗面前放下。

阿狗先是一愣，腦子一片空白，接著苦笑，「我又不會講日文，到了那裏怎麼生存，在這裏我起碼語言可以通

啊！」

二叔：「這個你不要擔心，只要你是朝天幫的人，到了有天朝幫的地方，就一定會有人接待你。」

阿狗：「我不想再跑路了，找別人吧！」

安空仔：「這是阿公決定的，不能有變動。」

阿狗：「你打電話給阿公，我來跟他講。」

安空仔：「你跟他講還是一樣，不要浪費時間了。」

阿狗：「既然是阿公指定我，讓我親自聽到阿公對我說。」

安空仔開始失去耐性，口氣大了起來：「我是你師兄，你聽我的也是一樣，我說沒有必要再問阿公了！」

阿狗也不是嚇大的，「這麼大的事阿公要我做怎麼不親自跟我說？誰愛做誰去做。」

支豆：「你怎麼可以不服從師兄？」

阿狗：「我怎麼知道我幫你做了以後你會不會把我幹掉？」

安空仔：「你和我都是朝天幫的，我如果把你幹掉不就犯了幫規，到時候阿公不把我幹掉！」

阿狗：「你只要在船上把我推下海去餵鯊魚，到時候跟阿公說是我自己跌下去的就好了！」

安空仔一聽火大起來，一腳朝阿狗的老二踹下去。

阿狗像一只小狗一樣發出怪叫聲，抱著老二在地上來回

翻滾。

安空仔大吼，「幹你娘的！把他給我綁起來，打到他肯做為止！」走到電視機前面，把電視音量開到最大聲。

支豆拿出一條繩子將阿狗的手腳綁住，三個人輪流上前揍阿狗，「幹你娘的！做不做？背叛幫規，不怕五雷轟頂，我殺了你也是應該的！」

「幹！做不做？」

「幹！到底做不做？」拳頭、木棍、手腳都來，打死不必賠，足足打了半個鐘頭。

阿狗被打到吐血，稍微一咳胸口就痛得要死，阿狗知道自己已經嚴重內傷，再打下去就算意志撐得住，身體也撐不住，「我……做」

三個人滿頭大汗終於停手，二叔：「早晚要做，偏偏要搞到這樣才做，就是命賤！」

阿狗倒在地上慢慢抬起頭，又咳出了幾口血，說：「我做……我要30萬！」

「我幹！」支豆朝他下巴又踢了一腳，阿狗立刻再發出怪叫聲，整個頭後仰倒地。

安空仔拉住支豆，「幹了這攤，他不只台灣回不去，大陸也回不來。」瞪著阿狗說：「可以，我給你30萬。」

二叔：「看他現在這樣，不躺一個星期是動不了手。」

阿狗看了中醫，在床上躺了半個月，鐘點工是安徽來的大姐，除了幫阿狗煎藥，還餵阿狗吃中飯。安空仔告訴鐘點工，阿狗是在酒吧和別人發生衝突，鐘點工說：「這些人怎麼出手這麼狠哪！他的眼球都被打出血了！」

　　阿狗躺在床上，連下床去廁所都要使盡全力才坐得起來，覺得自己的命真是賤得一文不值，內心只有滿滿的空虛和孤獨；大白天裏，整個房間靜得空洞，他想過自我了斷。

　　再半個月後，安空仔要阿狗後天動手，阿狗不肯，堅持要把傷完全養好，行動才會靈敏；其實是擔心去日本的船上萬一舊病複發，到時沒有醫生，自己一條爛命挺不過去。更擔心的是作案後，安空仔他們三個人如果要殺他滅口，自己必須要有足夠的體力和敏傑的身手才能應付。

　　又過了幾天，安空仔說什麼也不再等了，「朝他腦袋開兩槍就完事了，怎麼那麼多廢話，這裏痛那裏痛的，你以前在台灣不是很帶種嗎？來到大陸懶趴都沒有了？」

　　早上八點多，安空仔強迫阿狗上車，開到廈門一個社區大門斜對面把車停下，兩個人都沒下車。這時候看著社區大門都是出來的人比進去的人多，上班族、學生、送孩子上學的……，大約一個小時以後，安空仔說：「出來了！那個拿著公事包，穿線條上衣，灰色褲子的。」

　　阿狗下車朝社區大門的方向走去，目標竟朝著自己這邊走來。阿狗心跳開始加速，目標離自己越來越近，阿狗感覺

自己背後已經完全濕透，心跳急促的跳動令他覺得全身都在晃動，他必須要馬上開槍不能再等下去，否則自己會緊張到無法呼吸。

目標看見前方來了一輛出租車，立即揮手，出租車緩緩在對面停下，當目標走到對面要開車門上出租車的時候，兩聲槍響把周圍所有人的眼光都吸引過來，出租車的門開著，一個男子躺在車門外，另一個男子快步地向人行道，明顯地是想盡快離開現場，再看倒在地上的人，環繞他身體的血泊正慢慢地擴散。

阿狗按照先前布置的路線，沒有回到安空仔車上，走入附近一條小巷，脫下身上的夾克反穿，上身衣服的顏色立刻改變，上到另外一條大馬路上叫了一輛出租車到了指定地點，郊外一個十字路口的雜貨店。阿狗買了一瓶飲料，等了三分鐘左右，支豆開了另一部車過來，戴上阿狗到一個不起眼的小港口。

安空仔已經先在這個小港口等候，並沒有見到安空仔的二叔。

安空仔把阿狗的旅行袋交還給他，「先上漁船，到了大海再轉貨輪。」

阿狗打開旅行袋看了一眼，30萬人民幣和幾件衣服都在裏面，抬頭問安空仔：「為什麼不直接在港口上貨輪就好，還要坐漁船到大海。」阿狗的警戒心一下提升到最高點，不

自主得摸了一下自己夾克暗層裏的一把小刀。

　　安空仔：「港口太危險了，容易被人看到，而且海關有權利隨時上船檢查，等貨輪到了公海才安全。」

　　三個人剛剛上踏漁船，安空仔的BB機突然響起，他立刻到駕駛艙要他們等一下，自己必須去回一個重要的電話，下了漁船去找公共電話，沒幾分鐘後跑回來對支豆說：「我們有一批磁磚到了工地，幾乎一半都有裂痕，他們沒辦法開工，我去工地看一下，你把該做的事做完以後到工廠去，可能要補貨。」說完再對阿狗沒有表情地說：「先走了。」

　　阿狗自抵達港口以後，為了活命早就把敏感度提高到最極限，現在安空仔突然對支豆來了一句『你把該做的事做完』是什麼意思？再看他最後對我的眼神，似乎就像在看一個死人，你們兄弟倆暗地裡到底計劃著什麼？

　　漁船開動，一離開港口以後，阿狗沒有一秒鐘是背對支豆的。

　　支豆：「我們到船底去待一會，被其他漁船的人看到生面孔不好。」

　　阿狗跟著支豆到船頭甲板，把甲板上一塊木板拉開，看見一個小樓梯可以通到裏面一個很小的船艙，船艙小到在裏面是無法站立，只能坐著，寬度也差不多剛好能坐滿四個人而已。兩個人下到裏面，支豆把木板用一塊小石頭撐開固定住，好讓微小的光線可以照射進來。

阿狗：「要坐多久才到？」

支豆：「不用多久，很快。」

阿狗趁著船艙裏面光線灰暗，悄悄地把夾克暗層中的折疊小刀拿出來，把刀刃打開，藏在自己的襪子裏。

過了三刻鐘以後，支豆把手伸到光線中看了一下手錶，「應該可以了，出去抽支煙。」

阿狗也跟著支豆爬出船艙，兩個人在甲板上點了煙。

阿狗掏了一下兩邊耳朵，船艙裏面的馬達聲實在太響了，震得耳朵現在有些重聽。

支豆和阿狗兩個人話也不多，當阿狗拒絕為他們殺人的時候，支豆就開始對他不爽。在支豆的邏輯裏面，自己從小在幫會以及宗教領袖的家庭中長大，服從我和我們一家，是天經地義的事，不服從就是大逆不道。

阿狗：「太陽真大，我回船艙裏面。」

等阿狗下到船艙，沒多久支豆也受不了曬，下到船艙。

阿狗：「我們朝天幫在日本有多少人？」

支豆：「大概十幾個，這幾年有些從福州過去的，有些從台灣過去的，這樣陸陸續續，現在說不定二十個都有了。」

「我連日本話都不會，到了那邊能幹什麼？」

「安空仔都跟你打點好了，你不用擔心，我們的人在東京的銀座和中華街有酒吧和妓院，要找事做還不簡單。」

「我到了東京以後誰會來接我？」

「合標仔會在碼頭等你，貨船的大副會帶你去找他。你是在怕什麼，還在認為我們會害你？」支豆把頭轉向一邊自言自語：「幹你佬的！」

兩個人沒再說什麼話，馬達「塔！塔！塔！塔！……」的響聲，說話要用吼的也累，支豆把頭往後一靠，閉上眼睡了起來。

阿狗把刀子從襪子裏慢慢抽出來，眼睛死盯著支豆，漸漸露出狠毒的三白眼，心跳開始加速。阿狗動也不動，手裏的刀子緊緊握住，突然間，像只發狂的野獸朝支豆撲過去，一刀刺進支豆的脖子再抽出來。

支豆的眼睛大睜，兩顆驚愕眼球幾乎要凸出來，脖子向旁邊噴出一條細長的血柱，支豆的哀嚎聲被馬達響聲蓋住。阿狗看支豆在他面前緊抓著自己的脖子，臉色很快得變成蒼白，接著倒在地上抽蓄。阿狗拿上自己的旅行袋，跨過支豆爬出了船艙上到甲板。

船上年紀較大的漁民走過來對阿狗說：「前面那一艘就是了，叫支豆上來。」

阿狗：「他暈船暈的很厲害，叫我跟你說他要睡一下，等一下回港口的時候再叫他。」

漁船慢慢靠近貨輪，貨輪用垂吊機放下一艘橡皮救生艇，這時聽到貨輪上傳來叫聲，「安空仔和支豆呢？」

「安空仔沒來，支豆暈船在裏面睡覺。」漁民說。

阿狗上了救生艇，救生艇再被提升到貨輪甲板的高度，阿狗跳上貨輪。

　　貨輪上的人見到阿狗說：「支豆都來好幾次了還會暈船？」

　　阿狗：「上船前吃的太飽。」

　　「我是這裏的大副，我姓廖，你怎麼稱呼？」

　　「大家都叫我阿狗。」

　　「跟我來，我先帶你周圍看一下，我們船上只有6個人……」

　　「要多久才能到東京？」

　　「不到半個月。」

　　阿狗發現船上非常舒適，吃的和用的應有盡有，還有卡拉OK、撞球台、健身房……，這麼大一艘船才六個人，就有這麼多的娛樂設備，對一個跑路的人來說，阿狗還真希望在這艘船上待久一點。

　　阿狗和船上的人熟絡以後，發現他們大部分都是單身，不是離了婚就是一把年紀還未婚，原因是在陸地上的時間太少，要不是家裏的女人不堪寂寞出軌，就是不願意嫁給一年見不著幾天的男人。

貨輪靠岸以後，大副要先處理貨櫃卸貨，阿狗利用這個機會偷偷地下了船，小心地東躲西藏，一直等到了天色暗了下來才摸出港口，到了人多的地方攔下了一輛計程車，阿狗上車後用手指出地圖上池袋的「中華街」。

　　到了中華街，阿狗拿人民幣給司機，司機說他不收外幣，一直搖手，阿狗一直說中文我沒有日幣。司機無奈，只好往前開，找到附近一個找換外幣的銀色小亭子，不停對阿狗指著銀色小亭子，阿狗點頭表示明白，下車換了日幣再回來付錢給司機。

　　阿狗走回中華街，到處都是台灣人開的商鋪和餐廳，溝通沒有問題了，身上還有30萬人民幣，將這些錢陸續換成日幣，在花完這些錢之前，必定有足夠的時間摸索出一條生路。

　　又過一關了！

　　在一家華人超市的公告欄上看到了幾個要出租的小公寓，都在附近，阿狗租下了其中一間，買了一部電視機和一些新衣服，看了路邊中文色情圖片上的電話叫了一個女人，包了她三天，阿狗把這些日子來的獸欲和不甘心在這三天裏統統發洩出來。

　　在小公寓住了不到一個月，當下一時的安定，突然地閒暇，反而讓內心孤獨起來。老大吩咐過他，三年內不要打電話聯繫。阿狗很想打電話回台灣跟家人說上幾句話，但是怕

警方有監聽，終究放下打電話回家的念頭，這卻讓自己逃亡的日子更添煎熬，唉！還是安安靜靜地過現在該過的日子吧！

認真想了自己接下來可以選擇的道路，做個小老百姓，用身上的錢做個小生意，開個拉麵店，說不定在這裏結婚生子……；和當地的台灣領事館聯繫，透過領事館與台灣警政署協談回國自首的刑期，出獄後有自由身重新來過……不！我還有幾十年要活，不想這麼早就歸於平淡，這種日子是退休以後的生活。我要踏足這裏的江湖，融入這裏的起伏波瀾，走出屬於自己的一條血路，終有一天能夠擁有自己的一片角頭。

十三年後，民國74年8月。

台灣警政署下令執行『二清專案』，阿爸獲得保釋以後在家中等候出庭，同時盤算著如何應付阿魁和阿智，『天義』裏面有三分之一的人都聽他們的，還有，接下來這場官司如果打輸怎麼辦？尖頭紐西蘭的電話打去一直是答錄機，留了話一直沒回，他在紐西蘭那邊會不會出了麼事？

門鈴響起，阿爸把煙頭熄掉走去開門，「你找誰？」阿爸說完怎麼覺得面前這個皮膚黝黑的人有點面熟，多看了幾眼竟失聲叫了出來：「阿國！」一步上前緊緊抱住大哥。

「阿爸！」大哥抱住阿爸，十三年海外的漂泊與孤獨一下釋放出來，淚水無法制止。

阿爸雙手抓住大哥兩頰，兩行淚水地說：「這些年來你在哪裏？」

　　大哥：「我先去了大陸，再到了日本。」

　　阿爸再次哭出了聲音，將大哥緊緊摟住。

　　小妹先出來，看到大哥卻認不出，阿母遠遠看到大哥立刻就認出來，跑上前抱住他，亦失聲痛哭。

　　大哥進來客廳，看到祖宗神位旁邊是老二和老四的黑白照片，阿爸說：「老二和老四去年走了。」

　　大哥傻眼，說不出話。

　　阿爸幫大哥點上香，大哥拜完他們要上前插香的時候淚流滿面，在原地哽泣無法走得動，阿爸拿走大哥手上的香上前插進香爐，阿母扶大哥到客廳坐下。

　　「他們是怎麼死的？」大哥說。

　　阿爸：「阿強是艾滋病死在牢裏，文彬自殺。」

　　小妹把孩子從房間抱出來給大哥看，「我結婚了，現在又一個人了。」

　　大哥接過手抱住孩子，看孩子單純的雙眼，一點也沒有狡詐，與人世間如此大的反差，令他感動得流下眼淚。

　　阿母：「阿民成家了，就住在附近，他媳婦也大肚子，就快生了。」

　　阿爸：「對了，我得叫阿民今晚回來吃飯。」轉身過去打電話。

阿母：「我們都搬家好長一段時間了，你是怎麼找到這裏？」

大哥：「我問了以前的鄰居，那個春嬌姨，她跟我說你們搬到這一棟，但是她忘了是幾樓。」

阿母：「春嬌姨……哦，對！我們剛搬來的時候，她還來過兩次，後來就沒再來了，多少年了，我都快忘記這個人了。」

晚上，阿民和素萍與岳母到了阿爸家，阿民看了面前的人皮膚黝黑，眼帶煞氣又一身風霜，好一會才認出人，激動地上前抓住大哥的肩膀，當晚開心得差點喝醉，第二天又過來阿爸這裏吃飯，在沒人看見的時候，塞了一萬塊給大哥。晚飯後當大哥告訴阿民，很不爽自己的老大這些年來對他不聞不問，不單是當初給他的承諾沒有兌現，後來幾次在日本給他打電話求助也不理，他要去當面問他。

阿民：「他已經用他的行動回答你了，還有必要去見他嗎？不是讓自己更難看？」

大哥：「那我在外面風風雨雨十三年跟誰去討？」

「那是你人生豐富的經歷與資本，你將來走回正道，還有什麼能把你擊倒的呢？」

「我不甘心，真的不甘心！只要一想到我被我的結拜老大出賣了十三年，我就沒辦法平靜過我的下半生。」

阿民歎了一口氣，「你看看我們一個家，沒有了二哥和四弟，值得嗎？如果當初他們能夠放下，今天會這樣嗎？」

「這些年來，我漸漸明白了『命』，該來的，都會來。所有的努力，只是讓宿命更加得顯明，並不能減緩宿命的實現，要說逆向努力，頂多是在改變將來事情的程度，不會改變事情註定的命運。我所能努力的只有內心更無懼得去面對。」

「有這麼好的氣魄，用在正道上的話該有多好！」阿民不再勸大哥。

阿爸後天就要出庭了，電話打到尖頭紐西蘭那邊，依然是只有答錄機，沒人接也沒人回。

阿爸明白法庭的判決是沒有辦法預測的，就連打了一輩子官司經驗豐富的律師也不敢打包票，萬一法官就是要我進去蹲個幾年，那怎麼辦？自己在尖頭臨走前答應他的，要把『天義』留在手上，如果真的進去蹲的話，『天義』就馬上落到阿魁手上了。尖頭在紐西蘭到底出了什麼事？為什麼一直不回電話？

阿爸做了一個無可奈何的決定，如果自己判刑坐牢的話，有一個方法至少在法律上公司不會落入阿魁手上，那就是把公司經理的頭銜換成阿民。當晚，他把這件事在晚飯後向大家說出來，阿母第一個反對。

「阿民過得一直是普通人的生活，完全沒有前科，這種事不要攤上他！」阿母說得很堅決。

阿民：「是啊！阿爸，這種事我根本做不來。」

阿爸：「只是掛個名字而已，也不必做什麼。」

阿母：「怎麼可能！」

阿民：「阿爸，不可能的。到時候阿魁和阿智為了把我從名單上弄掉，不天天來找我才怪！」

阿爸：「你這麼這麼聰明的人，你一定有辦法對付他們。」

阿民：「阿爸，我現在有家庭，素萍又快生了，怎麼可能玩得過他們。」

大哥：「阿爸，放我的名字好了。」

大家看了大哥一眼。

大哥認為這是一個上位的機會，靠阿爸在『天義』裏的輩分，加上現在這個機會，他可以帶領阿爸的手下大顯身手。

阿爸：「你有其他幫會的身份，不行的。」

大哥：「那我加入『天義』就好了。」

阿爸沒再說話，看起來像是在考慮。

隔天吃中飯的時候，大哥又問了阿爸，「阿民已經有家庭了，還是掛我的名字好了。」

阿爸還是那一句：「你不是天義的人，光憑這點，阿魁馬上就把你擋在堂口大門外，連要拜堂口都進不來。」

吃完中飯以後，小妹和孩子在房間裏睡覺，其他人在客廳看電視。

「我去公司一趟。」阿爸站起來，拿上鑰匙走出大門。

大哥問阿母：「阿爸明天什麼時候出庭？」

阿母：「明天下午2點。」

「阿爸還是想把公司總經理的名字換成阿民？」大哥說。

「誰知道？」阿母臉色不是很好看，「我今天早上又跟他說了一次不要讓阿民沾上幫會的事，還被他罵。」

下午一點半，電視節目播放完畢，畫面只有黑白點和雜音，大哥把電視關掉，在客廳椅子上打盹，沒多久就開始打呼。

電話聲響起，阿母滿懷希望得去接，要是尖頭打來的，一切都好解決了。「喂！」，是女人的聲音，又一次的希望落空。

「阿袋，是妳哦！」

「沒幹嘛，剛吃飽飯……」

「妳等一下，電話不要掛，我到房間裏面跟妳講，妳電話別掛！」阿母走進房間把電話拿起來，再回客廳把電話掛上，再回房間裏面把房門關上。

大哥本來被電話鈴聲吵醒，要繼續再睡，接著被阿母關門聲『碰！』再吵醒一次，現在是全無睡意。本來想出去走走，可是當站起來走過阿母的房門，他聽到了不該聽的

東西。

　『是啊！……明天下午2點要開庭，上次尖頭『一清』被抓直接用直升機送綠島，根本沒審，聽說警察局也是到最後一分鐘才知道逮捕名單……，局裏面想通風報信都沒機會』

　大哥聽到了這些，在房間門口停了下來。

　『他只想要為尖頭守住『天義』，都沒想自己家人，我看尖頭他不是聯絡不到，根本是故意不回電話，他只要回電話就一定要回來，他也知道一回來就要被抓，所以乾脆不回電話，而且……我很了解阿民，阿民他是不會出來混的，他如果要出來混的話早就出來了，不必等到現在，可是阿民是個孝子，如果阿成硬是要他在公司掛名，他還是會的，阿民跟其他四個孩子不一樣，他不是阿成的孩子……這件事連阿民他自己也不知道，除了妳跟我沒人知道』

　站在門外的大哥瞳孔開始放大，心跳開始加快，他腦子裏馬上有了一個計劃，一個完美的計劃。

　半個鐘頭後，阿母講完電話打開房門出來，大哥已經不在客廳，她到廚房煮了綠豆湯，拿了一碗到房裏給小妹，「沒看見妳大哥在房間裏，他出去怎麼沒說一聲？」

　阿民下班回到家，一家人吃了晚飯，收拾了簡單的行李到醫院待產，醫生說預產期就在接下來這三天，阿民和岳母這三天在醫院陪著素萍。

晚上8點，阿民的BB機響，是阿爸家的電話號碼，阿民回了電話，阿爸要阿民明天早上回家一趟，做好公司掛名的手續，既然阿爸已經決定，阿民沒有再推辭，一切和阿母想的完全一樣。

晚上11點，阿民的BB機再響，沒見過的號碼，阿民回了電話，電話那頭是大哥的聲音，他要和阿民見個面，有重要的是跟他說，既然阿民在醫院，就一個小時後約在醫院對面的7-11好了。

晚上12點，阿民走出醫院大門，看到醫院對面的7-11門口站著一個人，看不清楚他的臉，應該是大哥吧！

半夜的大馬路上也沒有什麼車和人，阿民不看紅綠燈就走過斑馬線，一輛停在路邊的發財車突然猛踩油門衝出來，也沒有開燈，阿民往後退要閃開卻被它死死跟著，發財車把阿民撞到對面反方向的車道上，被迎面而來的一輛砂石車碾過。

砂石車司機緊急剎車，下車看了一下，左右看了一下，四下無人，慌慌張張地跑上車駕車離開，發財車也不知去向。

站在對面7-11門口的男子看到了一切，上前幾步看了一下馬路地上支離破碎的屍體，當場打了一個寒顫。

幾分鐘後，一輛摩托車停在7-11門口，目睹一切的男子對摩托車上的人說，「剛才有一個人過馬路被車撞了，那個司機好像是故意的」

駕摩托車來的是一個女的：「趕快走，別多管閒事，等一下警察來又要問東問西的，我明天一大早還要送孩子去學校。」

男子眼神露出一絲猶豫，接著跨上摩托車後座，二人趕緊離開了現場。

素萍的呼吸突然急促起來，「阿民！阿民……」

媽媽在一旁聽到素萍的聲音立刻醒了過來，她沒有看到阿民，馬上走到素萍身邊，看到素萍的床上濕了一大片，抓住了素萍的手。

素萍全身發軟，臉上痛苦的說：「阿民，阿民呢？」

媽媽：「大概是去洗手間了。」

「媽，我要生了！」

「我去找護士。」

素萍不住地點頭，「好！」

媽媽往病房門外面跑出去。

「阿民！阿民！」素萍又大聲叫了幾聲，「阿民！」四下張望依然見不到阿民。

早上。

阿母接到素萍媽媽打來的電話，素萍生了，是個男孩，

開心得不得了。「做阿嬤了啦！做阿嬤了啦！」，阿母跑到阿爸面前，邊說邊跳，「你又做阿公了啦！太好了！人家說好運是娶妻前，生兒後，你下午的官司一定穩妥當的啦！」

阿母興奮地叫小妹：「小妹啊！走啦！我們趕快去醫院。」再對阿爸說：「我和小妹先去醫院，你們等阿民回來就趕快去公司把事情辦好，我們在醫院等你們，看了嬰兒再一起去開庭。」全身壓抑不住興奮，「小妹呀！快點啦！」

小妹：「等一下啦！妳也給我幾分鐘把孩子的奶瓶准備好嘛！」

所有人的臉都是興奮的，喜氣的，只有大哥的臉沒表情，還有幾分陰暗。

等阿母和小妹出了門以後，大哥也出門，「阿爸，我去樓下買一份報紙。」

大哥到了樓下，買了報紙以後再打了一通公共電話，「阿魁叔，你是什麼意思？說好只是讓他住院，讓他今天沒辦法簽字而已，昨晚阿智跟我說他死了。」

「這種事很難講的，我已經吩咐了，碰一下就好了，哪知道對面來了一輛砂石車，這是阿民他自己的命啊！」

「我幹你老母的！他是我弟弟吔。」

「那你要我怎麼辦？這又不是故意的，大半夜的馬路上又沒什麼人，偏偏跑出一輛砂石車，你節哀順變吧！殺你弟弟的不是我，是那輛砂石車的司機，你要找也找那輛砂石車

的司機，跟我沒關係嘛！更何況這個主意不是我出的，別忘了，這可是你先來找我的。」

「我幹！我弟弟死了，你現在跟我說這種話。」

「我也是實話實說啊！對不對？別忘了，我們的事情還沒完，把整套戲演完，你弟弟才不會白死。早點過來吧，不要耽誤了下午開庭。開完庭以後對你我都有好處。」阿魁說完掛上電話。

大哥的臉綠了一陣。

客廳牆上的時鐘指著十一點七分。

阿爸自言自語：「奇怪！阿民一直都是很守時的人，怎麼遲到也不來個電話？」

大哥：「我打去他公司看看，會不會在公司有什麼事走不開？」拿起電話筒要打。

阿爸：「我打過了，他今天沒去公司，早就請了一天假。」

「還是……他不想在公司掛名，才不出現？」

阿爸搖頭，「不，這不是阿民做事的風格，他對自己人不會這樣。」

「阿爸，不然我們去公司等他好了，下午2點就要開庭，還要去醫院看孫子，再等下去時間根本不夠。留一張字條在大門上，如果阿民看到，叫他立刻趕到公司。」

「嗯！」阿爸無奈地點頭。

阿爸和大哥趕到公司已經快要12點，阿魁、阿智、代書、已經等得不耐煩，大家擺出一張臭臉給阿爸看。

阿魁：「說好十點半的，我為了等你還要把其它的事往後延，到底現在是怎樣？」

阿爸拿起電話再打阿民的BB機。

又過了15分鐘，阿魁又擺爛一次，「到底是要不要做，你的時間才是時間，別人的時間都不是時間是不是？」囂張地說。

大哥：「阿爸，我來簽好了。」

阿爸：「你又不是『天義』的人！」

阿魁：「那有什麼關係！不過是掛個名而已，又不管事，掛誰的名字不都一樣，趕快把事情辦好，我還有一大堆事情要去忙。」

阿爸訝異得看著阿魁，他竟然不反對，再看阿智。

阿智：「快點啦！有人簽就好了，一件事情本來就簡簡單單的要搞多久啊？」

阿爸想了一下，奇怪！怎麼感覺有種說不上的不對勁？可是阿民不來，還有什麼其它的辦法呢？只好對大哥說：「阿國，你簽。」

阿魁：「這就對了，不要浪費大家的時間嘛！」

簽好字以後，阿爸和大哥走出公司。

大哥：「阿爸快十二點半了，還要去醫院嗎？」

阿爸：「沒時間了，去法院。」

兩個人到了法院，還有半個小時開庭，阿爸叫大哥傳呼小妹，跟他們說來法院。

阿爸在法庭門口等到律師，律師說案子應該沒有問題。

等到阿爸開庭的時候，檢察官傳三個證人，竟然都是天義幫的人，其中一個竟然是阿智，三個人的證詞都說阿爸曾經下達命令給他們，要他們討債、勒索、還強迫他們吸毒，阿智還在法庭上飆淚。

他們三個人根本不歸阿爸管，阿智甚至有自己一批手下可以使喚，平時就不把阿爸放在眼裡。阿爸火氣一上來，在法庭上罵起了三字經：「我叼幹你老母！我什麼時候叫你做過這些事？」

阿爸的律師在一旁看了把頭低下，無助得搖頭，大勢已去！

等阿母和小妹一進到法庭，正好看到法官宣判，「……七年，不得保釋。」法警上前用手銬把阿爸銬上，帶進法庭旁邊一個小門。阿爸回頭瞪著阿智，「不要給你爸活著出來，你爸要是活著出來，一定讓你死的很難看！」

法官大喊：「陳代成，你敢藐視法庭，是嫌七年不夠多是嗎？要不要再回來多加幾年？」

阿母跑到律師面前，抓著律師的衣袖，「怎麼會這樣？怎麼會這樣？」

　　律師：「妳看到了，他這麼衝動，我說什麼也沒用啊！對不起！」搖頭往法庭外走去。

　　阿母一臉茫然：「喂！喂！沒用是什麼意思啊？你收了我們這麼多錢，就一句對不起，喂！天下哪有這種事？喂……！」阿母看律師背對著自己走掉，當場暈倒在地上，小妹叫了出來，大哥立刻衝過來，把阿母從地上抱起來著急得走出法庭。

　　阿爸先被送到台北看守所，當晚就用直升機送到綠島。

　　阿母和小妹回家後，收到警察的電話通知，他們在醫院大門前的屍體身上找到一個皮包，裏面有阿民的身份證，可是一直聯繫不到他的家人，第二天才開始聯繫他的次系親屬。阿母等了兩天，等素萍從醫院回到了家，才告訴她阿民過世。

　　大哥拜入『天義幫』，接掌阿爸手下所有的兄弟，是天義三分之二的人馬，卻被阿魁和阿智壓得死死的，老是用他害死自己弟弟和老爸這件事牽制他逼他不斷妥協讓步，時間一久，大哥已經完全成了阿魁和阿智的傀儡。

　　小妹看到客廳祖宗牌位旁又多了阿民的黑白照，她幾乎要崩潰，她無法在這個家再待下去，她很快把自己再嫁掉，嫁給一個退伍老兵，為了這件事，她和阿母大吵一架，阿母

不准她嫁給外省人，更不准她嫁給國民黨，小妹說自己這種殘花敗柳還帶著一個拖油瓶，不嫁給外省老兵還能嫁給誰？

　　小妹嫁了以後就很少回家，大哥漸漸發現阿母精神好像有些恍惚，會自言自語，半年後，他發現阿母有失憶的現象。他去找素萍，請素萍過來這邊住，可以省下房租錢，平時他白天不在的時候也可以和阿母說說話。素萍母女答應了，阿母每天看見自己的孫子笑，情況好轉了很多。

　　江湖兒女的底線在親情。

　　為了自私，親情可以跨越，

　　因為無知，親情可以不顧，

　　甚至為了利益，親情可以犧牲，

　　這種人不管男女老少，對自己、對他人，沒什麼做不出來的，要小心他一時，防他一世，就算他是你的親爹、親兄弟都一樣。

　　朋友可以選擇，家人在一個程度上也可以選擇，對於這種人，背上罵名比被陷入無底的深淵還划算。

　　待續

國家圖書館出版品預行編目

福爾摩沙哀愁 / 翊青著. -- 臺北市：獵海人，
　2022.07
　　　面；　公分
　　ISBN 978-626-95657-8-8(平裝)

863.57　　　　　　　　　　　111011539

福爾摩沙哀愁

作　　者／翊青
出版策劃／獵海人
製作銷售／秀威資訊科技股份有限公司
　　　　　　114 台北市內湖區瑞光路76巷69號2樓
　　　　　　電話：+886-2-2796-3638
　　　　　　傳真：+886-2-2796-1377
網路訂購／秀威書店：https://store.showwe.tw
　　　　　　博客來網路書店：https://www.books.com.tw
　　　　　　三民網路書店：https://www.m.sanmin.com.tw
　　　　　　讀冊生活：https://www.taaze.tw

出版日期／2022年7月
定　　價／420元